남자는 놀라거나 무서워한다

ⓒ 박금산, 도서출판 b, 2020

남자는 놀라거나 무서워한다

초판 1쇄 발행   2020년 3월 2일

지은이   박금산
펴낸이   조기조
펴낸곳   도서출판 b
등록   2003년 2월 24일(제2006-000054호)
주소   08772 서울특별시 관악구 난곡로 288 남진빌딩 302호
전화   02-6293-7070(대) | 팩시밀리   02-6293-8080
홈페이지   b-book.co.kr | 이메일   bbooks@naver.com
ISBN   979-11-89898-21-2   03810
정가   14,000원

남자는 놀라거나 무서워한다

박금산 장편소설

도서출판 b

| 차 례 |

『제국의 ○ ○ ○』

교수는 페이스북에 새 소식으로 올라온 글을 바라보았다. 어떤 저자가 형사재판에서 무죄 판결을 받았다는 내용이었다. 고소를 당하고 2년 넘는 시간이 지나 무죄 판결을 받았다니 그간 고생이 얼마나 많았을까. 변호사 비용도 만만치 않았을 텐데. 저자의 고통에 공감했다.

얼마나 소모적이고 미개한 일인가. 저자와 모르는 관계지만 축하를 보내고 싶었다. 친구의 타임라인에 링크가 걸린 글이었다. 교수는 내용을 꼼꼼히 읽기 전에 '좋아요'를 누른 후 자신도 친구의 포스팅에 링크를 걸었다. 얼핏 보니 음란성이거나 표절 같은 법적 문제가 아니었다. 그렇다면 더 적극적으로 축하를 보내야 할 것 같았다. 링크 정도는 걸어

줘야 자기 마음이 표현된다고 생각했다.

교수는 심심풀이 삼아서 기사를 천천히 읽었다.

멀리서 바라볼 때의 마음과 가까이 다가가 읽을 때의 마음은 같은 것이 아니었다. 교수는 왠지 그물망에 걸려든 것 같다는 느낌을 받았다. '좋아요'를 누른 것이 후회되었다. 재판에서 쟁점이 된 것은 다름 아닌 일본군 '위안부'의 명예와 관련된 문제였다. 함부로 다가갈 성질이 아니었다. 교수는 마음에 위축이 들었다. 평소에 믿을 만한 글을 쓰는 친구가 관심글로 링크를 걸었기에 일단 '좋아요'를 눌렀는데 상황이 만만치 않았다.

교수는 '좋아요'의 명단에 들어 있는 자신의 이름을 바라보았다. 철회를 떠올리지 못했다. 태도를 바꾸면 '변절자'라고 놀림 받을 것 같았다. 교수는 자기 손가락으로 누른 '좋아요'를 책임지기 위해 이런저런 관련 문서를 읽었다. 그러다가 저자가 쓴 최후변론 문서에 링크를 걸게 되었다. 저자가 무죄를 주장하고 있었는데 재판의 맥락을 알아야 이해가 되는 내용이었다. 나중에 꼼꼼히 읽으려고 챙겨두었다.

놀라운 일이 일어났다. 곧장 '친구 요청'이 들어왔다. 보낸 사람의 프로필을 살폈다. 그가 '좋아요'를 누른 소식의 당사자인 책의 저자였다. 전화기를 계속 손에 들고 페이스북의 반응을 살피다가 친구 요청을 보낸 것 같았다. 교수는 당황했다. 강제방문을 당하는 기분을 느꼈다. 하지만 그쪽 잘못이 아니었다. '좋아요'를 누르고 링크를 걸었으니 콜벨은 자신이 먼저 누른 것이나 마찬가지였다. 교수는 그쪽에서 요청한 신속한 속도에 맞추어 자신도 신속하게 결정을 내려야 한다고 생각했다. 수락과 거절 사이에서 망설였다. 외로워 보였다. 교수는 친구 요청을 수락했다.

그는 친구가 되어 저자의 페이스북으로 들어갔다. 게시물은 대부분 책 때문에 겪은 고생을 흔적으로 남기고 있었다. 재판은 복잡했다. 재판에 걸린 게 한두 건이 아니었다. 저자는 일본어판으로 일본에서 큰 상을 받았는데 일본군 '위안부' 아홉 명으로부터 고소를 당했고, 책 유통 금지 처분을 받았고, 아홉 명에게 배상금을 지불하라는 판결을 받았으며, 명예훼손죄를 범한 것으로 실형을 구형받았다. 이번에 무죄 판결을 받았다 함은 검사가 구형한 3년의 징역형은 법리적으로 옳지 않다고 판사가 판결을 한 것이었다. 결과가 나와야 하는 여러 건 중 하나였다.

교수의 눈에는 저자의 노선을 격려하는 친구들의 환호와 무죄 판결은 당연하다는 글이 우선 띄었다. 저자는 그동안 억울한 처지를 알리면서 명예 회복을 위해 국내외의 지인을 동원했다. 교수는 자신이 누른 '좋아요' 또한 선거로 따지면 저자의 당선을 지지하는 한 표로 작용하는 것 같다고 생각했다.

이런저런 글을 읽다보니 끝나지 않을 싸움임이 밝혀졌다. 이번 재판만 하더라도 무죄 판결이 났다고 해서 그대로 종료되는 것이 아니었다. 3년형을 구형한 검사가 항소를 예고한 상태였다. 무죄 판결에 반대하는 사람들이 새로이 책의 문제성을 지적하는 글을 써서 저자의 페이스북에 답글로 달았다. 그에 대한 비판과 비난이 꼬리를 물었다. 앞으로 어떻게 될 것인지 흥미진진, 복잡다단했다.

교수는 페이스북의 격렬한 분위기에 푹 빠졌다.

이번에 무죄 판결을 받은 재판의 내용은 저자가 사실과 다른 내용을 써서 '위안부'의 명예를 실추시켰는지의 여부가 중심이었다. 어떤 소장에서 원고들은 자신들의 명의를 '일본군 성노예'라고 적었다. 판사는 판결문에서 저자가 의도적으로 소장에 이름을 적어 본인임을 내세운 원고들을 직접 거론하며 명예를 실추시킬 만한 내용을 실은 것이 아니고 위안부 문제 전체에 대해 기술한 개인의 의견으로 보이는데 그 의견이 옳은지 그른지에 대해서는 재판부에서 판단할 일이 아니므로 무죄를 선고한다고 했다. 이전의 민사소송을 담당했던 판사가 저자와 출판사 대표에게 문제가 되는 부분을 삭제해서 유통시킬 것을 명령했고 원고 아홉 명 각각에게 일천만 원을 배상하라고 명령했던 것과 달랐다.

비명횡사한 죽음을 알리는 부고에 '좋아요'를 누르는 사람이 몇 백 명 몇 천 명일 수 있는 것이 페이스북의 특성이며 슬퍼 죽겠다는 절망의 글에도 '좋아요' 아이콘이 달리는 것이 페이스북의 생태였다. 테러 희생자를 추모하는 기사에도 '좋아요'가 붙고 테러 장면이 리얼하게 소개되는 영상에도 '좋아요'가 붙었다. 페이스북에서 '좋아요' 아이콘은 좋다는 뜻만이 아닌 것이 분명했다. 그런데 그는 '좋아요'를 눌러놓고 침묵하고 있자니 기분이 꺼림칙했다. '좋아요'를 누름으로써 강제로 끌려가 성노예로 살았던 일본군 '위안부'를 일본의 전쟁 승리를 위해 일본군을 위안했던 애국 처녀로, 자부심과 긍지를 느꼈던 여성으로 표현했다고 비판받는 책의 논지에 찬성하는 일원이 되어 버린 것 같았다.

'좋아요'를 눌렀을 때는 진심으로 좋아서 그랬다. 표현의 자유를 보장하는 재판부의 판결에 대한 존중이었고 그런 일로 문필가가 재판정에 끌려가서는 안 된다는 상식이 확인되었다는 점에서 마음이 좋았다. 책의 내용과 재판의 내용을 알지 못했을 때였다.

책을 비난하는 사람들은 주로 '동지적 관계', '매춘적 강간 혹은 강간적 매춘', '애국 처녀의 미소' 등의 수사에 집중했다. 당시의 '위안부'들은 일본군과 동지적 관계를 맺고 있었으며 성관계는 '매춘적 강간 혹은 강간적 매춘'이었다고 설명해서 저자가 '위안부'의 명예를 실추시켰다고 했다. '위안부'들은 당시에 일본군의 배려 아래에서 평화로운 웃음을 띠었을 때도 있었는데 저자가 그것을 애국심에서 기원한 미소라고 명명하는 것 역시 악의적인 왜곡이라는 것이었다. 저자는 일부 그런 사람이 있었음을 서술한 것이지 모두가 그렇다고 말한 적 없다고 항변했다. 일부 그런 사람의 증언을 공개하지 않는 것은 다양성을 인정하지 못하는 것이며 명백한 인권 유린으로 이어진다고 말했다. 그리고 저자는 고소의 절차를 문제로 삼았다. 나이 든 할머니들이 스스로 건 재판이 아니라 운동권 지원자들이 책 내용을 왜곡하여 전달한 후 할머니들의 분노를 부추겨서 재판에 부쳤으니 의도가 불순하다는 것이었다. 나이 들어서 이제 책을 읽지도 못하는 분들이 어떻게 자신의 책에서 명예가 훼손될 만한 부분을 골라서 고소할 수 있겠느냐는 것이었다.

그는 도서관으로 갔다. 책을 검색했다.

문제가 되는 책을 뽑으러 가니 그 책 곁에 『누구를 위한 '화해'인가』, 『제국의 변호인 ○○○에게 묻다 ─ 제국의 거짓말과 '위안부'의 진실』이 있었다. 원래의 책을 읽으면 나머지 두 책은 읽지 않고도 내용을 짐작할 수 있을 법했다.

『누구를 위한 '화해'인가』는 '화해'에 왜 작은따옴표가 쳐져 있는지 의아했으나 그 의아함을 해결하면 논지가 정리될 것이라 생각했다. 『제국의 변호인 ……』은 제목이 거칠어 읽어보지 않고도 논지를 알 수 있을 것 같았다. 부제에서 '거짓말'과 '진실'을 대립시키고 있으니 누군가는 악의 있는 거짓말을 하고 있는 셈이었다. 책을 둘러싸고 벌어지는 논쟁을 살필 겸 그는 세 권의 책을 모두 대출했다.

연구실로 들어가서 책을 펼쳤다.

목차에서 부드러운 평화주의자의 향취가 났다. 온건한 페미니스트의 눈길이 느껴졌다. 이런 책이 왜 형사소송에 걸렸을지 호기심이 생겼다. '위안부' 문제를 페미니즘적

시각으로 보는 단락, 일본 정부에 대해 거는 기대, 간과하지 말아야 할 역사적 사실 등이 순차적으로 기술되어 있어서 구조적 완결성이 느껴졌다.

낯설게 다가오는 것이 있다면 그의 의식 속에서 '일본군 '위안부''라고 정리된 피해자들을 저자가 '조선인 위안부'라고 명명한다는 것이었다. 그는 한국과 일본 양국 정부에게 위안부 문제에 대한 올바른 해결에 이를 것을 촉구하고 아시아의 평화에 기여하고 싶다는 취지에서 책을 펴낸다는 저자의 희망에 동조하면서 서문을 읽은 후 본문을 읽기 시작했다.

독서의 길은 험난했다. 제목에서 말하는 '제국의 위안부'란 '일본인 위안부'와 '조선인 위안부' '대만인 위안부'를 통칭하는 용어였다. '조선인 위안부'란 '조선인' 출신의 '위안부'였다. 그들은 일본제국으로부터 배려를 받은 존재임을 서술하기 위해 내세운 개념이었다. 저자는 '조선인'은 '일본인'과 달리 차별을 겪었으나 준일본인으로서 자긍심을 가지고 애국하는 존재일 수 있었다고 말했다. 조선과 대만은 일본의 식민지 속국이었기에 중국이나 아시아 기타 지역의 다른 나라에 비해 지위가 높았다고 한다. 조선인 위안부는 일본인 위안부와 비슷했기 때문에 일본군에게 인기가 있었으며 전장에서 고통을 겪고 있는 젊은 군인들을 고향의 이미지로 위안할 수 있는 존재였다. 적국이나 점령지의 여성들이 강간을 당할 때에 조선인 위안부는 준일본인의 지위를 누리면서 군으로부터 관리를 받고 배려를 받았다고 말했다. 적국의 여성들이 무방비 상태로 강간을 당할 때에 조선인 위안부는 위안소라는 공간에서 군으로부터 성병을 치료 받고, 성병 감염 예방주사를 맞았다고 했다. 그것은 조선인이었기 때문에 가능했다고 저자는 말하고 있었다.

그는 '좋아요'를 누른 것을 후회했다. 자신이 누른 '좋아요'가 저자를 지원하는 에너지가 된다는 생각에 마음이 찜찜했다. '좋아요'를 누름으로써 '위안부'를 일본의 전쟁 승리를 위해 일본군을 위안했던 애국 처녀로, 자부심과 긍지를 느꼈던 여성으로 표현한 책의 논지에 찬성한다고 말을 해버린 결과가 되는 것 같아 속이 상했다.

곳곳에서 그는 난관에 봉착했다. 저자는 많은 위안부가 있었고, 그 중에서 특별히 강제로 연행되어 유린당한 소녀들은 극히 일부였는데 왜 정신대문제대책협의회에서는 위안부를 '강제로 끌려간 20만 명의 소녀들'이라고 말하느냐고 비판했다. 저자에 따르면 그것은 운동권 세력의 몰염치한 피해 과장 왜곡이었다. 저자는 어린 소녀를 피해자의 상징물로 조형한 평화의 소녀상에 대해서도 설치자의 잘못을 추궁했다. 소녀상 때문에 일본인들이 한국을 혐오하게 되었는데 그것이 위안부 문제의 해결에 큰 걸림돌이 되고 있다고 했다.

그는 책날개에 소개되어 있는 저자의 이력을 읽었다. 저자는 서울에서 태어나 서울에서 자랐고 유명한 일본의 대학과 대학원에서 일본문학을 공부해서 박사학위를 받았다. 그는 저자의 국적을 검색했다. 저자는 한국인이었다. 이민을 와서 이중 국적을 가지고 있는 것이 아닌지 검색해 보았으나 그런 정보는 있지 않았다. 한국에서 태어나 한국에서 자라다가 일본으로 유학을 가서 대학교와 대학원을 졸업하고 한국으로 돌아온 사람이었다.

책날개의 저자 소개에 따르면 저자는 소설가 오에 겐자부로의 작품과 비평가 가라타니 고진의 책을 번역하여 한국에 알린 것에 자부심을 가지고 있었다. 그는 문학을 전공한 저자가 왜 아리스토텔레스도 모를까, 하는 생각이 들었다. 오에를 아는 저자가 왜 약자 중심의 미학 원리에 대해 무심할까 하는 생각이 들었다. 특수를 보편으로 확대해서 다수의 감동을 이끌어내는 것이 아리스토텔레스가 제안했던 문학의 창작 원리였다. 기원전부터 지금까지 문학 전공자라면 누구나 아는 『시학』에 나오는 문장이었다. 그런데 저자는 소녀상의 소녀는 극히 일부의 위안부였을 뿐이라고 여러 번 말했다. 당시의 위안부 평균 연령은 스물다섯 살이었다는 자료를 근거로 내세우며 소녀상은 허위로 날조된 이미지라고 말했다.

설령 그렇다 치더라도 평균이 전부를 대표한다고 믿는 것은 문학 하는 사람이 취할 태도가 아니었다. 평균은 통계이지 상징이 아니었다. 소녀상이 평균을 알리기 위해 조형된 것은 아니었다. 저자가 그것까지 모르지는 않을 텐데 상징을 평균이라고 착각하는 것 같았다. 소녀상의 상징은 평균을 알리기 위한 것이 아니라 가장 큰 고통을 알리는 데에 기여하는 것이 아닌가. 그는 평화의 소녀상이 동상이라는 것 때문에 초등학교 화단에 있었던 이승복 동상과 유관순 동상을 떠올렸다. 지금은 날조된 일화로 인식하는 사람이 많은, 나는 공산당이 싫어요라는 일화 속의 '이승복'은 소년의 평균이 될 수 없었다. 삼일운동의 유관순 역시 독립운동 소녀의 평균이 아니었다.

그들은 상징이었다. 평화의 소녀상 역시 상징이지 통계가 아니었다. 그런데 저자는 통계학적으로 평화의 소녀상에 문제를 제기했다. 그는 평화의 소녀상이 동상이라는 것 때문에 이승복과 유관순을 떠올렸듯이 저자가 번역한 적 있다고 한, 장애아를 키우면서 소설 세계를 넓히고 인간의 본성에 천착한 작품을 써서 노벨 문학상을 받은 작가의 작품 때문에 장애아를 자식으로 둔 부모의 마음을 생각했다. 자녀 중에 아픈 이가 있으면 부모는 가장 크게 아픈 딸이나 가장 크게 아픈 아들의 부모였다. 병이 없는 자녀와 평균을 내서, 평균값으로 아픈 자녀의 부모가 아니었다.

저자가 사용하는 '우리'라는 말에서 속이 뒤틀리는 것을 막기 힘들었다. 저자는 '우리'가 누구인지 밝히지 않으면서 '우리'가 딸을 키우는 아버지로서 딸을 보호하지 못하고 오히려 여자라서 차별하고 결과적으로 '우리'의 공동체에서 그녀들을 위안소로 추방한 책임이 '우리'에게 있다고 했다. 머리가 핑 돌았다. 저자가 말하는 '우리' 속에는 현재를 살아가는 한국인 모두가 들어가 있었다. 모두가 그랬던 것이 아니었지만 한두 명이 그랬다고 하더라도 그것은 '우리'였다는 것이었다. 이번에는 평균을 내지 않고 특수를 보편으로 확대했다.

교수는 책에서 눈을 뗄 수 없었다. 불쾌감이 증폭했는데 저자의 말 모두가 기괴한 것이 아니었다. '강제로 끌려간 20만 명의 소녀'라는 수사는 틀린 말일 수 있었다. 저자는 근거를 가지고 있었다. 일본이 전쟁에서 패배하자 위안부들을 무차별 학살했다는 말 역시 공식 기록이 될 수 없는 허구일 수 있었다. 평화의 소녀상에서 소녀의 헤어스타일이 숏커트인 것을 보면 소녀상의 소녀는 당시의, 교육받지 못했던 조선 소녀를 조형한 것이 아님을 알 수 있다는 말을 읽고 교수는 어퍼컷을 맞은 듯 충격을 받았다.

시간이 가는 줄 모르고 책에 빠져들었다. 왜 이렇게 불쾌할까. 저자에게 왜 일본군은 다정한 오빠인 것처럼 서술되어 있는 것일까. 그것을 한국인 저자가 썼기 때문일까. 교수는 '강간적 매춘', '매춘적 강간'이라는 표현을 대하며 눈물을 흘렸다. 심리적 눈물이 아닌 실제의 눈물이었다. 대단한 충격이었다. 눈물을 흘리다가 코를 풀었다. 코를 푼 휴지를 책상 위에 던졌다. 눈물의 정체를 알 수 없었다. 국어사전에서 '매춘'을 검색했다. 사전의 풀이에 따르면 '매춘'은 '매음'과 같은 말이고 '매음'은 '돈을 받고 몸을 팖'이라는 명사였다.

그렇다면 '강간적 매춘'이라 하면 어떻게 해석해야 하는

가. 강간이면서 매춘인 것. 그는 사전을 다시 펼쳤다. 혹시 '매춘'에 '돈을 내고 몸을 삼'도 있지 않은지, 그러니까 매춘賣春과 매춘買春을 통칭해서 매춘이라고 하지 않는지 살폈다. 강간을 해 놓고 '나는 너의 몸을 산 거야'라고 말하면서 돈을 던져준 존재를 표현하기 위한 말이어야 '강간적 매춘'이 성립했다. 그러나 사전에 몸을 산다는 뜻의 매춘買春은 없었다. 강간적 매춘, 매춘적 강간에서 매춘은 몸을 판다는 뜻이었다. 매춘의 주체는 위안부 여성이었다. '강간적 매춘'에서 매춘의 주체 역시 위안부 여성이었다.

여러 경로로 강간적 매춘을 해석해 보았다. 포주와 업자가 강요하는 '강제적 매춘'은 해석이 가능한데 '강간적 매춘'은 도저히 어떻게 해볼 길이 없었다. 도표를 그려서 역, 이, 대우 관계를 따진 결과 '강간적 매춘'은 '돈을 받기 위해 달려들어 상대를 겁탈하고서 돈을 요구하는 행위'로 해석되었다. 위안부가 군인을 겁탈해 놓고 돈을 요구한 것이 강간적 매춘이었다. 군인이 위안부를 겁탈한 것이 아니라 위안부가 군인을 겁탈한 것이었다. 강간은 원하지 않는 성행위를 강요한 것을 뜻한다. 저자는 위안부를 그렇게 이야기하고 있었다. 군인이 원하지 않았는데 강제적으로 성행위를 했다. 어떻게 위안부를 그렇게 풀이할 수 있는가.

그는 인터넷에서 저자의 사진을 찾아 노려보았다.

책을 다시 읽었다. 저자는 강간적 매춘이 오해일 수도 있다고 말하면서 강간적 매춘이 이상하게 들린다면 위안부들이 했던 행위는 '매춘적 강간'이었다고 말했다. 매춘적 강간은 무엇인가. 몸을 팔고 싶은데 상대가 거절하자 상대를 힘으로 제압해서 강제로 겁탈을 하는 것이라 할 수 있었다. 누가 누구를? 위안부가 군인을? 돈을 바라고? 강간을 당해 놓고 돈을 원했으니 그것이 강간적 매춘이란 뜻인가?

교수는 검색에 들어갔다. 저자의 글이 검색되었다. 저자는 의도의 정당성을 주장하기 위해, 강간의 성격도 있었고 매춘의 성격도 있었음을 나타내는 표현으로 그 표현을 고안했다고 썼다. 있을 수 없는, 4차원적인 한국어 조합이었다. 상식으로 이해할 수 없었다.

책을 읽고 생기는 메스꺼움의 정체 때문에 혼란스러웠다. 책을 던져버렸다. 누군가에게 분풀이를 하고 싶었다. 저자의 페이스북에 들어갔다. 페이스북은 책과 다른 세상이었다. 잘못하면 직접 물어 뜯김을 당할 수 있었다. 정신을 바짝 차려야 한다는 생각이 들었다. 함부로 지껄일 수 없었다.

　그는 게시물을 훑어보다가 저자의 페이스북에 들어 있는 자신의 자아 하나를 발견했다. 자기처럼 혐오감을 느끼고 비난 글을 써서 올렸다가 저자를 지원하는 세력에 의해 난도질당하는 사람이 있었다. 저자를 지원하는 세력은 상대에게 전부를 읽고 이야기하라고, 단장취의하여 왜곡한 기사 따위를 읽지 말고 책 전체를 읽은 다음 비판하라고 독서의 성실성을 요구했다.

　책을 비판하면서 저자와 지원자들의 입을 못 열게 하려면 본문뿐만이 아니라 저자가 읽고 인용한 자료를 모두 읽은 후 진위 여부를 가리고 가치 판단을 해야 했다. 저자가 읽은 자료에는 일본어 자료도 많았다. 저자는 일본에서 공부를 했고, 일본학을 가르치고, 페이스북에서 일본어로 글을 쓰기도 했다. 발을 들일 수 없었다. 게임이 안 될 것 같았다.

　매춘적 강간 혹은 강간적 매춘이 들어 있는 부분을 다시 읽었다. 저자는 위안부란 돈을 벌기 위해 자발적으로 몸을 팔았던 매춘 여성이었고 그 여성을 관리한 일본군의 위안소 제도는 일본에서는 합법이었던 공창제도에 기원을 두고 있었기 때문에 불법이 아니었다고 주장하는 일본의 일부

위안부 문제 부정론자의 견해를 반박하는 차원에서 매춘적 강간 혹은 강간적 매춘이라는 말을 사용하고 있었다. 위안부 문제를 부정하는 이들은 '매춘'이라 부르고 '우리'는 강간으로만 이해하고 있는 실정인데 위안소를 통해 돈을 벌어서 이익을 챙겼던 사람들이 있었으니 그것도 역사적 사실이라는 것이 저자의 주장이었다.

창문을 열고 고개를 저었다. 페이스북에서 '좋아요'를 한번 누른 결과가 이렇게 복잡한 상황을 초래했다. 이렇게 에너지를 많이 쓰게 될 줄 몰랐다. 그는 상식에 기대어서 책을 읽었다. 책 때문에 그가 알고 있는 상식에 균열이 나기 시작했다. 그러기 위해 출간된 책이었다. 감정적으로 대응할 문제가 아니었다. 그는 밤의 창가에서 가로등을 내려다보았다. 나는 왜 이 책을 보게 되었는가. 밥도 못 먹고 열두 시를 넘겼다는 사실에 짜증이 치밀었다.

그는 마음이 허전했다. 다시 페이스북에 접속했다. 누구에게 말을 걸면 좋을까. 친구들의 포스팅에는 정치 얘기, 음식 얘기, 여행 얘기가 많았다. 눈길이 가지 않았다. 그는 메신저를 켰다. 혜린이의 아이디 램프에 녹색불이 반짝거렸다. 그는 메신저로 혜린이를 불렀다.

◄ 혜린, 오랜만. 뭐하니?

교수는 반응을 기다렸다. 십 분쯤 후 답장이 왔다. 그는
답장을 읽고 바로 메시지를 보냈다. 이런 대화가 오갔다.

➤ 안녕하세요, 교수님? '오랜만' 아닌데요…….

◄ 안 자는구나.

➤ 네. 자소서 쓰느라요.

◄ 취직이 빨리 돼야 할 텐데.

➤ 그러게요.

◄ 너 말이야.

➤ 네.

◄ 매춘적 강간, 강간적 매춘, 이런 말 들은 적 있니?

➤ 네??????

◄ 처음 듣니? 정말 이상한 말 같지?

혜린이는 커피를 타러 갔는지 답이 없었다. 종종 대화가
끊어질 때는 커피를 타러 갔다 왔다고 말했다. 교수는 자기
도 커피를 타서 책상에 다시 앉았다. 대화가 재개되었다.

➤ 죄송합니다. 낮에 뵙고 말씀 들어드려도 될까요?

◄ 응?

➤ 내일이 편할 것 같아요. 밤이고 열두 시도 넘어서 피곤합니다.

◄ 내일? 그래, 오케이.

➤ 네.

◄ 먼저 만나자고 하는 말 들으니까 좋다.

➤ 네.

◄ ○○역 스타벅스 어때?

➤ 네.

◄ 시간은?

➤ 교수님이 정하세요.

◄ 오전에 수업이 있으니까 점심시간 지나고 두 시쯤?

➤ 네. 알겠습니다. 혹시 변경되시면 연락 부탁드립니다.

◄ 그래. 하고 싶은 말이 있어서 메시지 했는데, 내일 얘기할
수 있으니 그때 보자.

➤ 네.

교수는 페이스북을 닫았다. 가방에 『누구를 위한 '화해'
인가』를 넣고 집으로 갔다.

늦은 밥을 먹었다. 책을 펼쳤다. 목차와 서문을 읽으면서 가슴을 쓸어내렸다. 아, 다행이다. 입 밖으로 말을 꺼내어 자신을 위로했다. 저자는 그가 엄두를 내지 못할 것 같은 일을 대신 해주고 있었다. 『제국의 ○○○』에 나오는 자료를 모두 섭렵하고 그것에 추가 자료를 제시하여 논리와 문장의 오류를 바로잡아 알려주었다. 무엇보다 든든한 마음이 든 것은 읽는 데에 에너지가 크게 들지 않는다는 점이었다. 놀라게 만든 그 책처럼 문장 문장에 고개를 갸웃거리면서 논리를 잡기 위해 곰곰 생각해야 할 일이 없었다. 처음부터 끝까지 논지가 일관되었다.

사회학 공부에서 출발해서 한국의 역사학에 도착한 연구자였다. 그 저자가 보기에 재판에 걸린 책은 문학을 전공한 역사학 아마추어가 논리적 증명 절차 없이 감상적인 추론에 기대어 기괴한 의견을 덧붙인 것으로, 의도가 불순했다. 정대협(정신대문제대책협의회)에서 공개한 증언집을 자료로 삼아 놓고 정대협이 증언이라는 것의 존재를 은폐하려고 했다고 말하고 있으니 그렇다고 판단하지 않을 수 없었다. 그 저자에 의하면 책의 저자는 정반대의 주장을 잘못 이해하여 허위 사실을 기술했으며 다양성을 말한다는 명목 하에 근간이 되는 본질을 흐려서, 일본에게는 책임이 없다는 과거의 주장을 처음 있는 자신의 견해인 것처럼 말했다. 한 마디로 나쁜 책이었다.

그는 마음이 편안해졌다. 더 읽을 필요가 없었다. 『누구를 위한 '화해'인가』의 저자는 저자가 사실을 이미지화해서 독자의 판단을 흐리게 한다고 했는데 그가 보기에 그런 지적은 예리한 문체 분석까지 아우르고 있어서 합리적인 것처럼 보였다. 승부 게임으로 따진다면 대대적인 압승이었다. 사실이 아닌 것을 인용하고, 증언을 잘못 해석하고, 법률 용어를 잘못 이해한 책에 승점을 부여할 수는 없었다. 일본이 전쟁을 벌인 당시에는 공창시설이 합법이었으므로 위안소에서 위안부를 성노예로 고용한 것은 법적인 잘못이 아니었다고 할 때, 매춘 행위를 인정하는 일본의 국내법과 전쟁범죄를 판단하는 국제법의 차이를 저자는 모른다고 했다. 순식간에 마음의 불이 사그라지는 것을 느꼈다. 그는 반성했다. 책을 읽으면서 왜 저자가 말하고 있는 내용에 대하여 '이 말이 진짜일까'라고 묻지 못한 채 '왜 이런 말을 하는 거지?' 하면서 버럭 화부터 냈을까. 그는 자신이 못마땅했다.

생각을 끊으면 되는 일일 텐데……. 그런데 왜일까. 교수는 불이 사그라진 것이 아쉽고, 마음에 먼지가 자욱이 낀 것 같은 기분이 들어서 잠이 오지 않았다. 『누구를 위한 '화해'인가』의 저자에 따르면 역사 공부에 미숙한 한 한국인이 일본인에게 아부하기 위해서 책을 펴냈다. 일본어판에서는 그 아부를 명백히 밝히기 위해 한국어판에 없었던, 일본 정부는 꾸준히 사과해 왔고 일본 정부가 피해자들에게 개별 보상을 하려는 정책을 한국 정부가 가로막았으니 책임은 한국 정부에게 있다는 문장을 추가로 기술했다고 한다. 『누구를 위한 '화해'인가』의 저자는 일본에서 태어나 일본에서 살면서 일본어로 생활한다. 한국어판보다 일본어판을 더 먼저 접했다. 일본어로 출간된 그 책을 읽었으니 언어를 잘못 읽은 것은 아닐 것이다.

그는 『누구를 위한 '화해'인가』를 바라보았다. 저자는 재일조선인 3세로, 젊은 학자였다. 일본에서만 살았다. 어느 날 한국인이 '위안부' 문제에 있어서 일본군에게 직접적인 책임을 물을 수 없다고 말하는 것으로 알려지는 책이 베스트셀러가 되는 것을 목격했다. 그래서 반발심으로 책을 썼다. 일본어로 써서 출판한 책의 제목은 '망각을 위한 화해'였다. 한국어판 『누구를 위한 '화해'인가』는 번역자가 제목을 새로 정했을 것이다. 제1 언어가 한국어가 아닌 저자가 제1 언어인 일본어로 쓴 책을 한국인 번역자가 번역했다.

한국어로 소설을 쓰고 한국어로 강의를 하는 교수인 그는 문득 연구실에서 던진 책의 안부가 궁금해졌다. 『누구를 위한 '화해'인가』에 전폭적으로 고개를 끄덕이고 있자니 허전함이 느껴졌다.

잠이 오지 않았다. 동이 트는 새벽이었다. 새벽 공기에 미세먼지가 자욱하게 끼어 있었다. 창을 바라보니 목이 텁텁했다. 편한 차림으로 집을 나섰다. 새벽길을 운전하고 학교로 들어가기는 처음이었다. 벚꽃이 눈에 들어왔다.

책을 책상에 올려놓고 표지를 바라보았다. '식민지지배와 기억의 투쟁'이라는 부제가 달려 있었다. 책등에는 언뜻 보면 아이를 업은 것처럼 오해될 수 있는, 일본의 봇짐을 등에 진 조선으로 따지면 한복 같은 옷, 기모노를 입은 여자의 형상이 붉은색 계열의 이미지로 인쇄되어 있었다. 앞표지에는 기모노 입은 여자의 이미지를 반등분하여 옆에서 본 사람의 얼굴을 위아래로 늘여 놓은 것 같은 느낌을 주는 이미지를 제목 '제국의'와 '위안부' 사이에 배치해 놓고 있었다. 매춘적 강간과 강간적 매춘이라는 말이 떠올라서 모골이 송연해졌다. 당시의 여성 중에는 일본군과 사랑할 수 있는 기회를 만난 사람도 있었는데 정대협 같은 한국 피해자 지원 단체에서는 피해자가 그런 기억을 노출하지 못하도록 막는다고 했다. 운동권 세력이 자신들의 정치적 목적을 달성하기 위해 행사한 폭력이며 그것은 피해자들의 인권을 유린하는 행위라는 말이 떠올랐다. 손에서 땀이 났다.

다시 읽었다. 일본군이 어린 소녀를 유괴하는 업자들의 불법행위를 묵인한 것은 일본 군인들의 향수를 위로하기 위해서였다고 적힌 문장을 읽었다. 위안부들은 성적 위무를 포함하여 심리적 위안을 주는 역할을 국가로부터 부여받았다고 적힌 문장을 읽었다. 그리고 '물론'을 읽었다. 저자는 '물론' 그러한 역할은 국가가 임의로 부여한 역할이었다고 말했다. 그런 일이 있었는데 그것은 '물론' 전부가 다 그랬다는 뜻은 아니라고 말했다.

위안부의 불행을 만든 것은 가난과 남성우월주의적 가부장제와 국가주의였다고 적힌 문장을 읽었다. 젊고 가난한 여성을 유괴하고 강제 연행한 것은 일본군이 아니라 민간인 업주나 포주였다는 문장을 읽었다. 폭행을 한 것도, 아편을 주사한 것도 일본군이 아니라 업주나 포주였다는 문장을 읽었다. 소녀들을 공동체 바깥으로 내친 것은 우리들 자신이었다고 말하는 문장을 읽었다. 저자는 다정하고 배려 많은 일본군 몇 명의 회고담을 이야기했다. 위안부들은 하급병사들의 고갈되지 않는 왕성한 욕망에 응해주어야 했다고, 위안부를 주어로 내세워 말했다. 저자는 하급병사들이 욕정을 배설했다고 말하지 않고 위안부들이 응했다고 기술했다. 저자는 모든 일본군이 짐승 같은 존재들이 아니었는데 왜 '우리'에게는 모두가 짐승의 이미지로 남아 있느냐고 물었다. 강제 징집된 군인 중에는 위안부를 해방한 군인도 있었는데 왜 그들에 대해서는 침묵해야 하느냐고 물었다. 그는 읽었다. 언어와 이름을 잃은 채로 성과 생명을 국가를 위해 바쳐야 했던 조선의 여성들이라는 표현을 읽다가 책을 찢었다. 찢다가 던졌다.

찢어서 던진 책으로 다가갔다. 도서관 바코드가 눈에 들어왔다. 구입한 책이 아니라 대출한 책이기에 원상태로 반납해야 할 것이다. 하지만 그는 책을 발로 찼다. 찢어 놓은 페이지를 손아귀에 넣고 구겼다. 책상으로 다가갔다. 식은 커피를 마셨다.

끝까지 읽기로 했다. 그는 혀를 차면서 문장을 읽었다.

저자와 자신이 동일한 분노를 가지고 있는 부분에서 놀랐다. 일본에는 책임이 없다고 주장하는 사람들을 저자는 '부정론자'라고 불렀다. 부정론자들은 위안부 문제를 합법적인 제도였다고 주장하며 책임이 없다고 말한다고 했다. 저자는 조선인 위안부를 윤간하는 일본군을 예로 들면서 어떻게 그것이 범죄가 아닐 수 있느냐고 따졌다. 그가 상식이라고 믿고 있는 '위안부'의 실상을 저자가 이야기하고 있다는 점이 새삼스럽게 다가왔다. 저자는 부정론자들을 공격하기 위해 성 노동으로 지친 몸을 가지고 걸음도 못 걸으면서 피 묻은 붕대를 빨아야 했다고 고통을 이야기하는 증언을 소개했다. 그는 무릎을 쳤다. 저자의 논리를 발견한 것이 기뻤다. 정대협을 비판할 때는 착한 일본인을 예로 들고, 부정론자를 비판할 때는 나쁜 일본인을 예로 드는 것이 저자의 논법이었다.

정대협을 비판할 때는 붕대 감는 법을 가르쳐주고 심지어는 총 쏘는 것까지 가르쳐준 일본군의 배려를 이야기하더니, 조선인 위안부들은 준일본인으로서 배려를 받고 군을 돕기 위해 자발적으로 빨래를 했다고 이야기하더니, 부정론자를 비판할 때는 성 노동으로 지친 몸을 가지고 걸음도 못 걸으면서 피 묻은 붕대를 빨아야 했다는 증언을 소개했다. 정대협을 비판할 때는 강제로 끌고 간 것은 군이 아니라 업자였다고, 업자의 잘못을 이야기하더니 부정론자를 반박할 때에는 군이 그런 사실을 몰랐을 리 없고, 알면서도 묵인했다면 그 잘못과 책임은 군에 있다고 말했다. 정대협을 비판할 때는 조선인 위안부가 준일본인으로서 대우를 받았다고 하더니 부정론자 비판장에서는 일본군이 식민지민에 대한 차별인식으로 조선인 위안부를 학대했다고 말했다. 정대협을 비판할 때는 업자들을 폭행의 주체로 규정하면서 일본군을 비폭력 성구매자로 옹호하더니 부정론자를 비판할 때는 일본은 업자들에게 불법행위를 전담시켜 조선인 업자를 동족에 대한 가해자로 만들었다고, 업자를 피해자 쪽으로 정리하면서 일본을 악마적인 존재로 서술했다. 업자를 시켜서 강제적으로 연행한 것은 일본군이었는데 그것은 살인교사와 마찬가지였다고 말했다.

이제 알겠다. 왜 다 읽으라고 했는지. 왜 다 읽어야 오독을 피할 수 있다고 말하는 것인지. 이 부분을 예로 들면서 저자는 자신이 진취적인 좌파의 세계관을 가지고 있다고 말할 수 있을 것이다. 부정론자를 비판하는 근거란 정대협이 일본의 책임을 따질 때 앞세우는 근거가 아닌가. 저자는 페이스북을 통해 자신이 받은 무죄 판결에 대하여 보수언론에서는 자세히 다루어 주었는데 진보언론에서는 보도해주지 않아서 서운하다고 말했다. 그는 그 마음을 알 것 같다고 생각했다. 여기서는 이렇게, 저기서는 저렇게 말하는 것이 책의 논법이었다. 결국 저자가 새롭게 추가해서 남긴 것이 있다면 대부분은 소설에 나오는 착한 일본군인 이야기였다. 그래서 아마추어가 쓴 감상적 에세이에 불과한 것이었다.

그는 소파에서 잠깐 잠을 잤다.

오전 수업을 마치고 그는 카페로 나갔다. 스타벅스에는 혜린이가 먼저 나와서 기다리고 있었다. 그는 인사를 나눈 후 이렇게 말했다.

"하루 종일 불쾌하다. 강간적 매춘이 뭐니 도대체!"

"궁금했어요. 왜 갑자기 그러세요?"

"어떤 책 때문에."

"책요?"

"미치겠어, 아주."

"왜요?"

"우연히 손에 잡았는데, 굉장히 이상해. 위안부하고 일본군이 동지적 관계였다잖아. 나빴던 것은 일본군이 아니라 포주였다는 말을 들으니까 확 돌아버리겠더라고. 지주는 착했는데 마름이 나빴다는 식이지. 전시상황이라 어쩔 수 없었기 때문에 일본군에게는 책임이 없다는 식이야. 칼로 찔렀는데 손이 한 짓이니까 머리한테는 책임이 없다는 식이야. 손을 자르면 되는 거야, 그럼? 진짜 책임자는 어떻게 하려고? 진짜 책임자는 책임이 없다는 것인가? 착한 일본군 얘기를 너무 많이 해. 남편이 일본 사람인가? 정○○이라는 사람이 쓴 책을 보니까 그 이상한 책은 이미 있었던 일본군 무죄론 여섯 가지를 조목조목 다 반복하는 논지를 가지고 있다고 하더라고."

"……."

"위안소는 공창시설이었으므로 합법이었다. 군은 위안부들을 좋은 방향으로 관리했다. 그들은 성노예가 아니었다. 군인들은 여자들을 강제로 연행하지 않았다. 국가 차원에서 한 잘못은 없었다. 전쟁에서는 어쩔 수 없이 그런 것인데 나쁜 것은 일본만이 아니다. 그런 내용이야."

"왜 위안부 문제에 관심이 있으세요?"

"알고 있어야 하니까."

"왜요?"

"작가니까."

"교수님이 작가이신 거 알아요. 그런데 왜요?"

"왜가 어디 있니? 우리 역사인데?"

"왜 위안부 문제에 관심을 두시는지 갑자기 궁금하네요. 밤중에 메시지를 보내시고. 세상에는 관심을 가질 수 있는 여러 영역이 있는데."

혜린이는 말을 끊고 커피를 마셨다.

그가 말했다.

"내가 왜 그런 기분이 들었는지 알겠지? 더 얘기할 필요가 있을까?"

"그런데 교수님, 왜 여기서 보자고 하셨어요?"

"연구실은 답답하니까. 넌 졸업했잖아 이제. 학교 지긋지긋하지 않니? 바깥에 나오니까 너랑 얘기가 더 잘 통하는 것 같다."

"좀 그렇죠. 저랑 있으면 얘기가 잘 통하긴 하죠. '제국의…… 그 책'. 우리 시대에 책 내용을 가지고 다투면서 법정으로 가는 건 진짜 아닌 것 같아요."

"진짜 아니지. 학문은 학문다워야지. 마광수, 장정일 때는 음란성이 문제여서 재판에 걸렸지. 그런데 이 책도 읽어

보니까 소송을 걸 만하더라고. 몰랐으면 넘어갔겠지만 알고 난 다음에는 가만히 있기 힘들게 생겼더라. 민사에서는 책을 거둬들이고 배상금을 내라고 했는데 형사 재판에서는 무죄로 판결했어. 판사가 표현의 자유를 보장한 건데 저자는 자기가 옳았다고 생각하고 있는 것 같아. 그렇게 말할 수 있다는 것이지 내용이 옳다는 뜻이 아닌 거야. 그런데 그 여자는 자기 말이 옳아서 무죄 판결이 난 줄로 아는 것 같아. 이상한 여자야."

"그 저자가 싫으세요?"

"좋지는 않아."

"교수님……."

"응, 왜?"

"좀 아닌 것 같아요."

"뭐가?"

"'제국의…… 그 책', 그 책을 남자가 썼어도 그렇게 말씀하실 수 있을까요? 이상한 여자라니까 좀 걸리네요. 남편이 일본인인가 묻는 것도요. 남자가 썼다면 아내가 일본인인가라고 안 물으실 것 같아요. 교수님은 소설가라서 자부심을 가지고 계신데……."

"혹시 아는 관계니? 그분하고?"

"아니요."

"들어 봐. 책 내용을 가지고 법정에 간 것은 분명 잘못된
거지. 그래도 너무 했어. 내가 남자라서 그런지, 남자 입장에
서 도저히 이해할 수가 없는 부분이 너무 많은 거야. 젊은
군인들은 거의 강제로 징집됐겠지. 그렇다고 모두가 다
성욕을 해결하기 위해 위안부와 관계를 맺지는 않았을
거잖아. 네 남자친구도 군대에 갔지만 군부대 앞에 있는
술집에서 모든 병사들이 성욕을 해결하지는 않으니까. 성병
이 무서워서 위안소에 출입 안 한 군인도 많았을 거야.
그런 군인에 대해서는 왜 얘기 안 하는 거지? 문제를 분석하
면 완전히 남성적 시각으로 쓰고 있어. 여자면서. 위안부
희생자들을 천구백칠십 년대, 팔십 년대 호스티스 문학의
여주인공쯤으로 보는 것 같아. 몸 팔아서 오빠 학비를 벌고,
애인 학비를 벌지만 끝내는 좌절하는 주인공들 말이다.
그 저자는 위안부를 학대하는 군인을 이야기할 때에도
윤리적으로 올바른 군인의 시선으로 범죄자 군인을 이야기
한단 말이다. 진짜 군인은 안 그러는데 군법을 어긴 쓰레기
군인만 위안부를 노예 취급했다는 거야. 그래서 올바른
군인까지 오해받도록 만들었다는 거야. 일본 측에서 들으면
좋을 말을 골라서 하고 있어."

"……."

"모두 잘못했다는 것은 아니야."

"그러면요?"

"어떤 증언은 말이야. 일본군이 말을 태워주고 해서 재미있게 논 적이 있고, 그때 사진도 많이 찍었는데 한국에 들어올 때 문제가 될 것 같아서 버리고 왔다고 했어. 그런데 저자는 그걸 결정적인 증거라고 내세우면서 그런 기억을 공개하지 못하도록 한 것이 위안부 문제를 한일 간의 불화로 확대하는 운동권 세력의 문제점이라는 거야. 좋았던 기억은 말해서는 안 된다, 희생성이 축소되는 발언은 하지 말아야 한다, 그렇게 강요를 했다는 거지. 문제가 될 수 있으니까 사진을 버렸다는 말에서 문제라는 말이 그렇게 해석될 수도 있는 거니? 네가 그런 상황이었다고 생각해봐. 집으로 돌아오는 길에 왜 그 사진을 버렸겠니? 귀환하면서 위안부였던 정체를 드러내고 싶지 않아서 그런 것 아니겠어? 인간에 대한 이해가 부족해. 공감 능력이 안 보인다고 할까. 정○○이 『누구를 위한 '화해'인가』를 써서 조목조목 짚어주었으니 천만다행이지."

"그 책이 마음에 드시나 보네요."

"괜찮더라."

"뭔가 아닌 것 같아요, 교수님은."

"뭐가?"

"'제국의…… 그 책'을 쓴 사람은 그 여자라고 부르고, 다른 책을 쓴 남자는 이름을 부르고……."

"그게 왜?"

"차이를 모르시지요, 교수님은."

"그럴 만하니까 이름을 안 부르는 거야."

"좋은 소설가라면 그 저자가 왜 그런 글을 쓰게 되었을까를 생각해봐야 하는 것 아닐까요? 소설가라면 그 내면을 들여다보려고 노력하셔야 하는 거 아니에요? 학생들한테 그렇게 가르치시잖아요. 다른 목소리를 만들어 보라고."

"그건 당연하지."

"다른 얘기, 해요. 지난번에 자소서 낸 데에서는 나중에 경력 쌓으면 다시 봤으면 한다고 답변이 왔어요."

"정말 문제다. 처음을 못하는데 경력직만 뽑으니. 첫 출근을 못하는데 언제 경력직이 되니!"

"그러게요."

"아는 데 있으면 알음알음으로 들어가서 첫 경력을 만들고, 그다음을 어떻게 해 봐야 되나 봐."

"그런가 봐요."

"남자친구는? 일주일에 몇 번 만나? 자주?"

"얘기하고 싶지 않은데…… 안 해도 되죠?"

"별로 안 좋니? 바람피우니?"

"……."

"교수가 제자한테 그 정도 말도 못 하니? 그런데 뭐가 아닌 것 같다는 거야, 내가?"

"뭘요?"

"아까 그랬잖아, 좀 아닌 것 같다고."

"글쎄요. 저는 만날 취직 걱정이에요. 여자라서 어렵겠지만."

"여자라서 어려울 게 뭐 있니. 능력으로 평가받는 거지."

"네."

두 사람은 각자 커피를 마셨다. 스타벅스 안에서는 사람들이 전자기기로 무언가 바삐 일을 하고 있었다. 혜린이와 교수는 각자의 전화기를 들여다보았다. 혜린이는 교수의 동작을 살폈다. 뭐라 할 말이 있는 눈치가 아닌지 몰래 그의 얼굴을 바라보았다. 교수는 인터넷 뉴스 페이지를 넘기면서 시간을 보냈다. 혜린이가 말했다.

"저……. 교수님."

교수가 말했다.

"응. 말해."

혜린이가 말했다.

"저는 이제 졸업했고, 혹시나 해서 말씀드리는 건데, 용건 없으시면 만나자고 안 하시는 건 어떨까요?"

"그건 네 마음이지. 난 괜찮아. 내가 너에게 명령하는 것도 아니고, 네가 먼저 만나자고 했잖아. 내가 어떻게 너에게 명령을 내릴 수 있겠니."

"아, 저는 용건이 있으신 줄 알았어요."

"그런 건 없어. 사람이 꼭 용건이 있어야만 연락하고 만나는 것은 아니잖아."

"저는 거절하기가 좀, 힘드니까요."

"그러니? 부담 안 가져도 되는데."

"그러는 게 좋겠어요. 메시지도 좀 불편해요."

"메신저 보다가 활동 중이라는 표시가 있어서 보냈던 거야. 잠 안 자고 뭐 했어?"

"자소서 썼어요. 그렇다고 얘기했던 것 같은데."

"어디 알아보는데?"

"출판사요."

"응. 그렇구나. 편집 쪽이겠지?"

"영업은 파트가 확실히 나뉘니까요. 남자를 뽑죠."

"아까 말했던 그 출판사 일은 그쪽에서 미안하다고 하더라. 나도 연락받았어. 취직이 어디 쉽게 되니?"

"메신저에 활동 중이라고 뜨는 거 메시지 받을 수 있다는 표시 아니에요."

"그럼?"

"교수님도 컴퓨터 켜놓고 주무실 때 있으시잖아요."

"싫으면 확인 안 하면 되지 않겠니? 알림을 꺼 놓거나."

"받고 싶은 메시지도 있으니까 알림을 일부러 꺼 놓을 수는 없죠. 변호사한테 상담하니까 싫다는 표시를 분명히 하라고 하더라고요. 교수님, 이제 그러지 마세요."

"그래. 안 불편한 메시지는 괜찮겠지?"

"불편하고 안 불편하고는 제가 느끼는 거죠. 저, 언제까지 여기 있어야 할까요?"

"응. 바쁘면 일어나자. 내가 차로 데려다줄까? 어디로 가? 집?"

"아니에요. 도서관 가서 자소서 쓰려고요."

"그래. 또 연락하자. 얘기를 하고 나니까 속이 좀 풀리네."

교수는 커피를 바닥까지 마신 후 계산을 하기 위해 계산대로 걸어갔다.

며칠이 지났다.

교수는 이상하게도 스다벅스에 다녀온 뒤부터 뭐가 따라다니는 것 같았다. 뭐라 말할 수 없는 찜찜함이었다. CCTV 카메라를 만나면 뒤를 돌아보았다. 혜린이가 녹화를 하며 따라다니는 것 같았다. 벚꽃이 활짝 핀 계절이었다. 교수는 재판에 걸린 책에 대해 스스로 유죄인지 무죄인지 판결을 내려야 할 것 같은 의무감이 들었다. 만만한 일이 아니었다. 책을 생각하다 보면 혜린이가 떠올랐다. 이유를 알 수 없었다. 혜린이를 생각하면 책이 떠올랐다. 두 가지는 떼려야 뗄 수 없는 관계로 접합된 존재처럼 다가왔다. 왜일까?

그는 나무 아래의 벤치에 앉아 페이스북을 열었다. 저자의 타임라인에 들어갔다. 타임라인은 화려했다. 많은 '동지'들이 저자를 격려했다. 이 중에서 책 전부를 성실하게 읽은 사람은 몇 명일까. 책에서 '동지'라는 말이 불쾌한 것은 저자가 그 말을 잘못 사용하고 있었기 때문이었다. 동지는 지향이 같은 사람을 일컫는 말이었다. 적진을 쑥대밭으로 만들기를 원했던 일본군과 전쟁광의 손아귀에서 벗어나고 싶었으나 몸을 착취당했던 '위안부'가 어떻게 같은 지향점을 가지고 있었겠는가.

교수는 혜린이에게 메시지를 보냈다.

≺ 너도 혹시 저자의 포스팅에 '좋아요' 누른 적 있니? 지난번 대화에서 잔상이 남는다. 혹시 『제국의 ○○○』의 저자와 아는 관계니?

혜린이에게서는 답장이 오지 않았다.

교수는 페이스북으로 돌아갔다. 저자를 옹호하는 사람의 글을 읽던 도중 답글로 '『누구를 위한 '화해'인가』를 읽어보시고 판단하시오'라고 입력하려다 생각을 접었다. 싸움으로 치자면 한발 물러선 셈이었다. 그는 자신이 왜 한발 물러선 것인지 생각했다. 『누구를 위한 '화해'인가』는 연역적으로 다가가 찾은 책이 아니라 도서관 사서가 서가에 나란히 꽂아 놓았기에 생각 없이 뽑아 들었던 책이었다.

혜린이에게서 메시지가 왔다.

≻ 피해자 쪽에서 안타까워하는 게 진짜예요. 교수님은 뭘 위해서 분개하시는 거죠? 뭘 잃으신 게 있나요? 생각하고 싶지 않은 걸 생각하게 만들어서 기분이 나쁘다고 말씀하시는 것 같아요. 그 사람 논리에 끌려간 게 기분 나쁘신 것 같아요. 교수님이 '위안부' 피해자 할머니의 입장에서 바라보시면서 화를 내는 건, 적어도,

아니잖아요. 교수님, 진짜, 리얼한 한국 남자예요. 그러다 '한남충'
돼요. 더 심한 말은 참을 게요.

그는 화가 났다. '한남충' 직전이라고? 내가? 한국 남자
벌레? 피해자의 입장에서 바라볼 줄 알아야 진정으로 공감
할 수 있는 것이라는 말은 상식이었다. 그는 당연한 말을
혜린이가 왜 하는지 의아했다.

◀ 나는 저자의 표현을 비판하는 거지 '위안부' 희생자들의
입장에서 이렇다 저렇다 하는 게 아니야. 역사적 사실에 대해
판가름할 수 있는 입장도 아니야.
▶ 페이스북에서 좋아요 한번 누른 게 그렇게 부담되세요?
누른 게 그렇게 싫으면 취소를 하세요. 그게 뭐 어렵나요? 그분이
싫으시면 친구 삭제를 하시면 되는 거고요. 자신 없으면 익명
게시판에 가서 그 저자를 욕하시든가요. 저한테는 밤중에 메시지
보내시면서. 매춘, 강간, 그런 단어를 아무렇지도 않게……. 그
사람도 진심이 있을 거잖아요.
◀ 너 나한테 왜 이러니? 왜 나를 찜찜하게 만드는 거야?

혜린이는 답장을 보내지 않았다.

교수는 주소록을 열었다. 한일관계에 정보가 많을 것 같은 정치학 전공 교수의 연구실에 전화를 걸었다. 정치학 교수가 전화를 반겼다. 휴게실에서 만나자고 말했다. 그는 다른 교수의 개입에 방해를 받고 싶지 않은 마음이 들었다. 자신의 연구실이나 정치학 교수의 연구실에서 대화를 했으면 좋겠다고 말했다. 정치학 교수는 휴게실이 편할 것 같다고 대답했다. 그는 하는 수 없이 휴게실에서 정치학 교수와 만나기로 했다.

휴게실은 비어 있었다. 그는 정치학 교수에게 책을 읽은 느낌을 털어놓았다. 정치학 교수가 물었다.

"박 교수님이 보시기에 그 저자는 왜 쓴 것 같아요?"

"글쎄요. 그냥 일본을 좋아하는 것 같아요. 일본에서 학부부터 공부하고 학위 받은 다음에 돌아와서 한국에서 교수가 됐으니까. 젊은 시절을 보낸 곳에 대한 긍정이 있는 거겠죠. 만약 교수가 못 됐다면 어땠을까요? 성공했으니까 그렇게 나오는 것 아닐까요? 유학해서 실패한 사람들은 태도가 안 그렇잖아요."

"개인차가 있을 겁니다. 한국인들이 인정하기 싫어하지만 일본은 안정되어 있잖아요. 한국인들은 감정적이고. 그런 눈에는 그게 이상하게 여겨질 수도 있어요. 그 입장이 터무니없다고 말할 수는 없을 거예요. 대한민국 정부가 너무 엉터리로 협약을 맺었거든요. 일본 정부가 전쟁 피해자들 개인에게 보상을 하겠다고 했을 때 한국 정부가 반대했거든요. 우리에게 주면 우리가 나누어 주겠다고 했어요. 수업시간에 위안부 문제로 학생들한테 발표시켜 보면 어떤 학생은 한국 정부가 피해자 개인들에게 보상을 해줘야 한다고 말합니다. 정부 입장에서는 곤란하죠. 정부가 보상을 하자니 먼저 과거의 협상을 실수로 인정해야 하거든요. 첫 단추를 너무 형편없이 끼웠던 거예요. 박정희 시대의 그림자가 진하게 남아 있는 거죠. 일본 정부한테도 할 말이 있는 거예요. 그래서 고노 담화 이후에는 일본에서 민간기금의 형태로 보상을 한 적이 있죠. 위로금을 받은 사람도 있고 거부한 사람도 있고. 정부 차원에서는 개인 보상을 할 수 없게 돼 있으니까요. 그건 1965년이었고 얼마 전 2015년에 있었던 위안부 문제 합의에서 일본이 썼던 최종적이고 불가역적이라는 말은, 이제는 더 이상 논하지 않는다는 뜻이죠. 일본으로서는 어쨌든 끝내고 싶은 거죠. 최종적이고 불가역적이라는 말에는 이제 더 얘기하지 말자는 뜻이 들어 있었던 거죠. 박근혜 정부가 거기에 사인을 한 거죠."

"『누구를 위한 '화해'인가』라는 책에 의하면『제국의 ○○○』는 완전히 친일입니다. 민간기금도 일본 정부가 크게 기여해서 만들었으니 일본 정부는 할 만큼 했다는 말이 나옵니다. 미군도 기지촌에서 성매매를 하고 주둔지에서 여성을 강간하고 살해하는데 왜 한국인들은 미국에게는 따지지 못하면서 일본에게만 따지냐고 하더군요."

"누가요?"

"그 책이요.『누구를 위한 '화해'인가』를 통하니까 아주 선명하게 이해되더군요."

"그 책은 누가 썼나요?"

"정○○이라고, 재일조선인 3세라고 되어 있습니다. 지금은 한국 입국이 금지돼 있고요. 책을 비판하는 사람들은 저자의 아이덴티티를 걸고넘어집니다. 종북이라고."

"일본에서 총련계열인가요? 진영 논리가 만들어지는 거네요. 진보좌파, 종북, 반국가 단체."

"그렇더군요. 열 받는 것은 정대협도 종북 혐의를 씌운다는 겁니다. 정대협을 타깃으로 삼고 있는 것 같습니다. 정대협 때문에 일본의 사과가 안 받아들여지고 문제가 자꾸 커져간다고, 정대협을 종북 단체로 몰면서 소녀상

세운 것을 비난합니다. 20년 동안 정대협이 운동해온 결과를 집약한 게 소녀상이래요. 일본을 향해 주먹을 불끈 쥔 반일 소녀가 대사관 앞에서 일본을 노려보고 있다는 거예요. 위안부 희생자들을 위한 것이라면 그녀들이 희생당했던 전쟁터의 위안소에다 상을 세울 것이지 왜 지금의 일본 정부를 겨냥하고 대사관 앞에다 세웠느냐고 꾸짖어요. 소녀상을 철거하라고 요구하는 일본 정부의 말하고 안 다르죠."

"종북으로 모는 건 한국에 고착화 돼 있는 방식이죠."

"너무 화가 나서 페이스북에 들어가서 뭐라고 쓰려다가 혹시 물어뜯길까 봐 몸 사리게 되더군요. 나는 깨끗한가. 자기 검열을 하게 되던데요. 내가 이 책을 왜 싫어하는가. 자연스러운 민족주의의 결과인가. 촌스러운 민족주의인가. 그래서 이런 결정을 했습니다. 자기 검열은 확신이 없는 사람이 하는 행위이다. 자기 검열은 부동不動하는 마음에서 나온다. 확신에 찬 사람은 스스로 검열하지 않는다. 그 책은 자기 검열의 절차 없이 나온 책이 아닐까요?"

"자기 검열이 없는 상태를 내면화 됐다고 하는 거예요. 내면화 된 것하고 신념을 가지는 것하고는 백지 한 장 차이입니다. 알고서 외치면 신념이지만 모르는 사이에 확신이 생긴 것이라면 내면화 된 결과라고 해야 하는 거겠죠."

"그 저자는 신념이 있는 걸까요, 내면화 된 걸까요?"

"그건 그렇고, 박 교수님도 조심하실 일이 있습니다. 제가 먼저 뵙자고 할까 하다가, 기회가 올 것 같아서 기다렸는데 연락 잘하셨어요."

"무슨 말씀이세요?"

"최근에 혹시 졸업생 제자 만나셨나요?"

"누구요?"

"졸업생요."

"글쎄요. 이름은요?"

"혜린 씨. 성은 기억나지 않네요. 만나셨어요?"

"아는 관계예요?"

"아뇨. 저는 모르죠."

"그런데 왜요?"

"만나셨어요?"

"네. 아끼는 제자예요. 제일 괜찮죠. 어디든 기회가 되면 취직이라도 시켜주고 싶은 아이예요. 글을 잘 써요."

"그러셨구나."

"네. 그런데 왜요?"

"이거 확인 좀 해주실 수 있나요? 제가 성평등센터 우리 단과대학 책임위원인데 제보가 들어와서요."

"성희롱 문제입니까? 우리 학과하고 관련되었나요?"

정치학 교수가 교수에게 사신의 진화기를 건네주었다 전화기 화면에는 페이스북 게시판이 펼쳐져 있었다. 교수는 게시물을 읽었다. 첫 문장에서부터 심상치 않은 기운이 풍겼다.

　잠이 오지 않아서 페친들한테 하소연 삼아 올린다. 며칠 전 모 교수를 만났다. 그는 나를 만나기 전에 어떤 책을 읽고 왔다. 내게 매춘과 성노예에 대해 얘기했다. 신문에 나오는 유명한 책이다. 말 섞기 싫어서 안 읽은 척했다. 페미니즘이 남성에 의한 여성의 강간 공포에서 시작되었을 수 있으므로, 한 나라에서 몇 초에 한 번씩 여성이 그런 끔찍한 폭행과 살인을 당하는지 우리는 통계를 가지고 있으니! 학대의 극단이었던 '위안부' 문제는 폭력의 극단이고 무차별 학살, 제노사이드의 문제이다. 그런데 그 교수는 성담론을 지식상품으로 소비하는 남성의 우월의식에 빠져 '위안부' 담론을 이야기했다. 여성인 내 앞에서 '강간' 운운하며 처음부터 끝까지 기분 나쁘다는 말을 반복했다. 그러다가 불쑥 나에게 남자친구와 몇 번 만나느냐고 물었다. 개……. 욕은 참아야겠죠? 나는 희롱당하는 느낌이었고 수치심 때문에 화가 치밀어 올랐다. 다음부터는 용건 없이 만나자고 하지 말라고, 가이드라인을 따라 싫다는 의사 표현을 전달했다. 변호사를 만났다고 해야 확실해질 것 같아 변호사한테서 그렇게 하라고 들었다고 했다. 그 교수는 변호사라는 말을 귓등으로도 안 들었다. 내가 화가 나 있다는 것을 몰랐다.

쪽팔려서 말하기 싫지만 내일의 나를 위해서 말할 수밖에 없다. 그 교수는 출판사 사람을 연결해준 적이 있다. 나는 취직에 목이 말라서 출판사 사람에게 내가 살아온 이야기를 길게 했다. 그쪽에서는 내가 교수와 어떻게 친해졌느냐고 물었다. 시옷 비읍. 결과적으로는 일이 잘 안 됐지만 연락을 기다리는 동안에는 마음이 복잡했다.

이번에도 나는 솔직히 말하자면 교수가 취직자리 얘기 같은 걸 꺼낼 줄 알고 두 시간 걸려 약속 장소로 나갔다. 교수 연구실이 아니라 카페였다. 하필 창가 자리여서! 튀는 침이 햇살에 비치니 눈에 보여 역겹더라. 취직자리 얘기 같은 걸 기대하고 갔던 내가 한심하다. 매춘, 강간 운운하는 내용으로 시작했던 메시지에서 무슨 취직자리 얘기를 기대한다는 건가! 쪽팔리다.

참기가 힘들다. 나는 그 사람에게 다음부터 메시지 하지 말라고 분명히 표현했다. 권력을 가진 자가 행사하는 행동의 자유는 약자를 향한 폭력임을 그는 알지 못한다. 권력자가 가지는 부도덕한 자유는 폭력일 수밖에 없다. 행동의 자유가 없는 것이 권력에 부여된 윤리이다. 권력자가 외치는 자유라는 말 역겹다. 한 번만 더 그러면 나는 그 사람을 고소할 것이다. 성적으로 대상화 된 경험, 치욕적이다. 이렇게 다짐해 놓지 않으면 내가 언제 또 취지자리 소개 같은 걸 바라면서 그의 메시지에 끌려 다니는 인간으로 변하게 될지 몰라서 페이스북에 남긴다. 공유 많이 해주삼. 봄밤인데! 페친 여러분 파이팅.

펑! 머리가 터지는 것 같았다. 혜린이의 포스팅에는 이미 수백 개의 좋아요가 달려 있었다. 공유된 횟수를 보니 끔찍했다. 알 만한 사람은 이미 모두 안다는 뜻이었다. 포스팅이 교수에게 전달되지 않은 것은 혜린이가 교수를 명단에서 삭제했기 때문이었다. 교수는 정치학 교수의 얼굴을 바로 대하기 힘들었다. 정치학 교수는 말없이 교수를 바라보았다. 교수가 말했다.

"아니, 교수님. 어떻게 나한테 이럴 수 있죠?"

"거기에 나오는 교수가 박 교수님 맞으신가요?"

"그런 것 같습니다."

"그런 것 같다고 말씀하실 게 아니라, 맞으면 그렇습니다, 라고 하셔야죠. 재판에 안 걸린 게 다행이네요. 요즘 애들은 거침이 없으니까. 조심하셔야죠."

"저는 그런 마음, 먹은 적 없습니다."

"중요한 건 교수님 마음이 아니죠. 학생 입장에서 봐야겠죠. 용건이 있으셔서 만나셨어요?"

"아니, 걔가 먼저 만나자고 했어요."

"교수님이 만나자고 하신 거 아니고요?"

"내가 메신저로 말을 거니까 낮에 만나서 말하자고 하더라고요. 그래서 만났죠."

"밤에 메시지를 보내셨군요. 그것도 성희롱입니다. 걸면 걸립니다. 성적으로 대상화 된 경험이 수치스럽다고 하잖아요. 제 눈에는 그 학생과 다른 일도 있었던 것처럼 읽히네요. 그런가요?"

"아니요. 전혀요."

"잘해주셨나요?"

"그건 당연하죠."

"특별히 잘해줬지요?"

"죄송합니다. 잘 모르겠습니다."

"왜 잘해주셨어요?"

"잘해주고 싶으니까요."

"물어보셨나요?"

"뭘요?"

"잘해줘도 되는지."

"그걸 물어봐야 됩니까?"

"당연하죠. 허락을 받아야죠. 그렇지 않으면 폭력입니다. 생각해보세요. 교수님이 누군가가 잘해준다는 명목으로 자꾸 불러서 잘해준다고 하면, 잘해달라고 바란 적 없는 교수님은 매우 열 받지 않겠어요? 학점이 걸려 있는 학생 입장에서 보면 더 심하죠."

"졸업했잖아요."

"그래도, 교수잖아요."

"거기까지 생각해야 합니까?"

"조심하는 게 좋겠습니다. 재판에 가면 교수님이 지실 거예요."

"왜요? 아무튼 그럴까요?"

"백 퍼센트 지시게 돼요. 재판에 간다는 것은 그때부터 시작된다는 것이니까요. 그 학생한테는 근거도 있고 리스트 도 있을지 몰라요. 학생한테는 없는 위력이라는 것이 교수 님한테는 있잖아요. 시대에 뒤처지시면 안 됩니다."

"……."

"……."

"지면 어떻게 되죠?"

"징계위원회에서 결정하겠죠. 파면도 생각하셔야 하고

요. 아마."

정치학과 교수는 단호하게 말을 맺었다.

교수는 포스팅을 올린 혜린이의 입장에서 자신을 바라보았다. 강간적 매춘이라니, 도대체 이게 뭐니? 남자 교수가 여자인 내게 메시지를 보내왔다면? 딸이 교수로부터 그런 메시지를 받았다면? 죽여 버리고 싶었을 것이다. 가만히 있지 않았을 것이다. 과연 피해자의 입장에서 분노한 적이 있는가. 피해자의 입장에서 분노하는 것이 진짜라고 말하던 혜린이의 얼굴이 스쳤다. 성담론을 소비하는 남성의 입장에서 '위안부' 책을 읽었다는, 혜린이의 문장이, 그의 가슴을 치고 갔다. 혜린이와 함께 걷는 밤의 벚꽃 산책길을 상상하던 자신의 머리를 박살내고 싶었다. 잘해주려면 허락을 받고 잘해주어야 한다는 성평등센터 위원의 말이 가슴을 파고들었다.

그는 정치학 교수와 헤어졌다. 자신의 연구실로 들어갔다. 책상을 바라보았다. 찢어진 책이 놓여 있었다.

피해자와 희생자

이 싸가지를 어떻게 손보면 좋을까. 교수는 화가 치밀었다. 잘해주는 것을 허락을 받고 잘해줘야 한다고? 그게 성평등이라고? 흥. 졸업을 해서 학교에 나오지 않으니 어떻게 해볼 방법이 없었다.

교수는 혜린이를 싸가지라고 부르면서 어떻게 해보고 싶은 마음을 먹으면서도 손으로는 교육부 홈페이지와 청와대 홈페이지를 검색했다. 자기의 이름을 검색창에 넣고 '성희롱', '성폭력'이라고 입력했다. 검색 건수가 잡히지 않았다. 교수는 안도의 한숨을 내쉬었다. 페이스북에 접속했다. 같은 식으로 검색했다. 검색 건수가 잡히지 않았다. 이번에는 트위터에 접속했다. 검색 건수가 잡히지 않았다.

깊은 안도의 한숨이 나왔다.

교수는 자기도 모르게 가방을 쌌다. 수요일 오전이었다. 학교를 벗어났다. 종로로 가는 지하철에 몸을 실었다.

열두 시 정각에 시위가 시작되었다. '위안부' 생존자 대표가 무대를 보며 의자에 앉아 있었고 참관자들은 인도에 휴대용 간이 돗자리를 깔고 앉아 있었다. 일본 대사관은 신축공사 중이었다. 소녀상의 소녀는 표정 변화 없이 새로 지어지는 일본 대사관 건물을 바라보고 있었다. 정대협 간부가 '위안부' 문제를 처음 대하는 참관자들을 이해시키기 위해 개략적으로 운동의 경과를 설명했다.

"수요시위는 1992년부터 시작되어 한 주도 거르지 않고 26년째를 맞았습니다. 저희 정대협이 주최를 하는데 집회를 주관하는 주체는 수요일마다 바뀝니다. 이번 주에는 ○○○○ 수녀회에서 진행을 신청해주셨습니다. 제가 마이크를 넘기면 수녀님들이 진행을 하실 겁니다."

교수는 무대의 오른쪽으로 눈을 돌렸다. 두건을 쓴 수녀들이 성가대원들처럼 대열을 이루고 있었다.

수녀회의 대표가 무대로 올라갔다. 준비해온 순서대로

문화공연을 시작했다. 교수는 스피커 아래에서 공연을 관람했다. 수녀회에서 주관해서 그런 기분이 들었을까. 집회가 교회의 수요예배처럼 종교적인 것처럼 느껴졌다. 그는 집회 참석자의 면면을 살폈다. 혜린이처럼 보이는 여성이 없는지 한 명 한 명 꼼꼼히 바라보았다. 왠지 혜린이가 그곳에 있어야 할 것 같았다. 그는 밑도 끝도 없이 혜린이가 그곳에 나타나야 한다고 생각했다. 혜린이가 그곳에 나타나면 버릇을 단단히 고쳐줄 계획이었다.

문화공연이 끝난 후 자유발언이 이어졌다. 사전에 신청을 해서 발언자로 허락을 받은 초등학생이 무대로 올라갔다. 첫 발언자였다. 초등학생은 마이크 앞에 섰다. 호주머니에서 원고를 꺼내어 읽었다.

"꽃 할머니께. 저희는 ○○초등학교 5학년입니다. 선생님으로부터 꽃 할머니들께서 일본군 위안부로 수십 년 동안이나 성노예로 고통을 받으시고 아직까지도 사과를 받지 못하고 계신다고 배웠습니다. 할머니들은 수십 년간 성노예로 살면서 수난을 당했지만 저희는 아무것도 도와주지 못했습니다. 죄송합니다. 일본 정부는 왜 잘못했다고 사과하지 않을까요? 할머니, 저희는 가슴이 아픕니다. 절대로 잊지 않겠습니다. 사랑합니다."

초등학생은 말을 마치고 허리를 숙여 청중에게 인사했다. 청중이 박수를 크게 쳤다. 그는 박수 소리를 들으면서 부정론자들의 마음을 떠올렸다. 그리고 부정론자로 취급되어 명예훼손 소송으로 고소당한 책의 저자를 생각했다. 만약 저자가 시위에 참석했다면 초등학생의 발언에 들어 있는 오류를 수정해야 한다면서 무대로 뛰어 올라갈 것 같다고 생각했다. 의견이 다르다면 초등학생과도 한판 붙을 수 있는 것이 저자의 성격이라고 그는 생각했다.

초등학생의 발언은 증거에 기초했을 때에 박수를 받을 말이 아니라, 마디마디에 일본 정부로부터 반박당하고 비난받을 걸림돌을 가진 말이었다. 수십 년간이라는 기간……. 일본군이 위안소를 운영한 것은 1930년대부터 1945년까지였다. 수십 년간은 아니었다. 일본이 사과를 한 적이 없다는 말도 마찬가지였다. 일본은 자국 정부의 장관을 통해 "이른바 종군위안부로서 허다한 고통을 경험당하고, 심신에 걸쳐 씻기 어려운 상처를 입은 모든 분들께 사과와 반성의 마음을 올린다"고 사과했다. 일본 정부는 민간기금 단체를 만들어서 경제적 보상도 실천했다. 초등학생은 일본이 사과를 한 적 없고 보상을 한 적 없다고 말했고 그 말을 들은 사람들은 크게 박수를 쳤다. 초등학생이기 때문이었다.

누가 이들에게 알릴 것인가. 누가 오류를 바로잡을 것인가. 그 책은 그런 초등학생을 독자 대상으로 쓴 책인가? 잘못된 인식 때문에 한국 사람들이 모두 일본 사람들의 미움을 받고 있으니 똑바로 된 사실을 알자고 주장했다. 초등학생의 발언이 공공연한 진실로 굳어져 있는 상태를 수정하기 위해서 책을 출판했노라고 강변할 수 있었다. 일본은 사과한 적이 있었지만 사과한 적이 없었다. 말이 안 되는 역설이었다. 사과를 포함했던 고노 담화의 내용은 시간이 흐르면서 전면적으로 부인되었다. 국내 정치의 변화무쌍함으로 인해, 정권이 바뀜으로 인해 사과를 했으나 그 사과가 취소된 일본의 상황을 누가 초등학생에게 말할 것인가. 저자가 곁에 있다면 묻고 싶었다. 초등학생에게 당신의 책을 읽어 줘야 하는 걸까요?

왜 초등학생은 죄송하다고 말하는가. 감상적 민족주의에서 기원한 역사적 부채감이란 이런 것을 두고 말하는 것이라고 저자가 말하는 것 같았다. 교수는 어딘가에서 그것이 싸구려 감성이라는 말을 들었다. 그는 꽃 할머니라는 용어를 처음 들었다. 성폭력이나 성노예, 성매매 같은 단어가 상기시키는 폭력상황으로부터 어린 감성을 보호하자는 차원에서 사용한다면 꽃 할머니는 유화적인 호칭이었다. 그는 수녀회에서 배포한 성명문과 식순이 인쇄된 유인물을 가방에 넣었다.

학과 사무실에 우편물을 확인하러 들어갔다. 우편함에 편지가 들어 있었다. 등기나 택배가 아닌 일반우편이었다. 발신자는 놀랍게도 '제국의 위안부'였다. 주소도 없이 달랑 '제국의 위안부'라고 적혀 있었다. 그는 떨리는 손으로 봉투를 열었다. 편지는 이러했다.

엿 같은 작가! 당신은 무엇을 위해 '제국의 위안부'를 말하는가. 강의실에서 권력을 가지고 뚫린 입이라고 하고 싶은 말을 다 하는 건 폭력이다. 권력을 가진 자가 행하는 표현의 자유는 언어폭력이라고 너는 알지도 못하는 페미니즘 운운하며 말했다. 마치 여성처럼 언어를 착취당한 적 있는 것처럼 역겨운 포즈를 취했다. 너는 또한 작가이다. 소설가로서 언어를 유포할 수 있는 권한을 가졌고 권한을 가졌다는 것은 권력을 가졌다는 것과 같다. 너는 그 권력을 이용해서 폭력을 행사하고 있다.

너는 이렇게 말했다. "저자는 일본군 '위안부' 희생자 아홉 명으로부터 고소를 당하면서 책 유통을 금지 당했다." 그리고 너는 이렇게 말했다. "무죄 판결을 받은 재판의 내용은 저자가 사실과

다른 내용을 써서 위안부 희생자들의 명예를 실추시켰는지의 여부
가 중심이었다. 원고들은 자신의 명의를 '일본군 성노예 희생자'라
고 적었다." 희생자라고? 그들이 희생자라고? 전쟁터에서 '위안'을
강요당한 여성이 무엇을 위해 희생을 했는데? 말해 봐라, 벌레야.
성병 전염으로부터 자신의 몸을 지키기 위해 더러운 정액을 씻어
말려서 피임구를 다시 사용해야 했던 이들이 어떤 희생을 했는데?
'위안부' 생존자들을 어떻게 희생자라고 부를 수가 있냐?

   넌 한 번도 그들의 입장에서 세상을 바라본 적이 없다. 그들을
관조의 대상, 사색의 대상으로 생각은 했지만 그들의 입장이 되어
세상을 바라본 적이 단 한 번도 없다. 만약 당신이 한 번이라도
그들의 입장에서 세상을 바라본 적이 있다면 희생이라는 가증스런
단어는 쓰지 못했을 것이다. '정치적 올바름'을 생각해봐라. 네가
혀를 잘렸는데 그걸 두고 '나는 희생자입니다'라고 말할 수 있는지.
네가 생식기를 절단 당했는데 너 자신을 희생자라고 표현할 수
있는 것인지. 누군가 너를 정교하게 계획해서 린치를 가한 후
트라우마에 갇혀 히키코모리가 되게 만들었는데 네 자신을 희생자
라고 말할 수 있는지. 희생? 역겹다. 희생이라고 말하는 너의 입은
더럽다.

   아무런 가책 없이 쓰고 있다. 대답해 봐라. 위안소로 끌려간
여성들이 무엇을 희생했는지. 너는 말했다. 그들이 소장訴狀에서

자신들을 스스로 희생자라고 명명했다고! 너는 그들이 일본제국주의의 전쟁 승리를 위해 어쩔 수 없는 희생을 치렀다고 제국주의 남성의 시각으로, 일본군 통치자의 시선으로 말하고 싶었을 것이다. 본질을 말해볼까? 넌 봉사라는 말을 쓰고 싶었을 것이다. 끌려간 것이 아니라 자발적으로 가서 봉사했다고 말하고 싶었을 것이다. 봉사도 하고 돈도 받았다고 쓰고 싶었을 것이다. 그래서 너는 그들에게 봉사에 대한 감사의 표시로 돈을 주면 끝난다고 생각하고 있을 것이다. 그것이 너의 본질이다. 네가 비판한 그 책하고 네가 뭐가 다르냐. 생각해본 적 있는가. 그들이 전쟁터에서 돌아와 90세가 넘도록 평생 어떤 삶을 살았는지. 돌아오지 못한 채 생을 마감한 영혼들을 생각해봐라 이 더러운 놈아. 희생? 희생자?

아니라고 할 거니? 그런 말 한 적 없다고 할 거니? 혹시나 시험에 나올까 봐 강의를 녹음했던 내 손이 더러워졌다. 너에게 보여주려고 내내 타이핑을 하는 동안 나는 진저리쳤다. 봐라, 이게 수업시간에 지껄인 네 말이다.

편지는 녹취록으로 이어졌다. 교수는 머리가 터져버릴 지경이었다. 봉투에 적힌 발신자를 바라보았다. '제국의 위안부'라고 타이핑된 글씨가 박혀 있었다. 너는 누구냐!

교수는 학과 사무실 우편함 앞에서 부들부들 떨었다. 학생들이 행정업무를 보기 위해 들락거렸다. 교수는 흔들리는 모습을 감추기 위해 연구실로 빠른 걸음으로 이동했다.

전자우편이라면 사이버 수사대에 수사를 의뢰해볼 수 있을 텐데 종이 우편물이라서 불가능했다. 등기우편이라면 우편물의 이동경로를 역으로 추적할 텐데 일반우편이라 불가능했다. 우표를 붙여서 우체통에 넣는 가장 전통적인 방식이 보낸 사람에게는 가장 안전한 방법이었다.

교수는 수업에서 책을 읽고 받은 충격을 얘기했고, 책이 잘못 읽힐 수밖에 없는 문제성에 대해 얘기하면서 충분히 조심스러웠다고 생각했다. 완벽한 의견이 아니었기에 한 마디 한 마디 불안감을 섞어서 이야기하지 않을 수 없었다. 어쩌면 강의실 안에는 저자와 페이스북 친구를 맺고 있는 학생이 있을 수 있었다. 교수는 자신의 말에 불편한 기색을 보이는 수강생이 없었는지 기억을 떠올렸다. 모두가 경청했다. 그런데 편지가 도착했다.

교수는 녹취록을 읽었다. '희생자'가 그렇게 부도덕한 말로 쓰였는가? 왜 책의 논지에 반대하는 줄거리에 대해서는 얘기 안 하고, 희생자라는 말에만 딴지를 거는 것인가!

"나는 부도덕하지 않아!" 그는 희생자라는 단어를 찾아가면서 페이지를 넘겼다.

등에서 땀이 흘렀다. 좌불안석이었다. '희생자'는 어마어마하게 많이 등장했다.

저자는 말입니다, 강제로 끌려가 성노예로 살았던 희생자를 애국 처녀라고 표현해요. 물론 애국했다고 직접 말하지 않고 다른 사람의 말을 끌어와서 말입니다. ……

위안부 희생자들은 평화를 즐기기도 했다는데 ……

우리 상식에서는 '일본군 '위안부''잖아요. 그런데 그 책에서는 희생자들을 '조선인 위안부'라고 명명해요. ……

페미니즘적으로도 얘기합니다. 여자라서 차별하면서 가부장제적 질서에 쩐 '우리'가 '우리'의 공동체에서 추방, 희생자로 만들었다고 책임 소재를 '우리'에게 넘깁니다. ……

위안부 희생자들을 천구백칠십 년대, 팔십 년대 호스티스 문학의 여주인공쯤으로 보는 것이 문제이지 않겠습니까? ……

그는 속된 말로 돌아버릴 것 같았다. 왜 자신이 희생자라는 단어를 썼는지 맥락이 잡히지 않았다. 희생자라는 말만 도드라져 보였다.

희생자라는 말이 자발적으로 희생했다는 뜻이 들어 있는 단어라면 그는 위안부를 가족이나 나라를 위해서, 경제적 수입을 올리기 위해 자발적으로 위안소로 가서 누군가를 위해 몸을 내주었던 존재라 생각하는 것이었다. 그는 자신이 만약 희생자라는 단어를 의도적으로 사용했다면 몰매를 맞아도 좋을 것이라고 생각했다. 그러나 희생이라는 말을 그런 의미로 쓴 것이 아니었다. 편지로 비난받기 전까지는 자신이 희생자라는 말을 쓴 사실조차 인지하지 못했다.

강의의 맥락 어디를 보고 희생이라는 단어가 그렇게 불순하다고 판단할 수 있다는 것인가.

그는 편지를 읽고 또 읽었다. 누가 편지를 보냈을지 짐작되지 않았다. 불순한 의도를 가진 학생이 자신을 무너뜨리기 위해 과잉된 해석을 보내온 것이라 여겼다. 맥락을 무시한 채 자기가 생각하는 것에 짜 맞추어 자신을 비난한다고 생각했다. 희생자라는 말을 쓴 것은 실수인데 실수를 기다렸다가 인생 자체를 흔들어보려고 기획하는 것 같았다. 왜 희생자라는 말을 썼을까. 말실수에 무의식적 욕망이 개입한다는 프로이트의 이론 따위 집어치우고 싶었다. 프로이트는 여성을 거세당한 남성으로 폄하하는 구닥다리 남성주의자일 뿐이었다.

'피해자'가 옳은 표현이니 '희생자'로 말한 부분을 '피해자'로 수정하십시오, 라고 권하지 않고 강도 높게 비난을 하는 이유는 무엇인가. 그는 녹취록에서 '희생자'가 아닌 '피해자'를 검색했다.

교수가 '위안부' 피해자를 모두 일관되게 희생자라고 말한 것은 아니었다. 녹취록에서는 '위안부 피해자'라고 말한 부분도 발견되었다. 피해 상황을 이야기하는 부분에서는 분명하게 피해자라고 말하고 있었다. 그는 편지를 보낸 학생에게 왜 '피해자'라고 표현한 말에 대해서는 언급하지 않고 '희생자'라고 표현한 부분만 확대해서 딴지를 거는 것이냐고 추궁하고 싶었다. 왜 대의를 파악하지 못한 채 '희생자'라고 불렀다는 그것만 가지고 따지느냐고 윽박지르고 싶었다.

그는 사회적으로 몰매를 맞은 저자의 마음이 짚였다. 저자는 다른 목소리를 인정해 달라고 했다. 동지, 애국, 매춘 등의 단어에 얽매이지 말고, 그 단어들은 자신의 단어가 아니라 다른 저자들의 단어를 인용해 와서 쓴 것이니 그런 것에 화를 내지 말고 자신의 책에 대해 두 나라의 지식인들이 큰 입장 차이를 보이니 이를 긍정적인 계기로 삼아 일본과의 관계를 우호적으로 전환시킬 수 있는 방법을 찾아보자고 호소했다.

그는 고개를 저었다. 희생자라는 단어는 무의식적으로 쓴 것이니 의미를 두지 말아야 한다고 말하고 싶어 하는 자신의 논리는 저자가 어느 부분에서는 일본군의 폭력성을 강조하고 어느 부분에서는 인도주의적인 일본군대를 강조하면서 논리적으로 자충했던 것과 크게 다를 것이 없었다. 그는 조선인 위안부가 일본군과 동지적 관계에 있었다는 문장을 읽고 머리가 띵했던 기억, '물론' 모두가 그런 것은 아니었다는 첨언을 읽고 화법적인 함정이 있는 것 같아 고개를 절레절레 흔든 기억, 애국이라는 말을 읽고 어떻게 그런 단어를 사용할 수 있는 거냐고 화를 내며 책을 찢은 기억이 떠올랐다. 학생으로 하여금 치를 떨게 만들었다고 생각하니 눈앞이 깜깜했다.

왜 잘 알지도 못하면서 수업 시간에 떠들어서 개창피를 당하는 것이냐!

잠깐! 희생자라고 말하는 데에 문제가 될 것이 없다고 본다면 어떻게 되겠는가.

교수는 오기가 발동했다. 일본군 '위안부'를 희생자라고 표현한 사람이 자신만은 아닐 것이라는 심증에 의지해서 '위안부 희생자'를 검색했다. 많은 기사 제목이 검색되었다. 교수의 얼굴이 밝아졌다. '위안부 희생자 추모비 건립' 또는 '위안부 희생자 추모제' 등과 관련된 내용이었다. 그는 가슴을 쓸어내렸다. 자신만 '위안부'를 희생자라고 표현한 것이 아니었다.

괜찮다.

희생자라고 쓸 수 있다.

그다음 교수는 '위안부'가 소재로 등장한다고 알려진 소설 『그 여자네 집』을 찾아 읽었다. 소설은 수필 같았다. 이북 출신인 인물이 일제강점기 시절 속아서 끌려간 '그 여자'에 대한 추억을 상기한 후 '그 여자'를 위해 무엇이든 해야 한다고 다짐했다. 소설 속에서 '정신대'는 "제국주의적 폭력의 희생자"였다고 말하는 표현이 나왔다. 당시는 '위안부'에 대한 연구가 미진해서 '정신대'와 '위안부'를 구별하지 못하던 때였다. '위안부'가 소재로 등장하는 몇 안 되는 소설 중 하나였다. 어쨌거나 박완서도 '희생자'라고 썼다. 교수는 할 말이 생겼다.

희생자는 얼마든지 가능한 표현이다.

그는 위축되고 주눅 들던 상황에서 헤어났다.

그러나 꺼림칙했다. 다른 길을 모색했다. 자신의 언어감
각에 확신이 서지 않았다.

그는 희생자와 피해자의 용례를 찾기 위해 4 · 3, 4 · 19,
5 · 18을 검색했다. 검색된 단어에 붙어서 희생자라는 표현
이 빈번히 등장했다. 거대한 폭력에 당한 사람들을 역사에
서는 희생자라고 불렀다. 그러므로 위안부 희생자라는 표현
은 가능하다. 일본군이 운영한 위안소 제도는 거대한 폭력
이었다. 위안부들은 그 폭력에 희생을 당한 것이다. 그는
학생에게 희생자를 편협하게 해석하면 안 된다고 가르쳐줄
수 있는 말이 생기는 것 같았다. 위안부 제도 운영은 테러처
럼 폭력적인 것이었다. 희생자는 학생이 말한 것처럼 그렇
게 이상한 표현이 아니었다.

희생자라는 표현을 합리화하기 위해 근거를 찾아 헤맸다.
검색의 범위를 넓힐수록 더 큰 환멸이 찾아왔다. '위안부
희생자 추모비 건립' 또는 '위안부 희생자 추모제'와 관련된
기사 본문을 읽으니 희생자는 죽은 사람을 가리켰다. 살아
있는 사람을 두고는 희생자라 부르지 않았다.

사전에서는 희생자를 두 가지로 풀었다. 하나는 희생을

강요당한 사람이라는 뜻이고 다른 하나는 사고나 재해 따위로 애석하게 죽은 사람이라는 뜻이었다. 4·3, 4·19, 5·18에서 가리키는 희생자는 재앙과 같은 폭력에 의해 '죽은 사람'을 뜻했다. 위안부 희생자 역시 마찬가지였다. 위안부 제도로 인해 죽은 사람을 가리키는 말이었다. 그는 죽은 위안부를 가리키면서 희생자라는 단어를 쓴 것이 아니었다. 그는 생존한 '위안부'를 위안부 희생자라고 불렀다.

그는 수요시위에서 받은 성명서를 읽었다. 수녀회에서 작성한 성명서에 희생자라는 표현이 있지 않을까 기대했다. 누구나 습관적으로 범하는 실수로 치부하고 싶었다. 성명서 속에 희생자라는 단어가 등장한다면 희생자라는 말이 이상 하긴 하지만 벌레라는 비난을 받아야 할 만큼 큰 잘못인 것은 아닌 것으로 생각할 계획이었다.

일본 정부를 비판하는 성명서의 문장은 단호했다. 수녀회 에서는 희생이라는 말을 한 번도 사용하지 않았다. 성명서 는 이렇게 끝났다. "일본 정부는 일본군성노예제 피해자들 에게 공식 사죄하고 법적 배상하라! 일본 정부는 일본군성 노예제의 진상을 규명하고 역사교과서에 기록하여 교육하 라! 한일 양국 정부는 2015 한일 합의 즉각 폐기하라!"

성명서는 희생자 대신 피해자로 일관했다.

책상 위에 놓인 『누구를 위한 '화해'인가』를 펼쳤다. 저자가 실수를 해주기를 기도했다. 그러나 책을 펴자마자 자기 모멸에 빠졌다. 책은 서문에서부터 피해자로 일관했다. 자기 자신만 희생자라고 부르는 것이었다. 언어를 무기로 삼는다는 작가라는 작자가 말이다! 그는 책을 덮은 후 언론 자료를 살폈다. 언론 자료 또한 어디에서나 피해자라고 불렀다. 정대협의 자료를 위시하여 모두가 피해자라고 말했다. 어느 누구도 그들을 희생자라고 부르지 않았다. 자신만 학생들 앞에서 그들을 희생자라고 발언했다. 소설가 박완서가 희생자라고 표현한 것도 소설 속에서였다.

'위안부' 희생자라니? 무엇을 위한 희생인가?

편지에 의하면 교수는 강요받은 성 노동을 봉사라고 생각하고 있는 놈이었다. 교수는 자신의 무지에 대해 화가 치밀었고 무의식적 실수를 존재 자체에 대한 비난으로 확대해서 편지를 보내온 학생에게 욕지거가 치밀었다. 책을 노려보았다. 너 때문이야! 네가 아니었으면 내가 그런 말을 왜 했겠어! 네가 아니었으면 나는 혜린이를 불러 위안부 제도에 대하여 단둘이 대화할 일도 없었을 것이고, 대화 자체가 성에 관한 것이어서 성희롱으로 고소당할 처지에 몰릴 일도 없었을 거야! 페이스북에서 개망신을 당했어!

그는 혜린이의 얼굴이 떠올랐다. 교수가 권력을 이용해서 자신에게 성적 수치심을 안겼다고, 지금은 참기로 했지만 앞으로는 절대로 참지 않겠다는 글을 페이스북에 올렸다. 혹시 혜린이가 놓은 덫일까? 혜린이가 녹취를 해달라고 부탁했을까? 혜린이가 프락치를 심었을 것이다. 수업 시간에 '위안부'에 대해 이야기할 것을 예상하고 녹취를 의뢰했을 것이다. 그래서 편지는 혜린이가 쓴 것일 수 있을까? 무엇을 위해?

교수는 어찌할 바를 모르고 연구실에서 서성거렸다. 아무리 생각해보아도 개인적인 원한을 가질 수 있는 학생은 혜린이밖에 떠오르지 않았다. 성평등센터 위원은 그에게 페이스북의 글을 보여주며 성추행 문제로 고소를 당하면 학교에서 파면당할 것이라고 경고했다. 희생자 운운하는 편지를 보낸 것이 너냐고, 그런 내용으로 문자 메시지를 보낸다면 혜린이는 그것을 근거로 삼아 교수가 다시 추근덕거린다고 페이스북에 올릴 것이다. 페이스북의 물결을 타고 그것은 성평등센터로 들어가게 될 것이다. 이번에는 학생처장 같은 책임자가 면담을 요청할 수도 있다. 그걸 노린 덫일 수 있겠는가. 그는 덫에 빠지고 싶지 않았다.

분노와 의구심을 달래기 위해 한국사학자에게 전화를 걸었다. '위안부'를 희생자라고 부른 것이 그렇게 큰 죄악인지 묻고 싶었고, 폭력에 당한 사람을 희생자라고 부르는데 '위안부'를 희생자라고 부르는 것이 역사학적인 견지에서 보자면 용인될 수도 있는 것 아니냐는 말을 듣고 싶었다. 그렇게라도 하지 않으면 혜린이에게 전화를 걸어서 당장 오라고 윽박을 지를 것 같았다. 수업에 들어가 편지를 보낸 학생이 누구인지 문체 대조를 해서 밝히겠다고 발광할 것 같았다.

한국사학자는 전화를 받지 않았다. 잠시 후 한국사학자로부터 메시지가 날아왔다. 이런 메시지가 오갔다.

➤ 회의 중입니다. 나중에 연락하겠습니다.
◄ 중요한 일이 아닙니다. 상담을 받고 싶은데 편한 시간에 연락 주십시오.

교수는 자연스럽게 한국사학자와 마주치는 기회가 찾아

오기를 기다리기로 했다.

연구실 위치가 다르고 학과가 달라서 일부러 연락하지 않는다면 만나지지 않을 것 같았다. 입학시험문제 출제위원으로 위촉을 받았다. 보안 시설에서 일주일 넘게 감금당하는 일이었다. 한국사학자도 마찬가지였다. 두 사람은 합숙소 로비에서 만났다.

한국사학자가 문득 생각났다는 듯이 교수에게 물었다.

"저에게 상담을 받으신다니 그게 무슨 말씀이세요? 지난번에 그러지 않았나요?"

교수가 말했다.

"그런 게 있어요."

한국사학자가 말했다.

"학교 바깥이니까 시간적으로 여유가 좀 있네요. 그게 뭐였어요?"

교수는 한국사학자를 바라보며 분위기를 살폈다. 한국사학자 곁에는 몽골사학자와 북유럽사학자가 출입 수속 순서를 기다렸다. 교수는 역사학자가 셋이나 모인 자리이니 오히려 잘됐다는 생각이 들었다. 마음속에서 응어리가 되어가는 희생자 문제를 역사학 일반으로 넓혀서 얘기해보는 것이 좋을 것 같다고 여겼다. 교수가 세 사람 모두를 향해 말했다.

"역사학에서 희생자라는 말과 피해자라는 말을 구별해서 사용하는 것 같은데 그 기준이 무엇인지 궁금해서 상담을 요청 드렸던 겁니다."

"희생자와 피해자요?"

"예."

"희생자와 피해자라……. 그것은 왜요?"

"폭력을 당한 사람들을 대상으로 해서 어떨 때는 피해자라고 하고 어떨 때는 희생자라고 하는데 역사학적인 기준이 있지 않을까 하고 말입니다."

"그런가요? 나는 잘 모르겠는데……. 그걸 왜 역사학 용어라고 생각하셨는지도 모르겠고. 피해자와 희생자가 역사책에서 본 표현인가요?"

한국사학자는 질문이 길을 잘못 들었다고 말하고 싶어 하는 것 같았다. 그리고 전화기로 인터넷 정보를 검색했다. 희생자라는 단어와 피해자라는 단어를 찾아보려는 것 같았다. 교수는 한국사학자를 바라보았다. 한국사학자는 수속을 밟을 차례가 되었어도 전화기를 손에서 놓지 않았다. 검색을 계속 하고 싶어 하는 것 같았다. 한국사학자가 다음 차례에 있던 몽골사학자에게 순서를 양보했다. 몽골사학자는 서약서에 서명을 한 후 전화기를 보안요원에게 건넸다. 그리고 대화에 가담했다.

"희생자나 피해자는 역사학 용어가 아닌 것 같아요. 중국어 어원을 보면 희생은 원래 동사가 아니라 명사였어요. 제사를 지낼 때 바쳤던 살아 있는 생명체를 희생이라고 불렀죠. 결국은 죽임을 당하지만 말입니다. 희생으로 검은 염소나 붉은 황소를 제단에 바친 다음에 죽였는데 대체로는 흰색 털을 가진 동물을 사용했다고 알려져 있어요. 한자 희犧와 생牲에는 모두 부수로 소牛가 들어가잖습니까. 희생은 어쨌거나 동물이었습니다. 동물을 가리킬 때는 희생물이라 하고 사람을 가리킬 때는 희생자라고 하는 것 같죠 아마. 희생자라고 하면 스스로 자신의 이익을 버린다는 자발성이 전제되는 것 같고 그 행위에 대체로 긍정적인 가치가 들어 있는 것 같아요."

교수가 말했다.

"저도 막연히 그렇게 생각했습니다. 그런데 용례가 이상합니다. 테러에도 희생자라는 말을 사용하지 않습니까? 테러 피해자라고 안 하고 테러 희생자라고 하잖습니까."

몽골사학자가 말을 받았다.

"그러네요. 테러에서 죽은 사람을 희생자라고 하네요.

테러 피해자라는 말은 안 쓰는 것 같아요. 우리가 일반적으로 쓰는 희생자가 그럼 뭘까요? 제가 생각했던 숭고한 의미에서의 희생자와는 완전히 다르네요. 세월호 사건에서도 세월호 희생자라고 하지요. 희생자라고 쓰는 경우가 또 뭐 있을까요?"

"아우슈비츠, 노근리, 제암리, 거창…… 역사에서 양민이 학살된 경우 그때 희생자라고 부르던데……. 그래서 궁금한 겁니다. 4·3, 4·19, 5·18에서도 마찬가지입니다. 혹시 역사학에서 어떤 기준을 두고 사용하지 않나 하고 말입니다. 5·18이나 4·3 같은 경우에도 희생자라고 하죠. 말의 방향만 놓고 본다면 희생자는 스스로 자살폭탄을 껴안고 들어간 테러리스트를 가리키는 말이어야 하지 않나요? 불을 *끄기* 위해 몸에 물을 묻히고 뛰어드는 사람처럼 말입니다. 그런데 테러 희생자는 테러리스트를 가리키는 것이 아니잖습니까. 테러 희생자는 테러에 당한 사람을 가리키는데 그들에게 자발적으로 테러를 당했다고 한다면 어불성설이죠. 그런데 원폭 말입니다. 원폭은 피해자라는 말이 익숙하잖습니까."

"말씀하신 것처럼 원폭은 피해자라고 하는 것 같네요. 진짜 좀 모호하네요?"

"왜 원폭은 희생자라고 안 하고 피해자라고 할까요? 기준이 궁금합니다. 그리고 성폭력 말입니다. 성폭력 피해자라고 하죠. 성폭력 희생자라는 말은 이상하잖아요. 성폭력에 당한 사람을 두고 뭘 위해 희생을 했다고 한다면 너무 폭력적이잖아요. 그렇게 부르면 잔인한 2차 가해가 되는 것 아니겠습니까."

교수는 자신도 모르게 말을 빠르게 했다. 몽골사학자는 고개를 끄덕였다. 처음에 질문을 받았던 한국사학자는 여전히 전화기를 들여다보고 있었다. 역사학 전공자들이 희생자와 피해자에 대한 구분을 명확히 설명하지 못하자 교수의 마음속에서는 묘한 희망이 싹텄다. 수업에서 위안부 희생자라고 말한 표현이 이상하기는 하지만 원색적인 비난을 받을 만큼 크게 잘못된 표현은 아닐 것 같았다. 북유럽사학자가 수속을 마치고 대화에 가담했다. 그는 미국에서 북유럽사를 공부한 사람이었다. 몽골사학자가 중국에서 유학을 했기에 중국어 어원을 얘기했던 것처럼 북유럽사학자는 미국에서 유학을 했기에 영어에 대해 이야기했다. 북유럽사학자의 말은 이런 것이었다.

"영어로는 희생자든 피해자든 빅팀victim으로 표현합니다. 사건이나 사고에서 다치고 죽은 사람들을 모두 빅팀이라고 하죠. 테러나 원폭이나 학살이나, 전부 다 마찬가지입니다. 전부 빅팀이에요. 희생은 새크리파이스인데 완전히 다르죠. 새크리파이스에는 자발성이 있고, 성스러움이 들어가니까요. 무방비상태에서 당하는 테러나 학살하고 새크리파이스는 관계를 맺기가 힘들죠. 그런데 왜 우리는 빅팀을 희생자와 피해자로 갈라서 번역했을까요? 피해자와 희생자는 다른 말인데."

교수가 말했다.

"희생자나 피해자는 번역어가 아닐 수도 있습니다. 빅팀을 피해자와 희생자로 갈라서 번역한 것이 아니라 우리 문화에서는 희생자와 피해자로 부르는 자생적 기준이 있을 수 있습니다. 생각하는 방식에 차이가 있을 수 있으니까요. 희생자나 피해자가 외국에서 들어온 새로운 존재도 아니고요."

한참 동안 검색을 하던 한국사학자가 말문을 열었다.

"대화하시는 도중에 찾아봤는데, 영어에서 희생양은 스케이프고우트scapegoat라고, 염소였네요. 희생양하고 희생자는 다르겠죠? 지라르의 이론에 따르면 예수 시절에 그렇게 됐다고 하네요. 기독교 성경에서 죄 없는 어린 양이라는 표현을 많이 쓰잖아요. 예수를 죄 없는 양이라고 비유한

다음부터 서양문화에서 희생양이라는 말이 널리 쓰였다고 해요. 스케이프고우트는 염소가 아니라 양이 된 거죠. 고우트라고 말은 하면서도 생각은 양이라고 하는 거죠."

몽골사학자가 말했다.

"중국에서도 제물로 양을 많이 사용했다고 합니다. 아름다울 미美자가 양 양羊자 아래에 큰 대大자가 붙어서 만들어진 것만 봐도 그렇죠. 제물로 바치는 양이 크면 아름다운 거라고 생각했던 겁니다. 제가 희생에서 숭고한 의미를 생각했던 것은 그 이유 때문이었던 것 같아요."

한국사학자가 교수에게 물었다.

"그런데 왜 피해자와 희생자를 가르는 기준에 꽂히신 거죠? 왜 그것을 궁금해 하시죠?"

"위안부 문제 때문에요."

"예? 위안부 문제요?"

"예. 위안부 문제가 맞습니다. 위안부 희생자라는 말이 많이 이상한가요?"

"위안부 희생자요? 그 말은 상당히 이상한 표현인데요? 요즘 그렇게 얘기했다가는 몰매 맞는 수가 있습니다. 위안부는 피해자죠."

한국사학자가 말했다. 북유럽사학자와 몽골사학자는 미

소를 지었다. 그런 상식적인 문제를 논할 것이 목적이라면 대화의 출발이 너무 거창했다는 식이었다. 희생자와 피해자 사이에 어떤 차이가 있느냐는 질문에 대해서는 질문의 의도에 의문을 품다가 '위안부' 문제에 이르자 결코 희생자로 부를 수 없다는 것으로 단호해지는 그들의 태도를 대하면서 교수는 풀이 죽었다. 그는 '위안부'를 수업에서 희생자로 불렀던 자신의 잘못을 허심탄회하게 이야기하려던 계획을 접었다. 비난의 편지를 받기 전까지는 자신이 희생자라는 단어를 썼는지조차 의식하지 못했으므로 희생자라는 말을 사용한 것은 완벽하게 무의식적이었다고 말할 수 있었다. 하지만 무의식이었다고 해서 잘못이 아니었다고 어떻게 말하겠는가. 교수가 사학자들에게 말했다.

"한 가지만 더요. 희생자는 국어사전에 보면 희생을 당한 사람이라고 나옵니다. 위안부를 희생자라고 부르면 많이 이상한가요?"

북유럽사학자가 말했다.

"위안부는 당연히 피해자죠. 위안부 희생자는 말이 안 되죠. 희생이라니! 말이 됩니까?"

"일본군이 운영했던 위안부 제도라는 것이 학살에 맞먹는 폭력이지 않았던가요? 학살에 당한 사람들은 희생자이고, 같은 논리로 위안부 제도에 당한 사람들을 희생자라고 부를 수도 있는 것 아닐까요?"

교수의 말에 대해 북유럽사학자가 대답하려는데 몽골사학자가 더 빨랐다.

"논리가 그렇게 만들어진다고 하더라도 그분들을 희생자라고 부르는 것은 아닌 것 같아요. 정서상 안 맞는 것 같습니다. 희생에는 누군가를 대신한다는 의미가 들어 있어요. 가부장제 사회에서 여성들에게 줄곧 강요한 것이 희생이었죠. 페미니스트에게 희생은 전투력을 증강시키는 단어이죠. 희생은 하는 것이 아니라 당하는 겁니다. 자발적인 것이 아닌데 남성중심주의에서는 희생을 여성이 자발적으로, 혹은 본능적으로 자처한다고 하죠. 희생이라는 말 그러고 보니 위안부 문제에서 함부로 쓰면 큰일 날 말 같네요. 희생의 논리로 가부장제 안으로 들어가면 일본군이라는 가해자의 정체가 배제될 수 있습니다. 대를 이을 아들이 전쟁터에 끌려가는 것을 막기 위해 딸이 희생해서 대신 갔다거나, 장녀가 자신을 희생해서 다른 가족을 가난에서 구했다거나, 그런 것이 전통적으로 사용하는 희생자 논리잖습니까."

"『제국의 ○○○』에서는 그런 논리를 대입합니다. 위안소에 끌려가는 과정에 그런 사례가 있었는데 왜 그것을 말 못하게 하느냐고 따지죠. 동생이 끌려가는 것을 막기 위해 언니가 자발적으로 희생했다, 오빠가 끌려가는 것을 막기 위해 동생이 그렇게 했다, 그런 경우는 자발적이었다, 그런데 왜 한국에서는 어린 소녀가 군인에게 끌려가서 유린당하다가 나중에는 학살당한 것이 위안부라는 존재였다고 일원화시켜서 말하느냐고 따지죠."

"기가 막히네요. 그래서 문제인 책인가 보네요. 재판 중이잖아요."

한국사학자가 말했다.

"아까 박 선생께서는 위안부 제도가 학살에 맞먹는 폭력이라고 얘기했지만 저자는 그렇게 생각 안 할 걸요? 적극적이고 자발적인 위안부도 있었다고 말하잖아요. 돈을 번 사람도 있었고 일본군과 연애한 사람도 있었다고. 위안소 운영이 학살에 맞먹는 폭력이었다고 생각한다면 그렇게 말하지 않겠죠. 오히려 반대로 박 선생처럼 그 제도가 학살처럼 잔인했던 폭력이었다는 인식은 바뀌어야 한다고 문제를 제기하는 것 아니겠어요? 그래서 사회적으로 문제가 되었던 책 아니겠습니까? 그 책에서 혹시 위안부를 희생자라고 부릅니까?"

"그 책에서 위안부를 희생자라고 부르느냐고요?"

교수는 한국사학자에게 반문했다. 한국사학자가 말했다.

"예. 그 책에서는 뭐라고 부르나요?"

교수는 한국사학자의 질문을 듣고 나서 충격을 받았다. 자신이 생각하지 못한 부분이 있었다. 수녀회의 성명서, 정대협 자료, 『누구를 위한 '화해'인가』라는 책의 진술, 언론 자료 등에서 일관되게 '피해자'라고 지칭하는 것을 본 후 자책을 심하게 했는데 정작 논의를 촉발한 책에서는 '희생자' 혹은 '피해자'라는 말을 어떻게 사용하고 있는지 찾아보지 않았다. 한국사학자의 말을 듣기 전에는 희생자라는 말을 그 책에서 찾아볼 생각을 아예 해보지 않았다. 한국사학자가 말했다.

"예전에 소설가 이문열의 경우에는 독자들이 항의의 표시로 집 앞으로 찾아가 책을 불태우는 장례식을 한 경우가 있었죠. 학자의 저술에 대해 사법부가 명예훼손으로 재판을 하는 것은 좀 과잉된 것으로 보입니다. 무죄로 판결됐으니 그나마 다행이지만."

북유럽사학자가 한국사학자의 말을 받아서 의견을 이야기했다.

"소설은 문학이고, 이건 정치니까 같이 놓고 볼 수는

없죠."

교수가 말했다.

"위안부 문제는 역사가 아니고 정치입니까?"

"역사하고 정치를 뗄 수 없지만 현재 위안부 문제는 정치적 색깔이 훨씬 더 강하죠. 한국의 국내정치와 일본의 국내정치, 중국, 미국이 개입돼 있어서 국제적인 이슈가 돼 있습니다. 역사를 '공적 기억의 재구성'이라는 입장에서 보자면 어떤 기억을 공식적인 기억으로 채택할 것인가 하는 문제가 있는데 현실정치하고 닿아 있어서 어렵습니다. 아까 박 선생님이 말한 그 책에 보면 저자가 위안부 문제가 진실을 밝히는 문제가 아닌 정치적인 문제로 쟁점화 됐다고 비판하던데 그건 본질적으로 정치적인 문제인데 왜 그것을 정치화 되었다고 비판하는지 나는 그렇게 말하는 저자의 의도가 의아했습니다. 어떤 기억을 공적인 기억으로 채택하느냐. 저자는 소수의 기억도 엄연한 역사적인 기억인데 왜 배제하느냐, 의도적으로 매장하는 것에는 문제가 있다고 합니다. 메이저와 마이너를 결정짓는 것, 그것이 정치입니다. 현재의 정부한테 맡겨진 일이에요. 저자가 주장하는 내용이 일본 정부에 우호적인 것은 사실이죠. 정대협에서 부각시키는 피해상황 이외의 상황에 집중하고 있는 것이

특징인데 어법에 문제가 좀 있습니다. '물론' 아니다, '물론' 정대협의 주장에 일리가 없는 것이 아니다, '물론' 우리가 알고 있는 것이 사실이다, 이런 식으로 '물론'을 아주 많이 쓰면서 착한 일본군, 일본군과 사랑에 빠질 수 있었던 위안부, 일본군을 심리적 아군으로 생각하며 의지했던 위안부의 기억을 중요하게 생각합니다. 저는 그런 레토릭을 보면서 일종의 가해자에 대한 연구의 일환으로 읽어야 되는 텍스트가 아닌가 생각했습니다. 가해자에 대한 연구가 부족하기 때문에 우리는 그 마음을 모릅니다. 세계대전에 대해서 일본은 완벽하게 피해자로 인식하고 있습니다. 과정은 생각 안 하고 결과를 생각하거든요. 원폭으로 당했잖아요. 피해를 입었으니까 할 말이 있는 겁니다. 일본인 입장이 돼서 생각해보세요. 원자폭탄에 완전히 당한 겁니다. 쑥대밭이 됐잖아요. 그 폐허 위에서 살아남으려고 기를 쓴 것이 일본인 아닙니까. 자신들이 그런 피해자인데 왜 자신들을 가해자로 모느냐고 따지는 거죠. 미국도 그것에 대해 사과하죠. 원폭투하는 잘못된 행위였다고요. 위안부 문제도 마찬가지입니다. 일본이 보기에는 굉장히 귀찮은 문제인 겁니다. 저자는 그런 일본과 화해하려면 피해자인 척하는 태도를 바꾸자고 하는 겁니다. 화해라는 말을 쓸 것이 아니라 갈등

관계를 푼다고 표현해야 맞겠죠. 쓰는 언어도 그렇고 여기 저기서 일본 쪽에 가까워 보입니다. 그래서 친일파의 논리로 비치는 것이고, 본인은 친일파로 비난받는 것을 부담스러워하던데 책의 논리가 그렇게 해석되니 어쩔 수 없이 친일인 거죠. 어떤 일본인이 그렇게 주장했다고 한다면 지금 같지 않을 겁니다. 그런데 한국인이 쓴 책이라서 감정이 달라지는 거죠. 당사자가 일본에서 유학을 했기 때문에 일본물이 많이 들어서 그런 말을 한다는 비난도 받는 것이고요. 참 어렵습니다."

북유럽사학자는 중도적인 입장에 있으려고 많은 노력을 기울이는 것 같았다. 그것은 책을 직접 읽기 전에 교수가 견지하고 싶었던 입장이었다. 교수 역시도 새로운 시선이 필요하다는 저자의 생각에 동조했다. 그런데 문체를 분석해보니 새로운 시선이 필요하다는 차원을 넘어 저자는 새로운 시선에만 너무 편향돼 있었다. 그런 식으로 글을 쓰면 안 되기에 입가에 거품을 뿜으면서 수업에서 이야기한 것이었다. 글이라는 것은 언어를 정확히 사용해야 한다는 것이 주제였다. 그랬는데 자기가 희생자라는 틀린 언어를 사용한 것이었다.

한국사학자가 말했다.

"희생양과 희생자는 다른 거지만. 지라르의 희생양 이론을 보면 희생양이라고 하는 것은 사회과학에서 굉장히 무고하게 덤터기 쓴 존재를 가리킵니다. 잘못이 없는데 덮어씌우는 것, 그것이 희생양이죠. 희생양은 죄가 없다는 것이 전제입니다. 무고한 사람을 마녀라고 낙인찍고 화형시키는 것을 마녀사냥이라고 하죠. 마녀는 희생양입니다. 지라르의 이론에 따르면 희생양을 만드는 것이 박해입니다. 잘못이 없는 존재, 죄가 없는 존재, 무고한 존재를 제물로 삼았을 때 희생양이라고 해요. 어떤 의미에서 희생양이라고 한다면 이상한 논리가 되겠지만 저자가 희생양이 되죠. 스스로 자신의 저술행위에 대한 평가를 마녀사냥에 비유하는 것이 보이던데 그것은 그런 논리로 이해할 수 있습니다. 잘못이 없는데 뒤집어씌워서 제물로 바친다. 제물로 바친다는 건 죽인다는 거니까. 집단을 유지하기 위해서 박해하죠. 극단적으로는 저자를 예수에 비유할 수도 있는 논리가 만들어지는 거죠. 실제로 일본 어떤 교수는 저자를 예수에 비유합니다."

"위안부 제도의 희생양은 저자라고요?"

"정확히는 위안부 제도에 대한 담론의 희생양이라고 할 수 있겠죠? 저자를 옹호하는 측에서는 그렇게 말할 수 있습니다. 저자는 스스로 희생자라고 말할 수 있습니다. 한국과 일본 양국의 화해에 기여한다는 대의를 위해, 박해받을 것을 알았지만 희생은 필요하므로 자신이 용기를 내서 책을 출판했다는 식으로 사고한다면 말입니다."

"희생이라는 말, 참 어렵네요. 희생자라고 할 때는 희생양하고는 다른 거죠."

"아무튼 희생자라는 말은 역사학적 용어는 아닌 것 같습니다. 그런데 왜 역사학적 용어라고 생각하셨을까요?"

한국사학자가 이제 말을 맺어야겠다는 뜻으로 교수에게 질문을 던졌다. 스스로 답을 찾으라는 뜻 같았다.

교수의 생각은 다른 쪽으로 팔려갔다. 이야기가 흘러갈수록 그는 저자가 희생자라는 말을 썼는지 안 썼는지, 썼다면 어떤 맥락에서 썼는지 궁금해 미칠 것 같았다. 그는 출제장을 관리하는 행정요원에게 다가갔다. 시험문제 출제에 필요한 자료라는 명목으로 책을 반입시켜 달라고 도서 신청서를 썼다.

책이 도착했다. 교수는 희생이라는 말을 찾기 위해 눈을 부릅떴다. 일러두기에서 명칭에 대한 합의의 차원에서 "일본군 '위안부'"라고 표기한다는 문장을 읽었다. 따옴표에는 여러 의미가 있을 것이다. 지금은 위안부가 아니라는 것, 위안부의 위안이라는 말 자체가 일본군의 시각이므로 따옴표를 쳐야 한다는 합의가 학계와 시민운동 진영에서 이루어졌다. 저자는 학계와 시민운동 진영에서 합의한 용어를 사용했다. 중반부 이후로 "어린 소녀", "속아서 온 소녀"라는 표현이 등장했다.

피해자와 희생자라는 말에 집중해서 읽다 보니 대의가 더 분명해졌다. 저자가 따옴표를 쳐서 인용하는 일본군 '위안부'란 피해자임을 내세우며 일본에 사죄와 배상을 요구하는 전 위안부 출신 할머니, 운동권 세력에 의해 조종 당하여 처음에는 피해자라고 생각하지 않았으나 스스로 피해자라는 인식이 확고해진 존재를 가리켰다. 따옴표 속의 위안부는 대만인 위안부, 일본인 위안부, 조선인 위안부 전반을 가리키는 용어가 아니었다. 정대협과 우호적인 관계를 맺고 있는 할머니를 한정적으로 가리키는 용어였다.

읽으면 읽을수록 서울 정대협을 공격하기 위해 쓰인 책이라는 생각이 강해졌다. 저자는 서울 정대협을 공격하기 위해 부산 정대협과 서울 정대협을 비교했다. 서울 정대협 은 운동의 주도권을 장악하여 일원화 된 기억을 만든 세력이다. 저자는 줄곧 그 단체를 비판했다. 서울 정대협은 비판에

응하여 저자를 명예훼손으로 고발했다. 진영끼리의 다툼임이 명백한 싸움에 재판부가 개입할 여지가 어디 있겠는가. 정대협은 단체이고 저자는 개인이다. 재판부에서는 무죄로 판결했다. 그것은 책 내용의 옳고 그름에 대한 판결이 아니었다. 재판부의 역할에 대한 사회적 인식을 중심에 놓고 내린 선택이었다. 판사는 재판부가 간여할 일이 아니라 했다.

교수는 책을 덮고 복도를 산책했다. 복도에 면한 유리창에는 보안요원들이 침실과 회의실의 유리창에 붙여놓은 것과 똑같은 봉인 스티커가 붙어 있었다. 합숙소에서 퇴소할 때까지 그는 지정된 공간에서만 움직일 수 있었다. 그는 앞이 꽉 막히는 느낌이었다.

다시 책을 읽었다. 희생자라는 말이 좀체 나오지 않아서 마음이 불편했다. 불쑥 튀어나와주어야 할 것 같은데 기대와 반대로 희생자라는 표현은 찾기 힘들었다. 어느 순간 그는 저자가 희생자라는 말에 신중을 기해서 피해간다고 생각했다. 치밀한 사람은 희생자라는 말을 함부로 사용하지 않는 것이다. 박완서도, 그도, 너무 생각 없이 희생자라는 말을 썼다는 것을 다시 확인했다. 애써서 희생자라는 말을 안 쓰고 있는 것 같았다. 희생자라는 용어를 걸고넘어지는 존재가 있을 수 있음을 알았을까. 그는 인내심을 가지고 책을 읽다가 '희생자'를 발견했다. 다음과 같은 단락이었다.

> 조선인 위안부는 일본군에게 '적의 여자'와는 다른 관계였다. 그뿐만 아니라 같은 조선인 위안부라도 그녀들이 놓인 정황은 다양했다. '조선인 위안부'란 식민지의 가난과 성적/민족적 차별의식의 소산일 수밖에 없다. 압도적으로 비대칭적인 숫자의 군인을 감당해야 했다는 점에서도 '위안부'가 '군인'과의 관계에서 희생자였다는 것은 의심의 여지가 없는 일이다.(『제국의 ○○○』, **쪽)

교수는 희생자의 의미를 따져보기 위해 앞뒤의 문장을 읽었다. 중국이나 인도네시아 같은 적국의 여자는 일본군이 강간하고 죽여도 되었지만 조선인 위안부는 그런 대상이 아니었다는 말 뒤에 붙은 문단이었다. 이 문단에서 희생자는 피해자로 바꾸는 것이 적절해 보였다. 저자는 "압도적으로 비대칭적인 숫자의 군인을 감당해야" 하는 것이 엄청난 일이었음을 말하기 위해, 폭력의 크기를 강조하기 위해 희생자라는 단어를 쓰고 있었다. 저자 역시 위안부 제도는 학살을 연상할 수 있을 정도로 거대한 폭력임을 인식하고 있었을 것이다. 이어지는 문단에서는 군인과 위안부가 모두 국가를 위해 신체를 바쳐야 했던 '개미' 같은 존재라고 말하고 있었다.

그는 다시 희생자라는 말을 찾으면서 독서를 이어갔다. 희생자라는 말은 우연처럼 한번 스쳐간 이후 다시 눈앞에 나타나지 않았다. 한참을 읽어나가다가 그는 희생이라는 말을 발견했다. 행동의 자발성을 강조하는 뜻으로 사용된 경우여서 앞의 희생자와는 다른 의미였다. 이런 문장이었다. "그녀들 중에는 오빠의 학비를 대기 위해 공장에 가는 여공처럼 가족을 위해 자신을 희생한 여성들이 적지 않았다."(***쪽) 여기에서 사용된 희생이라는 말은 피해라는 말로 바꾸어 쓸 수 없을 것 같았다. 그는 학생의 편지와 자신의 말이 담긴 녹취록을 생각했다. 자신은 피해자라는 말로 바꾸어 써야 의미가 통하는 용례로 희생자를 쓴 것이지 자발성을 강조하기 위해 쓴 것이 아니라고 항변하고 싶었다.

피해자와 희생자라는 말에 집중하면서 계속 읽었다.

저자는 피해의식이라는 말을 자신의 언어로 사용하면서 피해자라는 말을 쓸 때는 따옴표를 치거나 인용의 맥락을 사용했다. 그는 '피해자'라는 말에 붙은 수많은 따옴표 때문에 어지러웠다. 저자는 위안부를 피해자로 인식하지 않는다는 뜻이었다. 피해의식이란 피해를 보지 않았으면서 피해를 보았다고 잘못 받아들이는 생각을 뜻한다. 그리고 작은 피해를 보았는데 그 피해를 과장되게 받아들이는 것을 가리킨다. 저자는 '위안부'를 '피해자'로 규정하는 것은 '피해의식'의 소산이라고 보았다. '피해자'는 저자의 용어가 아니었다.

교수는 이튿날 한국사학자에게 따옴표에 대해 이야기했다.

한국사학자가 말했다.

"피해자라고 안 부르는 데에 저자 그 사람의 정치 지향이 있는 거네요. 일본에서는 '전 위안부'라는 말을 일반적으로 씁니다. 예전에 위안부였지만 지금은 아니라는 뜻이죠. '위안부 출신 생존 여성'이라는 표현도 쓰고요. 저자가 '전 위안부'나 '위안부 출신 생존 여성'이라는 표현을 안 쓴 것에는 의도가 있겠죠. 일본에서 사용하는 용어니까요. 피해자라는 말도 쓰기 싫었을 겁니다. 일본에서 안 쓰는 말이니까요. 일본편이라는 말을 듣지 않으려고 일본에서 쓰는 말을 안 쓰고, 조선편이라는 말을 듣지 않으려고 한국에서 사용하지만 일본에서는 안 쓰는 표현을 안 쓰려다보니 따옴표를 쳐서 '피해자'라고 하는 거 아닐까요? 포지션 잡기가 참 힘들 겁니다. 위안부를 피해자라고 부르는 순간 일본군은 가해자가 되는 거니까요. 피해자라는 말은 배상받을 권리가 있다는 것을 그 속에 가지고 있고, 가해자라는 말은 범죄 처벌을 받아야 한다는 당위를 전제로 가지고 있죠. 그 포지션에서, 피해자가 아니면서 피해자인 척한다는 말이 나오던가요? 희생자라는 말은 어떻습니까? 책에 나오던가요?"

"딱 한 번 나오는데 중요한 부분이 아니었습니다. 그냥 무의식적으로 사용한 것 같다고 판단했습니다. 저처럼 반복해서 사용하지 않더군요."

"그게 무슨 말이에요? 박 선생처럼 반복해서 사용하지 않았다니?"

"제가 수업에서 위안부 희생자라고 말해서 미쳐버리는 줄 알았거든요. 학생한테서 비난하는 편지를 받았습니다. 희생자라고 표현하는 저의 이데올로기가 더럽대요."

"그 책 때문에, 졸업생 만나서 대화하다가 성희롱 경고 받았다고 들었는데 같은 학생입니까?"

"어떻게 아셨습니까, 그것을?"

"저도 교수이고, 박 선생도 교수잖아요. 학생처장이 성평등센터장한테서 들은 얘기를 전했습니다. 원로가 되다보니 이 얘기 저 얘기 귀에 들어오는 소문이 많습니다."

"……."

"좋은 전공 학과에 있어서 그럴 겁니다. 문학은 감성영역에서 선진적이잖아요."

"잘해준 것뿐인데, 씨발."

"어허, 욕을? 허허허, 겁 없어요?"

"여기는 카메라도 없고, 감금된 곳이니까요. 학생도 없고."

"욕하는 것 버릇되면 안 됩니다. 참으세요. 씨발. 큭."

"미치겠어요. 아주."

"그래도 시대는 따라가야죠."

"네. 그래야죠."

"박 선생 없는 자리에서 행정학자하고 대화해 봤는데 행정학에서도 희생자라는 말은 사용하지 않는다고 합니다. 사건 사고에서는 사상자라고 통칭한다고 해요. 사망자 몇 명 부상자 몇 명, 이런 식으로요. 세월호 사건에서도 가치 개념을 배제하면 죽은 사람은 사망자라고 해야 하죠. 피해와 가해 사이에는 책임 문제가 끼어들죠. 세월호 때는 희생자와 피해자 둘 다 쓰는데 죽은 사람은 희생자라고 하고 살아 있는 사람은 피해자라고 하는 경향이 있습니다. 살아 있는 사람에게는 제도적 보상이나 배상을 해야 하니까요."

"왜 죽은 사람을 놓고 굳이 희생자라는 말을 쓰는 걸까요? 세월호 사망자라고 안 하고 세월호 희생자라고 하잖습니까."

"쓰촨성 지진 때는 사망자 몇 명, 부상자 몇 명 이렇게 보도하던 기억이 납니다. 희생자라는 말은 어쩌면 언론 용어일지 모르겠다는 생각이 드네요. 애도의 크기와 깊이를 정서적으로 부각시키는 효과가 있잖습니까. 쓰촨성 지진에서 죽은 사람에게도 애도를 크게 표하려면 희생자라고 했겠죠. 다른 나라 일이어서 아마 사망자라고 했을 겁니다. 지라르 식으로 이해해본다면 희생은 죽은 사람들의 무고함을 강조하려고 할 때 쓰는 게 아닌가 싶어요. 아무 잘못도 없는데 죽었잖아요."

"잘못 없음을 강조하다보면 희생이라는 말을 생각 없이 쓰게 되는 것 같네요."

그들은 대화를 이어갔다. 삶과 죽음으로 갈라서 얘기하자 피해자와 희생자의 차이가 분명해졌다. '희생자'는 산 자가 죽은 자를 애도하는 단어이다. 자발적으로 희생을 자처한 사람은 스스로를 희생자라고 부르지 않는다. 진정으로 희생을 자처한 사람은 열사나 의사가 된다. 무고하게 본인의 의지와 상관없이 희생당한 희생자는 애도의 대상이다. 피해자는 살아서 처벌과 배상을 요구한다. 피해자가 있으려면 가해자가 있어야 한다. 가해자는 처벌을 받아야 하고 배상해야 할 책임이 있다. 법적인 관계일 때 배상이라 하고 비법적인 관계일 때 보상이라 한다. 희생이나 봉사에는 법적인 배상이 상정되지 않는다. 살아 있는 희생자는 비유적으로 죽은 사람이다. 죽은 사람처럼 아무것도 요구할 수 없기 때문이다.

희생에는 '죽음'이 기본적으로 전제돼 있다.

피해 요구를 주장하지 못하도록 만들고 싶을 때 우리는 희생이라는 말로 올가미를 씌운다. 희생은 당하는 것이지 스스로 청하는 것이 아니다. 도의적으로 책임을 느끼지만 현실적으로는 아무것도 해줄 능력이 없을 때 우리는 피해자를 희생자라고 부르면서 양심을 챙긴다. 피해자라고 부르면 가해자를 찾아서 처벌해야 하는 책임이 따른다. 희생자라고 부르고 나면 그런 책임이 사라진다. 가해 주체를 찾기 위해 애쓰지 않아도 된다. 희생자라고 부르고 나면 사건이 종료

된다. 희생자는 비유적으로든 실제적으로든 죽은 자이기 때문이다. 무고한 피해자에게 도의적으로만 보상하고자 하는 사람들이 희생자라는 단어를 선택한다.

희생자는 그 단어를 쓰는 사람에게만 자기만족과 자기위안을 주는 단어이다. 자기만족에 매몰된 사람은 당사자의 입장을 무시한다. 자기밖에 모른다.

교수는 자신이 '위안부'를 무의식적으로 희생자라고 부른 데에 그런 이유가 있었음을 깨달았다. 그들을 위해 자신이 아무것도 해줄 것이 없다고 생각했던 것이다. 그 문제가 어떻게든 끝나기만을 바랐던 것이다. 담론을 지식 상품으로 향유하면서, 소비를 완료해서 진열장에 넣어두고 싶은, 사유화된 지식 상품의 대상으로 만들고 싶었던 것이다. 근원적으로 자기만족을 위해 희생자라는 표현을 쓴 것이었다. 한 번도 피해자의 심장에 들어가려고 시도한 적이 없으면서 정의로운 척 '위안부' 담론에 관심을 표명하는 지식인인 척했던 것이었다.

그는 침실로 자리를 옮겼다. 실수를 만회할 방법을 생각했다. 좋은 방책이 떠오르지 않았다. 무릎을 꿇은 후 이마를 침실 바닥에 댔다. 이마를 비볐다. '혜린아, 고맙다. 너를 통해 언어 하나를 배웠다.'

출제가 끝나고 보안시설에서 퇴소하는 날이 다가왔다. 교수는 사용한 집기를 반환한 후 전화기를 돌려받았다. 전화기를 켜고 페이스북이 안전한지 살폈다. 페이스북은 평온했다. 메일함을 열었다. 어느 문학인 단체에서 보내온 이메일이 눈에 띄었다. 나눔의 집 방문에 대한 공지 메일이었다. 반가운 마음으로 메일을 열었다. 본문은 이렇게 시작되었다.

'나눔의 집'은 일제에 의해 성적 희생을 강요당했던 위안부 할머니들이 모여 살고 있는 곳입니다. 그곳에 있는 '일본군 '위안부' 역사관'은 일제의 만행을 생생하게 보여주고 있습니다.

그는 두 문장을 오랫동안 바라보았다. 희생이라는 말이 낯설게 느껴졌다. '성적 희생을 강요당했다'라고 쓰고 있었다. 희생은 만행과 충돌했다. 만행에는 피해를 보는 것이지 희생을 당하는 것이 아니었다. 희생은 역사학 용어도 아니고 행정학 용어도 아니었다.

왜 이 문학인 단체에서는 일본군 '위안부'들이 희생을 강요당했다고 말하는 것일까.

문학하는 사람들은 왜 생각 없이 무턱대고 희생이라 말하는 것일까.

현재와 미래를 생각한다면 희생이라는 말을 함부로 쓰지 못하는 것 아니겠는가. 희생이라고 말하는 순간 사건은 심리적으로 종료된다. 최종적이고 불가역적인 끝이 마음속에 자리 잡는 것이다. 더 이상 할 게 없다는 뜻이다. 왜 잘못이 없었던 과거에만 집중하는 것일까. 왜 당한 이후에 대해서는 생각을 하지 않으려 하는 것일까. 과거에 대한 애도로 끝나는 것이 문학인가?

교수는 운전대를 잡았다. 출제장을 벗어났다. 내비게이션에 나눔의 집을 입력한 후 차를 몰았다.

나눔의 집 방향을 가리키는 안내판이 크게 나타났다. 가슴이 뛰는 것을 느꼈다. 먼발치에서 죄송하다는 눈인사라도 해야 희생자라는 표현을 쓴 죄책감을 해결할 수 있을 것 같았다.

할머니들의 생활공간은 역사관 안쪽에 있었다. 매표소라는 간판이 보여서 반가웠다. 그곳은 은밀한 곳이 아니라 돈을 내고 표를 사서 들어가야 하는 공개적인 장소였다. 입장권을 사서 들어갔다. 안내원이 나눔의 집이 만들어지게 된 과정이 담긴 영상을 틀어주었다. 영상에 의하면 '위안부'

당사자가 자신의 경험을 처음으로 공개하고 증언한 것은 1991년이었다. 그로부터 26년이 지났다.

역사관의 벽에는 '위안부'와 관련된 민사 및 형사 재판 기록이 전시되어 있었다. 관부재판, 국제전범법정, 대한민국 헌법재판소 위헌 심판, 미국워싱턴연방지방법원 손해배상 소송이라는 역사적인 재판 뒤에 『제국의 ○○○』 재판이 소개되었다. 그는 뇌리에 박혀 떠나지 않는 피해자와 희생자라는 말에 집중해서 재판 설명글을 읽었다. "일본군에 의한 일본군 '위안부' 강제동원 또는 강제연행 사실을 부정하고, 일본군 '위안부'는 기본적으로 매춘의 틀 안에 있는 여성이라거나 자발적인 매춘부이며, 일본제국의 일원으로서 일본국에 대한 애국심 또는 자긍심을 가지고 일본인 병사들을 정신적, 신체적으로 위안하여주는 위안부로 생활하면서 일본군과 동지적 관계에 있었다는 허위사실이 기재된 책을 출판하여 공공연히 일본군 '위안부' 피해자들의 명예를 훼손하여 민사, 형사 소송을 제기한 사건이다."라고 소개가 끝났다. 무죄 판결이 나오기 전에 작성된 문건인 것 같았다.

그는 재판에 대한 설명글이 수정되어야 할 방향을 생각했다. 저자가 명예훼손 재판에서 무죄 판결을 받았다는 내용이 추가되어야 할 것이다. 어떤 문장으로 기술될 것인가. 검찰은 무죄 판결에 이의를 제기하며 항소한 상태이다. 모든 과정이 끝나서 무죄가 확정되면 저자는 역으로 고소인을 무고죄로 고소할 수 있다. 반대로 항소 재판의 결과에 따라 저자는 유죄 판결을 받을 수 있다. 1심의 무죄 판결이 취소될 수 있다.

교수는 '희생'을 찾으려고 노력했다. 재판 설명글에서도 그랬지만 역사관 어디에서도 희생 혹은 희생자라는 단어는 찾아볼 수 없었다. 그는 '위안부' 할머니가 홀로코스트 기념관에서 죽은 사람들의 영정을 배경에 놓고 찍은 기념사진을 바라보았다. 그의 얼굴에 환한 웃음이 번졌다.

그를 웃게 만든 것은 사진 자체가 아니었다. 그를 웃게 만든 것은 액자 아래에 붙은 제목 팻말이었다. 제목은 "독일 –홀로코스트 피해자분들의 사진 앞(이옥선 할머니)"이었다. 그 옆 사진의 제목은 "미국–이옥선 할머니와 유대인 학살 생존자 한나 리브만"이었다. 한 사진에서 할머니는 홀로코스트에서 죽은 자들의 영정과 함께 있었다. 다른 한 사진에서는 홀로코스트에서 살아남은 여인과 함께 있었다.

희생자라는 말은 존재하지 않았다. 그는 제목을 다시

읽었다. "홀로코스트 피해자분들"과 "유대인 학살 생존자". 죽은 사람은 "홀로코스트 피해자"였고 산 사람은 "유대인 학살 생존자"였다. 묘하게 전율이 찾아왔다. 죽은 사람을 사망자나 희생자라 부르지 않고 피해자라 부르니 죽은 자 한 사람 한 사람이 살아 돌아오는 것 같았다. 그는 살아 돌아온 자들의 절규와 함성이 가득한 역사의 현장에 있는 듯한 생동감이 들었다. 다만 '피해자'로 불렀을 뿐인데 그는 알지 못할 감동을 느끼는 것이었다. 그는 그곳으로 자신을 인도한 수강생에게 감사를 느꼈다.

그는 생활관의 마당을 둘러본 후 차에 올랐다. 후진으로 차를 돌리면서 룸미러에 비친 자신의 얼굴을 향해 말했다. 죽어도 피해자이고 살아도 피해자이다. 희생자는 존재하지 않는다. 폭력 앞에는 피해자가 존재하는 것이지 희생자가 존재하는 것이 아니다. 그는 다음 수업에서 '희생자 없음'에 대해 겪은 경험을 이야기해야겠다고 생각했다. 쪽팔리더라도 반성하는 모습을 보이자. 척이라도 하자.

세미나에서 만난 사람

교수는 수업에서 '희생자 없음'의 경험에 대해 얘기한 후 '위안부'에 대한 얘기를 일체 하지 않았다. 제대로 된 지식 없이 강의 시간에 말했던 것에 대해서도 사과했다. 기말에 학생들이 점수를 매길 강의평가에 대비하지 않을 수 없었다. 강의계획서와 교재에 있는 내용만 이야기했다. 그러다 보니 텐션이 떨어졌다. 하루하루 기계적으로 출근하고 강의하고 퇴근했다.

어느 날 재일교포 3세 정○○ 초청 학술 세미나가 열렸다. 『제국의 ○○○』에 대한 비판서를 써서 유명해진 그 저자였다. 교수는 꼭 가야 한다는 신념을 가지고 한 시간 떨어진 세미나장으로 갔다.

혹시나 혜린이가 왔을까?

교수는 그곳에서 또 밑도 끝도 없이 혜린이를 찾았다. 오지 않았을 가능성이 훨씬 더 크다고 생각하면서 사람들 사이에서 혜린이를 찾았다. '위안부' 문제와 일본 지식인이라는 제목으로 열리는 세미나였다. 교수는 '위안부'와 관련한 세미나가 자기와 혜린이의 접점이 될 수 있을 것 같았다. 혜린이는 오지 않았다.

초청자 정○○은 양복을 말끔하게 입었다. 마이크 앞에서 이렇게 말했다.

"안녕하십니까. ○○대학에서 교편을 잡고 있는 정○○입니다."

교수는 뒤통수를 둔기로 맞은 듯했다. 교포이므로 한국말에 능하다는 것은 자연스러웠는데 "교편"이라는 말이 충격적이었다. '교편'이란 '회초리'였다. 회초리를 치는 것이 범법 행위인 시대에! 한 마디의 잘못된 말이 트라우마를 일으키는 거대한 폭력이 될 수 있는 시대에! 회초리라니 웬 말인가. 그것은 서당에서나 쓰는 것이지 대학교에서 쓰는 물건은 아니었다. 지금이 어느 시대인데 "교수"를 "교편을 잡는 사람"이라고 소개한단 말인가! 왜 교수이면서 자신을 그렇게 소개한단 말인가. 지금이 상투 틀고 갓 쓰는 시대, 공자맹자 운운하는 유교 시대인가. 교수들은 대체로 자신의 직업을 소개할 때 "○○대학에서 근무하는"이라고 말했다. 교수는 자신의 직업을 '교편'과 연결해서 설명한 적이 인생에 단 한 번도 없었다. 초등학교 다닐 때 선생님들이 스스로를 그렇게 표현하는 것을 들은 적 있었다. 정○○은 젊은 사람이었다. 교수는 자신보다 어린 사람이 그런 표현을 입에 달고 있다는 것에 놀랐다. 정○○의 언어는 고립된 지역에서 사는 낱말인 것 같았다. 교수는 언어 때문에 시대의 낙차를 크게 느꼈다. 『누구를 위한 '화해'인가』를 처음 읽었을 때 고맙고 뿌듯한 느낌을 받았던 것이 현실감 없게 느껴졌다.

정○○이 말했다.

"'위안부' 문제를 얘기하기에 앞서 지식인 문제에 대해 이야기하고 싶습니다. 한국에서는 자꾸 『제국의 ○○○』에 대해 이야기 해주기를 원하시는데 이제는 그 책 얘기는 하지 않았으면 좋겠습니다. 『누구를 위한 '화해'인가』에 제 얘기는 다 있습니다. 사람들이 모두 그 얘기만 묻는데, 저로서는 너무 많이 했습니다. 거기에 멈춰 있어서는 발전이 없습니다. 저는 이 자리에서 오늘날의 일본 지식인,

리베랄 지식인에 대해 말했으면 좋겠습니다."

발표자는 말을 이었다.

교수는 입맛을 다셨다. 저자가 자신의 저서를 부인하는 것은 아닌데 이제 지겹다는 뜻으로 말하자 기분이 상했다. 교수는 자신이 왜 그 세미나 자리에 달려갔는지 이유를 알 수 없었다. 인터넷에서 정보를 보고 무작정 가방을 싸서 달려갔다. 그런데 왜?『제국의 ○○○』의 저자는 재판에 끌려 다니고 있는데 그 책을 비판함으로써 국내에서 유명해진 젊은 학자는 이제 그 책에 대해 이야기하는 것에 물렸다고 세미나장에서 공개적으로 말한다. 무언가를 부정하려고 한다. 그 무언가란 무엇일까. 교수는 말로 설명하기 힘든 상황의 아이러니를 느꼈다. 그는 저자가 육성으로『제국의 ○○○』에 대해 비판하는 목소리를 라이브로 듣고 싶은 것이었다. 책에 있으니 그것으로 대체한다는 말은 무책임하게 들렸다. 먼 손님처럼 느껴졌다. 저자가 발표하고자 하는 일본 지식인 리베랄 진영의 이데올로기는 교수의 관심거리가 아니었다. 교수는 다과 테이블에 놓인 쿠키를 집어 들고 발표회장을 빠져나왔다.

시간이 흘렀다.

교수가 다시 책을 펼치게 된 건 도서관으로부터 메시지를 받은 뒤였다. 대출기한이 지났으니 책을 반납하라는 내용이었다. 그는 쓰레기통 근처에 던졌던 책을 집어 들었다. 어찌 해야 좋을지 망설였다. 여러 페이지를 찢어버린 터라 반납을 하려면 방법을 세워야 했다. 새 책을 사자니 돈이 아까웠다. 그는 찢은 부분을 보수해서 반납할 방법이 있지 않나 하면서 책을 바라보았다. 아무리 보아도 곤란했다. 찢어진 비옷이나 부러진 우산처럼 수선해서 사용할 수 없는 상태였다.

어쩔 수 없었다. 그는 인터넷 서점에 접속했다. 책을 주문했다.

책이 도착했다. 그는 봉투를 열었다. 그의 눈이 크게 떠졌다. 아크릴 톤으로 반짝반짝 빛나는 붉은 색 띠지 때문이었다. 띠지에는 "00년 00월 00일, '명예훼손' 혐의 형사재판 1심 무죄 판결!"이라고 적혀 있었다. 느낌표가 교수의 눈길을 잡아끌었다.
띠지를 두른다는 것은 판매에 신경을 쓴다는 것이었다.

교수는 인터넷 서점에 접속해서 판매지수를 살폈다. 책은 꽤 잘 팔리고 있었다. 그는 책을 회전시켰다. 책등에는 "제2판", "34곳", "삭제판"이 고딕체로 찍혀 있었다. 34곳을 삭제해서 만든 두 번째 판이라는 뜻이었다. 글자는 권위 있는 기관의 인장처럼 도드라져 보이게끔 디자인되어 있었다. 그는 뒤표지의 띠지로 눈길을 돌렸다. 뒤표지의 띠지에는 저자가 일본에서 받은 상의 이름이 적혀 있었다. 인세와 판매 수익은 동아시아의 평화 운동에 후원한다는 문장이 눈길을 끌었다. 띠지의 문장은 전체적으로 '무죄 판결'을 받았는데 왜 삭제된 상태로 책을 팔아야 하는 것인지, 독자 여러분, 함께 분개해주십시오, 라는 뜻으로 읽혔다.

교수는 호기심에 이끌려 책을 펼쳤다. 삭제판은 어떤 형태일까?

서문을 읽었다. 저자는 원본을 출간한 이후에 겪었던 고초를 토로했고 자신을 향해 쏟아졌던 무차별적인 비난에 대해 원망하면서 삭제판의 출간이 평화를 이끄는 데에 기여할 수 있기를 바란다고 말했다. 그는 마지막 문장을 오랫동안 바라보았다. "함께 해준 모든 분께 이 책을 바친다." 이 문장을 중심으로 해석하자면 서문은 저자가 동지들에게 보내는 진지한 헌사였다.

동지라……. 그 단어는 저자를 재판으로 끌고 간 문제적인 두 글자였다. 책에 비판적인 세력은 저자가 피해자들을 일본군과 동지적 관계를 맺은 애국적 존재였다고 말한 부분을 필두로 내세워 저자에게 책 자체를 폐기하고 피해 생존자들에게 접근하지 말 것을 요구했다. 저자는 이에 맞섰다. 자신이 사용한 동지라는 단어는 군속과 같은 뜻을 의미할 뿐이라고, '위안부'는 전쟁에 동원된 물품과 같은 대우를 받았으며 동지는 '조선인 위안부'가 유사 일본인으로서 강제로 징병된 일본군과 입장이 같았음을 강조하기 위해 사용한 단어일 뿐이라고 대응했다.

　처음 책을 읽은 후 원판에 달라붙은 비판을 '오해'일 수 있다고 생각했을 때, 그는 동지에 대해 여러 정보를 모아서 깊이 생각했다. 저자가 동지라는 말을 사용하는 정서와 맥락이 자신의 상식과 다르기에 저자를 이해해본 이후에 옳고 그름을 판단하려 했다. 좋은 소설가라면 저자의 마음을 헤아려야 하는 것이라고 일침을 놓았던 혜린이의 말이 뇌 속에서 떠나지 않았다. 그에 상응하려고 노력했다. 교수는 일본어 웹사전을 뒤적였고 유용한 정보를 얻었다. 일본어에서는 동지同志와 동사同士가 비슷하게 '도우지'로 발음된다고 했다. 동지는 한국어 동지와 같은 뜻이었고,

동사同士는 '같은 종류, 비슷한 종류'를 뜻하는 단어였다. 저자가 말하기를 자신은 '같은 사람'이라는 뜻으로 동지라는 단어를 썼다고 했다. 그러니까 저자가 말한 동지同志는 한국어에는 없고 일본어에만 있는 동사同士라는 단어여야만 할 것 같았다.

책은 일본어로 먼저 써서 일본 웹진에 발표했던 원고를 한국어로 번역해서 출간했다고 저자가 밝혔다. 그렇다면 동지同志는 동사同士를 잘못 사용한 단어이고 이후에 문제점을 알게 되었는데 수정할 시기를 놓쳐서 동지同志로 일관되게 사용할 수밖에 없게 된 것이 아닐까. '위안부'가 일본군과 동지적인 관계였다는 문장은 '위안부'는 전쟁에 끌려간 병사처럼 불행한 사람이었다는 뜻으로 '동지'가 아닌 '동사'였다고 말해보면 어떨까. 저자가 그렇게 설명하면 이해가 편할 것 같고 재판에도 도움이 될 것 같은데 저자는 그렇게 말하지 않았다. 교수는 저자에게 편지를 써서 동사同士에 대해 이야기하면서 주의를 깊이 기울이지 못해 저지른 실수였다고 말하면 용서를 받을 수 있지 않겠냐고 말해주고 싶었다. 실행하지 못했다. 저자는 어디에서도 그 단어를 사용한 적이 없었다.

새로 도착한 삭제판 책을 손에 들었다. 띠지를 벗겨낸 후 페이지를 넘겼다. 출판사와 저자는 원본을 거둬들인 후 삭제 권고를 받은 부분의 글자를 동그라미로 바꾸어 삭제판임을 명시하고 띠지를 둘러 서점에 배포했다. 한 글자에 동그라미 하나였다. 그는 ○ 기호가 빈 눈동자처럼 박힌 페이지를 바라보았다. 본문을 읽었다. 세 번째 페이지에서 동그라미가 많아 내용 파악이 안 되었다. 여기에 무슨 글자가 있었기에 삭제하라는 명령을 받게 되었을까.

교수는 상상력을 동원해서 빈자리를 메웠다.

동그라미 안에 들어갈 만한 글자와 문장이 그의 머릿속에서는 떠오르지 않았다. 아무리 상상해보려 해도 마땅한 생각이 떠오르지 않았다.

원본에서 문장을 꺼내오기로 했다. 삭제판은 원본의 글자를 동그라미로 바꾸었을 뿐이니 찾기가 아주 쉬웠다. 그는 원본과 삭제판을 나란히 놓고 비교했다.
아. 교수의 입에서 헛웃음과 함께 짤막한 탄성이 나왔다. 그는 자신의 상상력이 너무 제한적이었다는 생각에 빠졌다.

빈 동그라미로 비워둔 문장에 들어갈 내용은 이런 것이었다. 재판부에서는 피해자에 대해 "군인의 전쟁 수행을 자신의 몸을 희생해가며 도운 '애국'한 존재라고 이해하고 있다"고 쓴 책의 문장을 지우라고 했고 출판사와 저자는 그 문장의 글자를 동그라미로 처리했다. 일본의 저널리스트 센다 가쿠의 의견이었다. 그는 고개를 끄덕였다. 다시 원본과 대조하면서 다음 부분의 빈 동그라미를 채워 읽었다. 빈 동그라미에는 "군인의 전쟁 수행을" 위해 "몸을 희생해가며 도운" "'애국'한 존재"라고 쓴 센다 가쿠의 견해는 "어떤 책보다도 위안부의 본질을 정확히 짚어낸 것"이라는 문장이 채워졌다. 삭제판에서는 읽어낼 수 없는 원본의 내용이었다. 왜 센다 가쿠의 견해까지 지우라고 명령했을까. 그것은 재판부의 판단이니 알기 어려운 부분이었다. '위안부'가 일본을 위해 자발적으로 애국한 존재였다는 말은 센다 가쿠의 견해였고 그 견해가 훌륭하다는 말은 저자의 주장이었다. 자발적이라는 의미는 '희생'이라는 말 속에 들어 있었다. 저자는 센다 가쿠가 말한, 희생을 통해 애국한 존재라는 문구를 인용한 후 그것이 정확한 본질에 해당한다고 못을 박았다.

그것이 본론의 셋째 페이지였다.

어색한 구토가 치미는 것이 느껴졌다. 이상한 불쾌감이었다. 본문이 시작된 이후 불과 셋째 페이지를 넘지 않은 곳에 '애국'이 있었다. 삭제판에는 '애국'의 자리에 '○○'이라고 빈 동그라미가 있었다.

'애국'이라는 단어가 없으니 삭제판은 원본과 다른 책이었다. 날개가 꺾인 새였다.

원본을 읽었다. 그는 당황했다. 저자는 품에 칼날을 숨기고 있다가 기회가 찾아왔다 싶을 때 몰래 꺼내어 적을 찌르는 속임수 작전을 쓰는 것과 달리 시작할 때부터 칼날을 들이대며 나는 너를 찌를 테니 너도 나를 찌를 테면 찔러보라는 전법을 쓰고 있었다. 용감무쌍했다. 그는 고개를 크게 끄덕였다.

계속 들어가 보기로 했다. 한두 번 읽은 것이 아니었음에도 불구하고 그는 문장마다 새로운 느낌을 받았다. 그는 '애국'을 다시 발견했다. 처음 '애국'이 등장한 이후 40여 페이지 정도가 지난 자리였다. 저자는 센다 가쿠가 말한 '애국'은 당사자들이 거부할 수 있었던, 선택이 가능한 애국이었으며, 센다 가쿠가 말한 애국은 강요된 '거짓 애국'이었을 것이라고 추측을 섞어서 기술했다. 저자는 40여 페이지 이전에서 말한, 센다 가쿠가 문제의 본질을 직시했다고 썼던 자신의 주장을 잊어버린 채 센다 가쿠가 애국 운운했던 것은 식민지민을 착취하는 제국주의자의 시각에서 나온 오만의 결과라고 비판했다. 결과적으로 센다 가쿠의 의견에 동의하지 않는다는 뜻이었다. 하지만 그는 강요된 거짓 애국이었을 것이라는 문장을 대하면서 애국이라는 단어를 피해자와 연결한 저의가 이해되지 않아 불쾌감을 느낄 뿐이었다.

본론이 시작된 지 불과 세 페이지가 지나지 않아서, 본질을 정확히 짚었다고 찬사를 보내 놓고 어떻게 40여 페이지가 흐른 자리에서는 그렇게 말한 적 없다고 주장할 수 있는가. 그것은 조선 소녀를 강제로 동원한 주체는 돈에 눈이 먼 포주들과 매춘 알선 업자였지 전쟁을 수행하는 일본군이 아니었다고 말함으로써 일본의 책임을 전면적으로 부정한 후 그러나 구조적인 강제의 책임은 제국주의 일본국에게 있다고 어디에선가 말함으로써 글을 쓰는 사람 자신은 책임져야 할 의무가 없다고 말하는 레토릭이라고 말하지 않을 수 없었다. 그것이 꼼수였다. 저자는 책 바깥에서

언제나 제발이지 끝까지 다 읽고 비판하라고 힘주어 말해
왔다.

열심히 읽어야만 오해를 하지 않도록 돼 있는 것, 오독하
기는 쉽고 의도를 파악하는 것은 어려운 것, 이런 것을
함정이나 꼼수라고 부르는 것이 아닌가. 그는 삭제된 부분
을 가리키는 동그라미를 바라보았다. 삭제판을 겹치자 원본
의 그림이 더 선명해졌다. 엘리베이터를 탈 때마다 버튼에
서 보았던 돋을새김 된 점자를 떠올리게 만들어서 낭만적으
로까지 보였던 원 기호는 펀칭기를 사용해 뚫어놓은 구멍으
로 변해 징그러웠다. 그는 동그라미로 있는 '○○○'에
볼펜 끝을 넣고 찔러서 구멍을 내고 싶었다. 책을 덮었다.
더 읽어서 무엇 하랴. 책이 도착하면 도서관에 반납하려던
계획도 뒷날로 미뤘다.

피해자가 20만 명이었다면 20만 명에게는 모두 각자의
개인 상황이 있었다. 각자 얼굴과 지문이 달랐듯이 피해자
들과 그들의 피해 사항은 모두 제각각이었다. 피해자 중에
는 '위안부'가 되는 줄 알았지만 어쩔 수 없이 갈 수밖에
없었던 사람이 있었다. 잔인하게 학대당한다는 것을 상상하
지 못한 채 소극적으로 자발하여 지원했다가 아비규환의

지옥에서 정신을 잃은 사람도 있었다. 피해자 중에는 전쟁터에 끌려가 강제적으로 매춘을 해야 한다는 것을 안 뒤에 어쩔 수 없다며 체념한 채 몸을 내던져 버린 이도 있었다. 고통을 잊기 위해 마약에 의지했던 사람도 있었다. 위안소에서 도망칠 방법을 알려준 일본군이 있었듯이 일본군에게 자신의 신세를 운명이라 말하며 안식을 구하려 한 사람이 있었다. 돈만이 보상이 될 수 있다고 생각한 사람도 있었다. 그들은 모두 잎 많은 나무의 가지와 나뭇잎처럼 여러 방향으로 각자의 상황을 가지고 있었다.

피해자가 되는 길은 다양했고, 피해자가 된 이후의 삶이란 몇 가지 패턴으로 한정할 수 없을 만큼 다양했다. 그러나 성노예로 살아야 한다는 사실을 알았으면서도 자살하는 셈 치고 자원한 사람은 없었을 것이다. 불가능한 것이 없는 상상의 세계이지만 그런 모습은 상상으로도 있을 수 없었다. 피해자 중에는 끌려간 사람도 있었고 속아서 간 사람도 있었다. 미성년자도 있었고 성인도 있었다. 일본군에게 끌려가서 비참한 성노예로 살다가 처참하게 죽거나 가까스로 돌아온 어린 소녀만 존재했던 것이 아니었다.

그런데 이 책은 성행위를 즐기기 위해 군인과 마약을

공유한 존재까지 상정하고 있었다. 저자는 그렇게 느낄 수 있었을 것이다. 그런데? '그런데' 이후가 문제였다. 그는 스스로에게 물었다. 사람마다 생각은 다를 수 있다. 양심 또한 사람마다 다르다. 책을 지은 저자에게도 생각할 자유가 있다. 자기 양심에 따라 발언할 수 있는 자유가 있다. '그런데' 저자의 문장을 읽고 왜 이성을 잃은 채 찢어버리기까지 했던 것일까? 프로답지 못하게 왜! 그는 자기 손으로 찢어버려서 도서관에 온전히 반납하기가 힘들어진 파본을 바라보았다. 이상하게도 책이 찢어진 우산처럼, 구멍 난 양말처럼 보인다기보다는 압사당한 육체에 들어 있는 파열된 내장처럼 보였다. 몸 밖으로 터져 나온 장기 같았다.

　단 한 명이라도 강제로 끌려가서 무차별적으로 유린당한 소녀가 있었다면 그것이 위안부 제도의 본질적인 죄악에 해당한다는 그의 생각은 '애국 처녀의 미소'라는 표현을 지어내는 저술가들의 견해에 비추자면 감상적이고 유아적인 동정론일 수밖에 없었다. 그는 감상적이고 유아적인 자신이 싫었다. 강해지고 싶었다. 강해지고 싶어서 일본군이 강제적으로 소녀를 유괴한 사실이 있다는 증언을 읽었다. 그런데 반대쪽에서는 그런 증언이 등장할 때마다 그 증언은 날조된 것이고 근거가 없는 허위라고 비난했다. 책은 그런 반대쪽에 있었다. 반대쪽 의견의 배에 몸을 싣고 노를 힘껏 젓고 있었다.

증언과 기록에 의하면 강제로 끌려간 소녀가 있었다.

다음날 교수는 도서관으로 가서 새 책을 내밀었다. 직원이 그에게 왜 도서관 바코드가 없는 새 책을 가져왔느냐고 물었다. 그는 분실했다고 대답했다. 직원은 더 묻지 않았다. 새 책을 가져왔으니 됐다는 것이었다. 결과적으로 그는 파손된 원본을 가지게 됐고 도서관에는 삭제본 새 책이 들어가게 됐다. 도서관 직원은 두 책의 차이에 관심을 두지 않았다. 원판이 판매금지 당했고 삭제판이 유통된다는 사실을 알지 못했다.

내비게이션에 S여자대학교 도서관을 입력한 후 차를 몰았다.

캠퍼스에는 정문에서부터 눈에 보이는 사람이 모두가 여자였다. 동행하는 사람 없이 혼자 여대에 들어가기는 처음이었다. 금남의 구역이 아니었다. 한 다리 건너면 쉽게 연락할 수 있는 교수도 그곳에서 근무했다. 기분이 묘하게 들떴다. 교수는 도서관 앞에 주차를 했다. 도서관 출입구에서 처음으로 남자를 만났다. 남자는 경비원이었다. 교수는 경비원에게 타 대학 도서관 출입 신청서를 제출한 후 개인정보 사용에 관해 동의한다는 내용이 든 서류에 서명을 했다.

도서관 자료실의 직원도 모두 여자였다. 교수는 여자들을 바라보며 두리번거리는 자신의 모습을 상상으로 세워보았다. 여성 전용 카페에서 관음증을 채우는 벌레, 치한으로 오해받을 수 있을 것 같았다. 그는 마음이 불편했다. 여자만 있는 도서관에 들어간 것 자체가 성희롱에 해당할 수 있다는 생각이 들었다.

제발!
그는 과민해진 자신이 싫었다.
여탕에 들어간 것도 아닌데 왜 이렇게 쪼는 거냐!

아니다. 혜린이를 떠올려 봐라! 방심하면 끝장이다.

교수는 옷매무새를 가다듬었다. 전화기를 손에 든 채

도서검색 결과 화면에 뜬 청구기호를 들여다보면서 서가를 돌았다. 책을 보는 이들도 모두 여자였다. 그는 자신이 걸음을 옮길 때마다 사람들이 약간씩 몸을 움직인다고 느꼈다. 일부러 본 것이 아니라 이상한 기운을 느끼고 눈을 돌리면 여자들이 자세를 바꾸어 앉는 장면이 눈에 들어왔다. 그들은 신발 속에 발을 밀어 넣었고, 셔츠 매무새를 다잡았고, 벌리고 있던 무릎을 모았다. 실내의 온도가 바뀌는 것 같았다.

빨리 해라. 너는 존재 자체가 다른 이를 불편하게 만들고 있다. 네가 여자였으면 저분들은 아무런 불편도 느끼지 않았을 것이다. 남자라는 사실이 너는 지금 불편하다.

교수는 서가에서 책을 뺐다. 책을 펼치고 찢어지거나 빠진 페이지가 있지 않은지 점검했다. 책은 온전했다. 교수는 읽을 장소를 물색했다. 학생들 틈에 빈자리가 있었다. 그런데 갈 수 없었다. 버스나 지하철이라면 앉겠지만 걸음이 떨어지지 않았다. 그는 위축되고 기가 빨리는 느낌이었다.

그가 빌린 책은 『에미 이름은 조센삐였다』였다. 삐는

중국말 속어로 여자의 생식기를 가리키는 말이었다. 책의
제목을 가리고 싶었다. 학생들 틈에 끼어 그 책을 펼치려니
용기가 나지 않았다. 그는 복사를 해서 편안한 연구실로
돌아가 읽기로 했다.

복사실로 가는 길목도 여학생들로 가득 차 있었다. 그는
시선을 어디에 둬야 좋을지 난감했다. 고개를 들면 가슴이
보이고 고개를 숙이면 종아리가 보였다. 그는 땅을 보고
걸었다. 오해받고 싶지 않았다. 누가 시켜서 한 일이 아닌데
저절로 바닥을 보며 걸었다.

복사실 문을 열고 들어갔다. 복사실 직원도 모두 여자였
다. 그런데 어서 오라며 인사를 하는 사람은 아는 사람이었
다. 그는 충격을 숨긴 채 표정을 관리해야 했다. 혜린이였다.
그는 어색한 반가움을 섞어서 말을 건넸다.

"어? 혜린아!"

"헐……."

혜린이가 교수를 빤히 바라보았다.

교수가 말했다.

"오랜만이다."

교수는 손을 내밀었다. 악수를 청한 것이었다. 그는 얼떨

결에 악수를 청하고 있는 자신의 모습에 어이가 없었다. 그러나 손을 거두기 민망했다.

혜린이는 작업대 서랍을 열었다. 장갑을 꺼내어 손에 끼었다. 그녀가 말했다.

"죄송해요. 손가락을 다쳐서 악수 못 해요."

교수가 손을 거두었다.

"나도 모르게 그만……."

혜린이가 말했다.

"저 보러 오셨어요? 하실 말씀 있으세요?"

교수가 말했다.

"아니야. 우연이야. 책 복사하러 왔어."

"아, 그러셨군요. 깜짝 놀랐어요."

"나도 놀랐다. 여기에서 아르바이트하니?"

"취직했어요."

"아르바이트가 아니고?"

"직원이에요."

"그랬구나. 언제부터? 취직했으면 연락하지. 학교도 가까운데."

"뭘요……. 학교가 가까우니까 오며가며 학교 다니던 때 생각 더러 해요. 교수님은 여기에 웬일이세요?"

"우리 도서관에 없는 책이 여기에 있어서."

"인터넷으로 복사 서비스 신청하시면 배송해 드리는데."

"글쎄. 내 눈으로 직접 좀 봐야 되겠다 싶어서."

"뭐를요?"

"책 원본."

"아. 그런 거였구나. 나는 또……."

"응. 이 책 좀."

교수는 책을 내밀었다.

혜린이가 책을 받았다.

"어디에서 어디까지예요?"

"목차부터 마지막까지."

"많네요. 많이 기다리셔야 될 수도 있는데, 괜찮겠어요?"

"그럼. 괜찮지."

교수는 제자리에서 멀뚱히 혜린이를 바라보았다.

혜린이가 말했다.

"주문은 끝났나요? 복사해야 할 것 더 있나요?"

"아니야."

"그럼 기다리시면 돼요."

"그럴게."

혜린이는 고개를 돌려서 동료 직원의 눈치를 보았다.

직원이 잠깐은 괜찮으니까 얘기를 더 해도 좋다는 표정을 지었다. 혜린이에게 아는 사람이 찾아온 것은 처음이었다. 교수가 대기 의자로 돌아갔으면 그럴 필요 없었을 것이다. 교수는 받을 물건이 있는 사람처럼 계속 서 있었다. 무슨 말이든 해 봐, 라는, 표정이었다. 혜린이는 무슨 말이라도 해야 할 책임을 떠맡은 느낌이었다.

혜린이가 말했다.

"에미 이름은 조센삐였다. 제목이 독특하네요?"

"소설이야. 조센삐는 조선인 위안부들이 위안소에서 불렸던 이름이었어. 사람이 성기로 불렸으니 정말 모욕적인 호칭이지. 윤정모라고 민족문학 전성기 때 리얼리즘 소설 많이 썼던 작가야. 위안부 문제에서도 선구적이었어. 1982년에 이런 걸 썼으니까."

혜린이는 성기라는 말에서 목이 울컥했다. 교수가 아무렇지도 않게 '성기'라고 말해놓고 민족문학 운운하면서 유식한 척 으스댔다. '조센삐'에 대하여 얼마든지 다르게 말할 수 있었을 것이다. 그런데 교수는 직설적으로 '성기'라고 말하면서 '모욕적인 호칭'이었다고 말했다. 교수는 모욕이 무엇인지 모르는 사람이었다.

혜린이는 불쾌했다. 말을 끊고 싶었다.

교수가 말했다.

"같은 제목으로 영화가 있어. 한국 작가가 쓴 '위안부' 소설을 찾는데 영화가 먼저 걸려들더라. 인터넷에서 구했어. 야한 장면이 많아서 문을 걸고 봤는데, 상업적인 대중영화라서 그런지 너무 포르노적이더라. 섹스밖에 없어. 원전 소설은 안 그렇겠지 싶어서 확인하러 온 거야."

혜린이는 말을 끊고 싶었다. '포르노'와 '섹스' 때문에 기분이 엿 같았다.

"위안부 문제에는 왜 관심을 기울이시는 거예요?"

"모르겠어. 할 수 있는 일이 있을 것 같아서. 모호해. 나도 왜 그러는지."

"그것부터 생각해보시는 게 어떨까요? 함부로 말할 수 있는 게 아니라는 건 알잖아요."

"그런 셈이지. 너도 계속 관심 가지고 있니? 지난번에 위안부 책 가지고 대화한 적 있잖아. 미안했다. 일 끝나면 같이 밥 먹을까? 오랜만에 대화도 좀 하고? 그때의 일 사과할 것도 있고. 물어볼 것도 좀 있고."

"저는 좀 불편할 것 같습니다. 뭘 물어보신다는 거예요?"

"지난번에 만나서 너한테 위안부 얘기하고 그럴 때 희롱할 마음 없었어. 남자친구 얘기할 때도, 내 마음을 얘기할 기회가 없어서 기회가 오기를 기다리고 있었어. 이렇게 우연히 만난 것, 좋은 기회인 것 같다. 이따가 시간 좀 내줘."

혜린이는 말을 끊고 싶었다.

"야근해야 될지도 몰라요. 이 책 복사하려면 시간 좀 걸릴 테니까 어디 갔다 오세요. 먼저 주문 받은 것부터 복사해야 되니까 최소한 한 시간은 기다리셔야 할 거예요."

"괜찮아. 죄다 여학생들이라 눈을 어디다 둬야 좋을지 모르겠더라. 여기서 기다릴게. 갈 데도 없어."

"한 시간을요? 부담스러운데……. 스벅 같은 데 가서 시간 보내다 오세요."

"스벅?"

"스타벅스요. 학교 안에 있어요."

"거기도 여학생들뿐이겠지?"

"그래서 여대에 오신 거 아니에요?"

"내가 뭘?"

"여학생들만 있잖아요. 좌악."

"무슨 말인지 모르겠네. 제일 가까워서 온 거야. 여자대학교라고 나한테 뭐 다르겠니? 그냥 대학교랑 똑같지. 남자 대학원생을 받는 여자대학교 대학원도 있는데. 하긴 도서관에는 죄다 여학생들이어서 읽을 수가 없더라. 복사해 가서 읽으려고 여기에 왔는데 너를 만났네."

교수가 웃었다. 그는 혜린이를 만난 뒤 긴장이 완전 풀린 것 같았다. 교수가 웃으니 혜린이의 기분은 더 엿 같아졌다. 엿이 된 기분을 풀고 싶었다.

혜린이가 말했다.

"다들 예쁘죠?"

"어? 뭐가?"

"학생들요. 교수님 관심 많잖아요. 여학생. 기분 좋으신 표정이세요……."

"그런 거 아니야. 눈을 어디다 둬야 할지 모르겠어."

"마음이 문제죠. 눈보다."

"……."

"눈을 보시면 돼요."

"……."

"존중한다는 뜻을 보내는 게 가장 중요합니다. 안 그러면 눈을 마주친 사람이 성적으로 대상화 된다는 느낌을 받을지 몰라요. 리스펙트! 힘들어도 연습하면 될 거예요. 나는 당신을 존중합니다."

혜린이는 '나는 당신이 사라져주길 바랍니다'라는 뜻을

담아 교수의 눈을 바라보았다. 교수가 다른 데로 눈을 돌리지 못하도록 교수의 눈길을 잡아당기기 위해 미간에 힘을 주었다. 교수는 말이 없었다.

"……."

"저도 돈 내고 상담소에서 배운 거예요. 리스펙트! 멍하니 보는 게 아니라, 내가 어떻게 보이느냐고 묻는 것도 아니고, 당신의 전 존재를 존중합니다라는 리스펙트. 그러면 동등해지죠."

돈 얘기를 꺼내자 교수가 숨 쉴 구멍을 찾은 것 같았다. 교수가 말했다.

"돈 내고 배웠다고? 그런 걸?"

"고통스러울 때가 있어요. 불편하면 괴롭고 불안하잖아요. 그러다가 고통스러워져요. 그래서 돈 내고 상담 받고 배웠어요. 아이 리스펙트 유. 그게 중요해요. 모르는 사람에게 알려주는 것도 제가 고통에서 자유로워질 수 있는 방법이에요. 그래서 말씀 드리는 거예요. 그렇게 하라고 배웠어요. 돈 주고. 안 그러면 후회하다가 또 고통스러워져요."

"생각해볼게."

"나중에는 그렇게 하겠지만 지금은 자유롭게 즐기시겠다는 뜻이죠?"

"응?"

"그렇게 보입니다."

혜린이는 말을 한 후 미간에 주었던 힘을 풀었다.

교수는 혜린이가 말속에 뾰족한 칼날을 넣어 아무렇게나 뱉어내고 있다고 느꼈다. 즐기다니? 무엇을? 그는 희롱당하는 것 같아 불쾌감이 솟았다. 주위엔 온통 여자들뿐이었다. 즐기는 건 자유라고? 즐기는 낌새를 잡았다가 희롱으로 고소하기 위해? 그는 뒤바뀐 권력관계를 느꼈다. 혜린이는 성희롱으로 고소할 수 있는 우선권을 가짐으로써 권력자가 되었다. 교수는 혜린이가 장갑을 끼고 있는 손을 바라보았다. 기분이 엉망이 되었다. 어쩌다 보니 악수를 청했다. 장갑을 끼었더라도 벗는 게 예의이다. 그런데 손가락이 아프다는 핑계를 댔다. 대놓고 무시한다는 기분을 느끼면서도 속수무책이었다. 단번에 구질구질해진 것에 화가 치밀었다.

혜린이가 복사할 책을 바라보다가 교수의 눈을 쳐다보았다. 교수는 눈길을 피했다. 교수의 눈동자가 이리저리 움직였다. 혜린이는 교수의 눈동자가 향하는 곳을 추적했다. 교수의 눈이 혜린이의 손, 장갑 낀 손에서 멈추었다. 혜린이가 손을 테이블 아래로 내렸다. 교수는 혜린이의 목을 바라보았다. 혜린이는 몸을 돌렸다. 복사할 책을 들고 몸을 돌린 채 복사기 앞으로 갔다. 복사기를 내려다보며 혼잣말을 내뱉었다. 버러지. 교수의 눈빛이 더러웠다.

혜린이는 상사에게 부탁해서 작업 순서를 바꾸었다. 먼저 주문받은 일감을 밀고 교수의 책을 복사했다. 소설책의 페이지를 찢을 듯이 거칠게 넘겼다. 책 면을 복사기 유리에 눌렀다. 복사 페달을 밟았다. 소설을 처음부터 끝까지 찢듯이 복사했다. 원래는 한 시간이었다. 교수가 기다려야 할 시간이었다. 그런데 대기 의자에서 자신을 보며 교수가 앉아 있었다. 지저분한 눈빛으로 자신을 바라보고 있었다. 혜린이는 복사물을 주고 빨리 내쫓고 싶었다.

혜린이가 소설 복사를 끝내고 교수를 불렀다. 교수는 원본과 복사물을 받았다. 혜린이는 복사 비용을 계산한 다음 그에게 말했다. 복사기를 돌리는 동안에는 빨리 떨치고 싶은 마음뿐이었는데 그대로 당하기 싫었다. 찜찜한 걸 끌어안고 몇 날 며칠 고통 받기 싫었다. 혜린이가 말했다.
"교수님, 혹시 제가 여기 있다는 얘기 듣고 오신 거 아니죠?"

"되지도 않을 말이다."

"조교를 시켜도 됐을 텐데 직접 오신 게 진짜 좀 이상해서 그래요."

"너, 나한테 왜 이러니? 우연이잖아. 왜 이상하게 말을 해?"

"학생들 보니까 어디다 눈을 줘야 좋을지, 치한 취급, 당하기 싫다 하셨죠?"

"그렇게 심하게 말한 건 아니야. 치한이라니."

"저는 왜 다르죠?"

"……"

"저도 조심해야 할 여성이잖아요. 처음 보는 여성에게는 겁내면서 저에게는 왜 그러세요? 왜 보고 싶은 대로 보려고 하세요? 왜 말하고 싶은 대로 다 말하세요?"

"넌 내 제자잖아. 다르잖아."

"그래서요?"

"내가 뭘 잘못했니?"

"제가 여기에 있다는 것 어떻게 아셨어요?"

"네가 여기에서 일한다는 걸 내가 어떻게 알았겠니?"

"저 학교 다닐 때 애들한테 물어서 잘 알고 계셨잖아요. 학교에 졸업 못 한 내 친구들이 아직 있고, 내 페이스북

같은 거 보셨을 수도 있고."

"페이스북은 네가 친구 끊었잖아."

"어떻게 아셨어요?"

"누가 말해줬어."

"거 봐요. 저에 대해 알아보신 거잖아요. 저 여기에서 일하는 거 알고 와서 일부러 위안부 소설을 복사시키신 거면 저 좀 심각해질 거예요. 검색해 보니까 옆에 있는 다른 학교 도서관에도 있는 책이던데. 왜 하필이면 여자대학교로 오신 거예요? 꿩 먹고 알 먹고? 여자애들 구경도 하고 저도 만나고?"

"야!"

"……"

"일 끝나고 얘기 좀 하자. 차에 가서 기다릴 테니까 전화해라. 몇 시에 퇴근하니?"

"저는 불편해서 싫습니다."

"도서관 자료실 닫기 전에 가서 책 반납해야 하니까 지금은 얘기가 안 될 것 같다. 곧 퇴근이지? 퇴근하고 보자."

"……"

"내가 사과하겠다고. 널 위한 거야. 사과를 위해서 따로 만날 수는 없잖아. 사과를 해야 내 마음이 편하겠어. 너도 그렇잖아. 사과를 받아야 마음이 편할 거 아니니. 서로 좋잖아."

교수는 말을 마치고 돌아섰다.

교수가 돌아서자 혜린이는 한숨을 푹 내쉬었다. 친구에게 메시지를 보냈다. 혜린이와 친구 사이에 메시지가 오갔다.

◄ 누가 나 여기서 일한다는 것 다른 사람한테 말했을까?

➤ 왜? 무슨 소리야?

◄ 빡 프로페서가 우리 복사집에 왔어.

➤ 그 빡? 정말? 헐.

◄ 가지가지 한다 정말. 열 받아 죽겠네.

➤ 무슨 일 있었어?

◄ 왜 이렇게 얽히는 거니? 그 눈빛 알지? 삼십 분이나 그렇게 쳐다보더라. 왜 막나가지지 않는 건지 모르겠다.

➤ 그게 다야? 어떻게 거기에 왔대?

◄ 책 복사하러.

➤ 정말? 무슨 책?

◄ 또 '위안부' 얘기였어.

➤ 거기에 꽂혔나 보다, 그 프로페서.

◁ 달라진 게 없어. 강간 운운할 때처럼 성기, 섹스, 모욕, 포르노, 이런 말을 내 앞에서! 닫힌 공간에서 그랬다면 정말 고소해 버렸을 거야. 복사집에서 일대일로 대화하는데 그런 말을 서슴없이 하는 거야.

▷ 뜨레기다 정말. 너무 모른다.

◁ 또 뭐래는 줄 아니?

▷ 뭐?

◁ 날 위해 사과하겠대.

▷ 뭘?

◁ 지난번에 재미 삼아 카페로 날 불러낸 것. 내가 페북에서 경고했잖니. 그걸 봤나 봐.

▷ 페북은 차단했잖아.

◁ 링크 타고, 타고, 흘러갔겠지. 누구한테서 들었는지 궁금하긴 하더라.

▷ 그런데 이번에도 또 '위안부' 얘기를 하면서 그런단 말이야? 초딩 중딩도 아니고 잘못을 버젓이 또 하면서 사과하겠다고 강압한 단 말야? 유리 심장을 가진 거니?

◁ 네가 그렇게 나오니까 맥이 빠진다.

▷ 왜?

◁ 소름끼쳐 죽을 지경이었는데.

➤ 그런데?

◀ 선량한 가해자 프레임 생각이 나서. 네가 초딩 취급을 하니까.

➤ 그 정도 지위에 있으면 모르는 게 범죄야. 모른다고 무시할 일은 아니지.

◀ 어떻게든 확 뜯어고치고 싶은데 열부터 받네.

➤ 열정이 식기 전에 한 번 들이댈까?

◀ 불안하다.

➤ 대학원, 아빠한테 얘기해 봤니?

◀ 몰라. 욕먹을 각오는 돼 있는데, 말 안 하고 내가 벌어서 가는 게 낫지 싶어.

➤ 퇴근은?

◀ 칼퇴 하려고. 빡이 기다린다고 하더라. 퇴근하고 얘기 좀 하재.

➤ 웃을 일이 아니네. 어떻게 할 거니?

◀ 싫어. 몰래 빠져나가려고.

➤ 그 교수가 어떻게 너 있는 데를 알고 갔을까? 알고 갔으면 소름인데?

◀ 네가 말한 건 아니지?

➤ 미쳤냐.

◀ 위험이 공기처럼, 날씨처럼 있다는 것 실감 난다. 넌 졸업작품

지도 누구한테 받아?

> 빡은 아니야. 통과 때문에 골이 아파.

< 글 계속 쓸 거니?

> 3일은 돈 벌고 3일은 글 쓰고 1일은 쉬고, 그런 꿀 직장 없나?

< 나도 이 노동에서 좀 해방되고 싶다.

> 록산 게이, 읽었니?

< 주문했어.

> 재미있더라. 글 잘 쓰는 인간들 세상에 너무 많아.

< 졸업하고 일하다 보니까 시간이 없어서 자꾸 밀린다. 뒤처지고 싶지 않은데. 안 읽으면 느슨해져. 느슨해져서 내가 불안한가봐. 빡 프로페서 만나고 나니까 정신 번쩍 든다. 열심히 읽을게. 스터디 때 얘기하자.

> 그래, 주말에 만나.

< 스벅에서 만나는 거 맞지? 이번에는 안 빠질게.

> 오케이요.

< 그래. 밤길 조심해. 몰카 조심하고.

> 너도.

혜린이는 씁쓸하게 전화기의 화면을 껐다.

교수는 한 시간 넘게 기다렸다. 여름의 저녁이 어두워졌다. 그는 참담했다. 차들이 빠져나간 주차장에서 사방을 두리번거리고 있는 자신이 방향감각을 상실한 벌레가 된 기분이었다.

조수석에는 혜린이가 복사한 『에미 이름은 조센삐였다』가 놓여 있었다. 비뚤배뚤 복사가 엉망이었다. 처음 복사 상태를 대했을 때 교수는 혜린이가 초보라서 일이 서투르다고 생각했다. 그런데 퇴근을 기다리다 보니 혜린이가 최선을 다해 불성실한 서비스로 복사에 임했다는 생각이 들었다. 여자대학교에 여자 보러 온 교수! 어떻게 그런 발상을 할 수 있을까. 싸가지!

교수는 화를 누르기 위해 소설을 읽었다. 같은 제목의 영화 때문이었다. 피해자의 실상에 대해 무지한 시대에 만들어진 세미 포르노였다. 순사인 듯한 사내에게 끌려간 소녀들이 위안소에서 성폭행을 당하면서 거친 신음을 내뱉었다. 전쟁이 끝나갈 무렵 일본군은 퇴로에서 일본인 출신 여성을 따로 빼내고 조선인 출신 여성을 모아 동굴에 들어가게 한 뒤 수류탄을 던져서 죽였다. 고증할 수 있는 증거가 없는데 왜 그런 서사를 만들었느냐고 따질 수 있을 것이다.

일본군은 악마였고 피해자는 무고했다. 영화는 피해자가 겪었던 고통을 형상화 한다고 공표해 놓고 여자의 몸을 보여주고 신음소리를 들려주는 데에 급급했다. 일본군은 반공영화의 공산군처럼 악마적이었다. 그는 영화의 원전 소설을 보고 싶었다. 소설은 영화와 다를 것이라는 믿음을 확인하고 싶었다.

소설은 그렇지 않았다. 교수는 소설이 제목만 같을 뿐 다른 내용이라는 사실만 확인했다. 마음이 무거워서 문장이 읽히지 않았다.

뭐든 해야 할 것 같았다. 혜린이가 실시간으로 페이스북에 상태를 게시하지 않았을까 겁이 났다. 페이스북을 열었다. 친구 목록에 있는 혜린이의 이름을 클릭했다.

최근 글들이 화면에 나타났다. 어? 언제 친구 관리를 수정했던 것일까. 포스팅이 읽히는 것이 새삼스러웠다. 잠시 후 그는 고개를 끄덕였다. 교수한테서 만나자는 연락이 오면 고소를 할 것이라는 포스팅이 보이지 않았다. 관리하는 포스팅이 따로 있었다. 공유가 제한된 포스팅이 있는 것이었다. 비밀글로 잠가놓았을 수도 있다.

새로운 포스팅이 게시되었다. 교수는 포스팅을 클릭했다.

'미국 문학 속에 나타난 위안부의 모습'이라는 주제로 세미나가 열린다는 기사였다. 교수는 기사를 읽었다. 미국 대학의 교수가 한국에 들어와 미국 소설에 대해 발표한다는 내용이었다. 시간과 장소를 확인했다. 주말, 파주 출판단지 근처였다. 그는 주차장에서 빠져나왔다. 그곳에서 우연히 만날 수 있게 되기를 바랐다.

세미나가 시작되었다. 발표자가 말했다.

"생각했던 것보다 많으신 분들이 참석해주셨네요. 반갑습니다. 위안부를 주제로 한 미국 문학 작품을 최대한 많이 찾는다고 찾았는데 이 정도가 현재 파악되는 걸로는 전부인 것 같아요. 노라 옥자 켈러의 『종군위안부』나 이창래의 『척하는 삶』은 국내에 번역되어서 잘 알려져 있는 작품인데 나머지 작품들은 생소하실 겁니다. 번역이 안 돼 있으니까요. 제목을 우선 말씀드리자면 슬라이드에서 보시는 것처럼 『황제의 선물』, 『망명자의 노래』, 『위안부 소녀 이야기』, 『일요일 소녀』, 『파묻힌 실수들』, 『용의 딸들』, 『슬픈 반도』, 『하얀 국화』 등이에요. 모두 영어로 씌어 있어요. 작가 중에는 한국인 이민 1세대, 1.5세대가 있고, 로저 루딕, 로리 에즈펠레타, 키아나 대븐포트, 윌리엄 앤드류 같은 사람들은 오리지널 미국인이고 세르게 찰리브와나 마크 샘슨은 캐나다인이에요. 절반은 남성인데 남성 작가들이 의외로 많은 것에 놀랐습니다."

발표자는 자기가 근무하는 대학교에 대해 짤막하게 소개한 후 『황제의 선물』을 소개했다. 위안부를 일본 황제가 군인에게 선물로 하사했다는 제목이었다. 그는 무의식적으로 '제국의 위안부'를 떠올렸다. '황제의 선물'과 친연성이 느껴졌다. 발표자가 말했다.

"이 책을 쓴 테레스 파크는 한국인 이민 1세대인데요. 1966년에 미국으로 이민을 가서 캔자스 시향 첼리스트로 30년간 지내고 은퇴 후에 이 책을 썼어요. 위안부 뉴스를 보고 충격을 받아, 미국 독자에게 중요한 역사를 알리기 위해 썼다고 합니다. 노라 옥자 켈러가 『종군위안부』를 출간한 1997년, 같은 해에요. 오순아라는 인물과 사다무라는 인물 사이의 이야기인데 일제강점기 얘기입니다. 줄거리는 이렇습니다. 오순아의 아버지는 일본군에 의해 살해당하고, 어머니는 강간당하고, 오빠는 징병으로 군에 끌려갑니다. 순아는 위안소에 끌려가 성폭력, 임신 중절, 강제노동을 당합니다. 종군기자 사다무가 순아를 발견하고 마음이 끌려 순아를 간부용 기생집으로 빼줍니다. 두 사람은 나중에

연인관계가 되어 전쟁이 끝나갈 무렵 어떤 섬으로 도망갔다가 미군의 도움으로 하와이로 간다는 내용이에요. 사다무는 미군을 위해 정보원으로 일하다가 죽고 오순아는 하와이에서 일하는 막노동꾼 한국인들에게 강간을 당할 뻔한 위험을 넘기고 한국으로 귀환합니다. 삼분의 이 정도가 두 사람의 사랑 이야기입니다. 처음에 읽었을 때 참 실망했습니다. 두 번째 읽었을 때는 실망감 때문에 그랬는지 감동적인 장면들도 눈에 들어오더군요. 역사를 기술하려고 하는 노력은 대단해 보이죠."

발표자는 다음 작품으로 넘어갔다. 키아나 대븐포트가 쓴 『망명자의 노래』였다. 하와이에서 태어난 여성이 상하이에서 위안소로 끌려갔다가 고통당하고 전쟁이 끝난 후 위안소 담당 장교였던 일본인을 우연히 만나 그를 살해하는 복수극이었다. 작가는 1992년 뉴욕타임스 기사를 보고, 1993년 하버드에서 피해자의 증언을 듣고 충격에 빠져서 소설을 쓰기 시작했다고 했다. 다음 작품 『위안부 소녀 이야기』는 로저 루딕이 쓴 소설이었다. 작가는 취업 문제로 유엔을 방문했다가 그 앞에서 시위대가 준 전단지를 보고 위안부 문제를 처음 접하게 됐다고 한다. 소설 속의 여인은 고모의 집에 가던 길에서 유괴를 당해 끌려갔다가 양심적인 장교의 도움을 받았고, 전쟁 후 미국으로 이민 가서 가정부로 살았다.

그는 혜린이를 기다렸다. 정○○ 초청 세미나에 갔을 때보다 훨씬 구체적으로 혜린이를 기다렸다. 기사를 링크 걸었기 때문이었다. 왠지 세미나에 집중이 되지 않았다. 그는 출입구를 멍하니 바라보았다.

교수는 어느 순간 발표자의 설명을 듣고 충격에 빠졌다. 발표자는 여성 주인공이 강간당하기를 자처한다는 소설을 설명했다. 자청한 강간이라니? 자청한 폭력이라니? 주인공은 클럽에서 술을 마셨고 모르는 남자들한테서 강간을 당했다. 그녀의 눈에 일본 군인에게 폭행당하는 여인이 비쳤다. 그것은 '위안부'의 환영이었다. 그녀는 환영을 다시 보고 싶었다. 그녀는 반복해서 성폭행을 자청했다가 혼수상태에 빠졌다. 젊은 교포 작가가 쓴 『일요일 소녀』라는 소설이었다.

그는 속이 뒤틀렸다. 어떻게 이런 것을 소설이라고 할 수 있을까. 작가는 피해자의 실상을 미국에 제대로 알리기 위해 그런 소설을 썼다고 했다. 계기가 순수하면 모든 서사가 용인되는 것인가. 강간당하기를 자처하다니? 그는 가슴이 저렸다. 어떻게 이런 서사를 쓸 수 있는 것일까.

　기다리던 혜린이는 나타나지 않았다. 토론이 시작되었다. 한 영문학 전공자가 말했다.

　"다들 하실 말씀이 있으시지만 참고 계신 것 같아서 제가 먼저 말씀드려 보겠습니다. 저는 전공이 영문학입니다. 위안부 문제와 관련해서 제가 주로 이야기하는 소설이『척하는 삶』인데. 가해자의 입장에서 쓴 위안부 소설이라고 종종 소개되는데 제가 보기에는 안 그렇습니다. 위안부 이야기는 굉장히 적게 나오거든요. 노년이 된 아시아계 미국 이민자의 심회를 우아하게 묘사한 것이라고 보시는 게 좋을 것 같습니다. 젊은 시절 태평양전쟁에 참가했다가 지금은 노년이 된 아시안의 심정을 세세하게 묘사하고 있죠.『척하는 삶』은 문학적으로 성공했지만 위안부를 다뤘다고 말하기에는 좀 부족해 보입니다. 일본군은 여전히 악마적이거든요. 한국소설은 안 읽어봐서 모르겠어요. 유럽 같은 데에 가서 세미나를 종종 합니다. 위안부 문제에 대해 관심들이 많죠. 그 문제는 우리 문제만이 아니잖아요. 여러 아시아 다른 나라들의 학자들도 참석합니다. 그분들이 말하는 것 들으면 소설에서 화해를 이야기하는 작품들이 많다고 해요.

결국은 그렇게 가야 하는 것 아니겠습니까? 그런데 우리 한국은 한참 뒤처진 것 같아요. 인도네시아 같은 다른 아시아 나라에서는 이미 화해를 하는 서사가 등장했는데 왜 한국은 뒤처지는지 안타깝습니다. 위안부 소설에서 화해를 하는 소설은 없잖아요. 늘 뒤처지기만 하면 안 된다고 생각해요."

영문학 전공자는 조곤조곤 조심스럽게, 무슨 말이든 해서 발표장의 어색한 분위기를 전환시켜보려고 애를 썼다. 영문학 전공자의 말이 끝나자 다른 참석자가 두 배 정도 되는 크기의 목소리로 말을 시작했다.

"잠깐만요. 지금 화해라 하셨죠? 화해라 하셨는데……."

그녀는 약간 목소리가 떨렸다. 잠깐 말을 줄였다가 좀 전의 영문학 전공자에게 물었다.

"아까 한국에서는 노력이 부족하다고 하셨는데 왜 그렇게 생각하시죠?"

영문학 전공자가 말했다.

"그렇지 않나요? 한국에서는 일본과 싸우려고 하지 화해하는 노력을 보여주지는 않잖아요. 소설에서도 그렇고, 일본은 나쁘기만 하잖아요. 일본을 너무 윽박지르면 일이 풀리지 않을 것 아닙니까? 화해를 해야 하는데."

"왜 그런 식으로 말씀하시는지 모르겠네요. 어디서 지금 화해라고 그러는 거예요? 화해가 뭡니까? 두 주체가 동등한 자격으로, 대등한 위치에서 행하는 것이 화해잖아요. 위안부 문제를 화해의 문제로 보는 시각 자체가 문제적인 겁니다. 화해라는 말은 불가능해요. 화해는 일본의 언론에서, 위안부 문제에 도의적 책임을 느끼는 일본인들이 사용하는 용어란 말입니다. 도의적인 선으로 한정한다는 게 인정됩니까? 서로의 잘못을 서로가 용서하고, 서로가 할 수 있는 만큼 물러서며 관계를 회복하는 것이 화해죠. 피해자 할머니들이 무엇을 잘못했습니까? 잘못한 게 없는데 어떻게 화해를 할 수 있겠습니까? 화해는 청하는 것도 아니고 베푸는 것도 아니고 서로 함께 도달하는 거예요. 화해는 그 말을 사용하는 것 자체가 위안부 피해자들을 폭행하는 가해 행위예요."

그녀는 단호했다. 그녀가 말을 이었다.

"아까 한국에서는 노력이 부족하다고 하셨는데⋯⋯. 아니. 왜 잘못된 정보를 가지고 그게 맞는 것처럼 말씀하세요? 그건 잘못된 생각입니다. 과거에는 숨겨지고 묻혀 있던 위안부 문제가 현재의 평화 운동으로 쟁점화 될 때까지 어떤 사람들이 어떤 노력을 해왔는지 아세요? 모르시는 것 같으니까 제가 간략하게 말씀드리겠습니다. 윤정옥 선생님이라는 분이 계세요. 당시 아무도 위안부 문제에 관심을 안 가졌을 때 그 선생님께서 어떤 계기로 위안부라는 존재를 알게 된 이후에 사비를 들여서 위안소가 있던 곳을 돌아다니고 해외로 다니면서 증거들을 조사하고 자료를 모았어요. 증거들을 보면서 너무너무 놀랐다고 합니다. 일본 정부는 없애려고 하고, 한국 정부는 보는 듯 마는 듯하면서 피해가려고 하는, 그 증거가 너무 많았던 겁니다. 위안소는 분명히 존재했고 위안부는 성노예로 살았던 것이 확실했습니다. 지금도 일본 정부는 증거를 인정하지 않으려고 하죠. 당시에는 일본사람들이 한국에 기생관광 오는 것이 유행이었는데 썩은 정부는 그걸 용인하면서 돈벌이를 했습니다. 윤정옥 선생님은 백방으로 수소문하고 위안소가 있던 곳을 찾아다니면서 증거를 모았어요. 증거는 너무나 많았죠. 그런데 증거는 있는데 실제로 위안소 생활에 대해 증언해줄 사람이 없어서 길이 탁 막혔습니다. 누가 증언을 해야 할 것 아닙니까. 그런데 누가 나서겠어요? 지금은 공식으로 등록된 할머니들이 248명이지만 처음은 너무나 힘들었지 않겠습니까. 윤정옥 선생님은 증언자를 찾고 다녔는데 그때 김학순 할머니께서 나서주신 거죠. 1991년 8월 14일입니다.

처음으로 생존자가 나선 거예요. 그날이 세계적으로 위안부 기림일로 지정된 날짜예요. 처음으로 공개 증언을 해주신 날이니까요. 그 뒤로 할머니들이 한 분 두 분 나서셨고 나중에는 유엔에 가서 증언하시고, 세계 각국으로 돌아다니시면서 실상을 공개적으로 증언하신 겁니다. 얼마나 많은 노력을 기울였는지 아세요? 다른 나라보다 더 먼저였어요. 우리 한국이 뒤처졌다니요? 이런 내막을 아시면 그런 말씀 못 하십니다. 할머님들 덕분에 위안부 문제에서 그치지 않고 전시성폭력피해자연대가 만들어져서 세계적인 평화 인권운동의 기반이 만들어진 겁니다. 우리 한국에서 시작된 거예요. 그런데 한국이 뒤처지다니요? 무슨 화해를 말합니까? 누가 누구와 화해를 한다는 겁니까? 일본 정부는 공식적인 사과를 안 하고 있는데요? 위안부 문제를 부정하고 있는데요?"

발언자는 '위안부' 운동에 정통한 사람인 것 같았다. 처음 얘기를 꺼냈던 영문학 전공자가 그녀에게 물었다.

"그럼 뭐라고 해야 합니까?"

"뭐를요?"

"화해가 아니면 뭐라고 해야 합니까?"

"사죄와 배상이죠. 화해, 그건 아닙니다."

"사죄하면 용서합니까?"

"그건 할머니들의 몫입니다. 할머니들이 요구하는 것은 법적인 사죄이고, 교과서에 내용을 넣어서 제대로 된 역사교육을 하라는 것입니다."

"할머니들이 다 그렇게 원합니까? 후손들에게 대대로 너희는 강간범의 자손이다라고 교육하라는 것……. 그걸 받아들일 사람이 어디 있습니까. 그게 할머니들이 원하는 건가요? 모든 할머니들이 그렇게 생각하나요? 모두 생각이 다를 거잖습니까. 그런 식으로 말해서 얻을 게 뭐 있습니까. 상황에 따라 다 다른 것 아닙니까. 일본인들도 무조건 나쁜 사람만 있는 것 아니었을 겁니다. 위안부들은 다 달랐을 것 아닙니까."

"왜 『제국의 ○○○』식으로 얘기하는 거죠?"

"『제국의 ○○○』라니요? 그게 뭔데요? 왜요?"

"위안부 문제에 관심이 있으시다고 해서 아실 줄 알았는데. 안 읽으셨으면 굳이 읽으실 필요 없습니다. 그냥 인터넷으로 일본이 원하는 게 뭔지 조사해 보세요. 금방 아실 수 있을 거예요."

"왜 저한테 이러시는지 모르겠네요. 저처럼 우호적인 입장에 있는 사람까지 비판하면."

영문학 전공자가 울먹였다.

"일본인을 강간범의 후손으로 일반화하는 오류를 버리면
됩니다. 책임자와 가해자가 있는 것이지 모든 일본인이
그렇다는 게 아닙니다. 책임자와 가해자의 사죄와 반성이
필요한 거예요. 그 정점에 일본 정부가 있는 거지요. 전범과
전범을 따르는 우익들이 있는 거고요. 다시 말하겠습니다.
모든 일본인이 그렇다는 게 저희 쪽 주장이 아니에요. 역사
교과서에서 배운다고 모든 학생이 자신의 선대 조상을
가해자로 여기며 죄책감을 가지는 건 더더구나 아닙니다.
전체주의적으로 일반화 하는 게 반대파들의 논리입니다.
분열시키려고 말입니다. 가정폭력 예방교육을 받는다고
해서 아이가 모두 폭력 범죄자를 부모로 가진 아이인 것은
아니잖아요. 성폭력 가해자의 자식이어서 성폭력 예방교육
을 받는 것 아니잖아요. 우리가 패배한 역사를 배운다고
해서 현재의 우리가 패배자인 건 아니잖아요. 패배의 경험
이 얼마나 뼈아픈 것이었는지, 가해 행위가 피해자를 얼마
나 고통스럽게 했는지, 그런 걸 배우는 거잖아요."

발언자는 목소리를 낮추면서 강직하게 말을 마쳤다.

교수가 발언 기회를 요청했다. 사회자가 허락했다. 교수

는 조심스럽게 말을 꺼냈다.

"신문에서 세미나가 열린다는 뉴스를 보고 왔습니다. 전문가는 아닙니다. 위안부 담론에 관심이 있는 사람입니다. 문학에 관심이 있는데요, 뉴스를 읽으면서 미국에서는 어떤 작가들이 어떤 방식으로 위안부 이야기를 소설로 쓰는지 궁금했습니다. 한국에서는 굉장히 드물거든요. 일제강점기에 발표된 작품에서는 흔적을 찾기가 더 힘들고, 근로 정신대와 구별되지 않았을 때는 정신대라는 이름으로 등장하고요. 왜 한국소설에는 그것이 없을까 늘 생각합니다. 그런데 발표 들으면서 그 이유의 실마리를 찾을 수 있을 것 같았습니다. 발표자 선생님께서 미국 소설을 얘기해주셔서 잘 들었습니다. 칼리오페 리가 쓴 『일요일 소녀』는 황당했습니다. 강제적으로 폭행을 당한 여성이 반복적으로 성폭행을 자청한다는 설정이 불편합니다. 남성 작가가 썼으면 뭇매를 맞았겠지요. 위안부의 진실을 알리겠다는 의도가 과잉되어서 삶의 국면을 왜곡하는 경우가 아닐까 생각합니다. 한국의 작가 상황은 그런 점이 종합적으로 작용할 듯합니다. 진영으로 명확히 분리되니까요. 공부를 해보니까, 한국인이 접할 수 있는 자료는 연합군 자료로 제한돼 있어서 한계가 많다고 들었습니다. 증언에 의존해야 하는 게 실정입니다. 그래서 '위안부' 서사보다는 '위안부' 담론에 얽힌, 후일담 서사가 많이 창작되는 게 현실이죠. 증언에 대해 진영으로 갈려서 진위 여부를 놓고 공방하잖아요. 일본에서 관리하고 있는 자료에 접근하는 게 한계가 있고, 중국이나 다른 아시아 언어로 돼 있는 자료도 체계화되는 단계에 있어서 자료를 더 많이 보면 달라지겠죠."

교수는 자기도 모르게 말을 길게 하고 있었다. 짧게 하고 싶었는데 어디서 끊어야 좋을지 계기가 만들어지지 않아 답답했다. 그는 말을 이었다.

"그런데 아까 두 분 선생님께서 화해에 대해 이야기할 때에 피해자의 실상을 공개하는 데에 소설이 기여하는 것을 넘어서, 두 분 말씀은 해결을 위해 소설이 어떤 식으로 기능해야 하는지 쪽으로 생각하게 만드는 것 같아, 기여할 수 있는 방법이 무엇인지 고민하게 되었습니다. 화해인가, 사죄와 용서인가. 아까 잠시 언급하면서 나왔던 책을 저도 읽었습니다. 명예훼손으로 재판 중이죠. 그 책의 저자는 어딘가에서 할머니들을 운동권 세력으로부터 해방시켜주고 싶어서 책을 썼다고 하던데요. 머리에 콕 박힌 말입니다. 피해자들이 불행하게도 전쟁 중에는 위안소에서 고통당하고, 전쟁 후에는 주변 사람들 눈치 보느라 고통당하고,

김학순 할머니 이후에는 공개 증언을 하면서 운동권 세력에게 끌려 다니느라 고통당한다는 주장에 대해서는 어떻게 말해야 좋을까요? 그 의견에 동조한다는 것이 아니라, 그런 식으로 레토릭을 구사하는 사람들이 한둘 아닐 경우, 어떻게 맞서야 하는 걸까요?"

영문학자와 대화를 주도했던 발언자가 대답했다.

"기가 막힙니다. 재판에 걸린 그 사람은 자기가 처음으로 그렇게 말하는 것처럼 떠드는데, 어떻게 그게 자기가 처음으로 하는 말이겠습니까. 당사자성을 주장하는 사람들이 언제나 하는 말입니다. 당사자가 아니라면 말하지 말라는 것이지요. 물리적으로 힘이 없는 당사자들이 지원 단체의 도움 없이 어떻게 할 말을 하고 요구사항을 요구할 수 있겠습니까. 바람 앞의 촛불이지요. 운동을 박살내려고 일본 쪽에서 쓰는 와해 작전입니다. 한국 우익도 그런 사람이 많고요. 위안부 운동, 평화 운동을 방해하기 위해서 일본 우익의 사주를 받고 움직이는 단체도 있습니다. 그 사람들의 논리입니다. 그 책은 그들의 논리를 비판 없이 빨아들인 책이에요. 그 사람들은 정대협을 공격합니다. 당사자가 가만히 있는데 왜 정대협 너희들이 부르짖느냐고 말입니다. 가만히 있으라 이겁니다. 그 사람들은 할머니들의 입을 막으려고 하는 거예요. 정대협이 한때는 북한의 사주를 받고 운동한다고, 간첩으로 몰렸던 적도 있습니다. 피해자 할머니들이 간첩입니까? 여기는 문학을 이야기하는 자리라 제 말이 조금 과격하게 들릴지도 모르겠지만 운동하는 사람에게는 운동가로서 지켜야 할 것을 말할 수밖에 없습니다. 신념을 지키지 못하면 지게 됩니다. 그래서 제가 좀 세게 말한 겁니다. 제가 기분을 상하게 했다면 사과하겠습니다. 하지만 앞으로는 화해라는 말을 사용하실 때에 한 번 더 생각하게 되실 거라 생각합니다. 제 말을 그런 뜻으로 들어주셨으면 좋겠습니다."

발언자가 말을 마쳤다. 교수가 말했다.

"단체의 입장인가요, 그것이?"

"죄송하지만 정대협의 입장이 이렇다고, 제가 이 자리에서 대표해서 답변할 수는 없습니다. 정대협 운동을 지지하는 것은 맞습니다. 활동가마다 생각이 다를 수 있다는 점도 말씀드려야겠네요."

그는 고개를 끄덕이는 것으로 추가 질문이 없다는 뜻을 전했다. 논쟁에 끼어들려던 것이 아니었고, 평소에 정대협 측에 가서 물어보고 싶었던 생각이었다.

발언자가 물었다.

"한국문학 전공하시는 것 같은데, 맞습니까?"

교수가 답했다.

"네. 맞습니다."

"왜 한국 작가들은 안 쓴 걸까요? 리얼리즘이 한국문학의 주류잖아요. 이율배반 아닐까요?"

"글쎄요. 이유가 많겠죠. 항일 독립 투쟁 서사가 일제강점기의 소설사에서 매우 빈한한 것처럼요. 해방 이후에 늘어났죠. 강점기 당시에는 있어도 우회적이거나 배경으로 등장하죠. 감옥에 가는 주인공으로요. 검열이라는 것이 있었잖습니까. 풍자와 반어가 가능했는데, 어떤 소재는 소재 자체가 창작 기법을 억압합니다. 위안부 서사는 풍자와 반어로 쓸 수 없어요. 작가의 포지션이 문제가 됩니다. 자조의 기법을 쓰기도 힘들죠. 정면 돌파가 방법이겠는데 검열에 걸리기 십상이죠. 가설입니다. 여성을 대하는 방식이 근원적일 듯합니다. 사물화한 성이어서 더 그랬을 겁니다. 검열에서 자유로워진 시대에는 진영 논리에 걸려들고요. 기법을 찾아야겠죠. 샤머니즘 서사, 혼령의 서사, 한풀이 서사가 그 중 하나의 기법이었습니다. 작가들이 해결해야겠죠."

"일본 작가들이 쓴 것은 많고, 미국문학에서 나타나는 것보다 오히려 적잖아요. 그런 점이 저는 좀 불만입니다."

"있는 것에서 의미를 찾고, 방향성을 찾는 게 옳다고 생각합니다. 없는 것을 왜 없느냐고 추궁하는 것은 피해자에게 피해사실을 증명하라고 말하는 것과 다르지 않다고 봐요. 한국문학은 소홀한 것이 아니라 침묵을 강요당한 것일 수 있습니다. 어떤 목소리로 이야기할 것인지, 그것부터 찾아야 되겠죠. 영화 『낮은 목소리』의 제목은 그런 면에서 의미가 크다고 봐요."

"누군가는 해야 할 텐데, 잘 썼으면 좋겠습니다."

"무엇에 의해 침묵을 강요당했는지도 살펴야 합니다."

"강요당한 침묵이라 말할 수도 있겠죠. 기록에서 생략된 여성의 역사처럼요. 그런데 '위안부' 피해자들의 인격이 그만큼 존재감이 없었다는 것에 대한 증명이기도 합니다."

"네?"

"피해자들이 공개 증언을 하기 전까지 없었던 역사로 치부했던 것이니까요. 한국에서요."

교수는 전율이 일었다. 역사에서 누락된 '허스토리'를 대입하자 명백했다. 여자가 역사에서 없었던 것이 아니라 여자에 대한 기록이 역사에서 없었던 것이었다. 교수는 '강요당한 침묵'을 고안해서 선배 세대 작가들의 지위를 보호했다. 그런데 '여성의 역사'로 확대하자 그것은 강요당한 침묵이 아니었다. 선배 세대 작가들은 자발적으로 생략했거나 검열에 겁을 먹은 채 적극적으로 침묵했을 수 있었다. 존재 자체에 대한 인식이 결여되었을 가능성도 농후했다. 그것을 뚫고 지금의 '위안부' 운동이 태어난 것이었다.

'수십 년간'이 떠올랐다. 수요집회에서 어느 초등학생이 할머니들은 수십 년간 성적 노예로 살았지만 자기는 해준 게 아무것도 없어서 미안하다고 했다. 선생님으로부터 배웠다고 했다. 교수는 '수십 년간'을 비꼬았다. 일제가 위안소를 운영한 것은 1930년대부터 1945년까지였다. 길면 15년, 절대로 수십 년이라고 말할 수 없다고 생각했다. 그런데 아니었다. '위안부'는 1991년 공개 증언이 나오기 전까지 세상에 '존재하지' 않았다. 침묵하는 기간 동안 그들은 입이 틀어막힌 채 살았다. 수십 년이 흐른 뒤에야 그들은 자신이 노예였다고 말해야 했다. 시간이 흐르는 동안 계속 그들은 노예로 살았다. 가해자들의 진정한 사과가 그들을 수십 년에서 해방시킬 수 있었다. 아…… 내가 왜 그 험난한 세월을 비꼬았을까. 15년이 아니라 수십 년이었다. 교수는 길게 한숨을 내쉬었다.

교수는 발언자의 눈동자를 바라보았다. 당신을 존중합니다. 감사합니다. 혜린이가 가르쳐준 대로 리스펙트!를 떠올렸다. 눈 놀림에서 자유를 얻을 수 있을 것 같았다. 혜린이는 그것을 돈을 주고 배웠다고 했다. 상담을 받았다고 했다. 무슨 고통 때문에? 그는 혜린이가 걱정되었다. 세미나에 참석한 사람들과 눈을 맞추려고 둘러보았다. 진행자, 발표자가 남자였고 청중 대부분이 여자였다.

세미나가 끝이 났다. 끝내기로 정해져 있던 시각이 되어 주최 측에서 폐회를 알렸다.

교수는 혜린이에게 전화를 걸고 싶었다. 어디에서 무얼 하는지 묻고 싶었다. 세미나에서 발언권을 요청해서 말을 한 것은 혜린이를 대상으로 그렇게 한 것 같았다. 세미나에서 배운 깨달음을 공유하고 싶었다. 수십 년간에 대해 비꼬았던 자신을 공개하고, 비난받고, 반성하는 모습을 보여주고 싶었다. 자기가 모르는 사이에 무슨 잘못을 어떻게 했는지 낱낱이 요구하고 싶었다. 소설가라는 인간이, 교수라는 인간이 뭐 이래? 하는 식으로 바라보던 눈빛이 잊히지 않았다.

통화가 연결되지 않는다고 하더라도 전화를 거는 것 자체가 폭력이라는 인식이 전화를 못 걸게 만들었다. 부재

중 착신 기록은 자체로 폭력물이었다. 아이 리스펙트 유. 돈을 내고 상담소에서 배웠다는 말이 신경을 긁었다. 사실일까? 상담소에 갈 정도로 힘든 적이 있다고 과장하기 위해 한 말이 아닐까? 당신을 존중합니다. 그게 뭐 돈을 내고 배울 정도로 대단한 말인가?

고소당할 위험이 있다는 경고를 받기 전에는 신경을 쓰지 않고 전화를 걸었다. 싫으면 받지 않을 것이라고 생각했다. 성평등위원회의 위원으로부터 성희롱 혐의에 대해 들은 이후에는 사사건건 혜린이와의 관계를 권력의 상하관계로 생각하게 되었다. 교수이기 때문에 전화를 먼저 걸 수 없는 것이고, 교수가 아닌 친구였다고 해도 함부로 전화할 수 없었을 것이다. 남자가 예고 없이 여자의 집 앞에 찾아가 기다리는 것도 여자에게는 공포스러운 데이트 폭력이라고 했다. 전화를 걸면 파면으로 이어질 것이다. 전화를 걸어 목소리를 한번 듣고 파면을 당할 것이냐, 전화를 참고 집으로 돌아갈 것이냐. 파면은 그렇게 사소했다.

캠퍼스는 한적했다. 교수는 연구실로 들어갔다. 주말 저녁이었다. 늦여름의 가로등이 나뭇잎의 뒷면들을 잘 비추었다. 그는 혜린이 생각을 잊으려고 책을 펼쳤다. 아이 리스펙트 유.

저자는 '김학순 할머니'라고 말하지 않고 '김학순 씨'라고 말하고 있었다. 위안부 운동의 오늘날을 있게 만든 김학순에 대하여 세미나의 발언자는 '김학순 할머니'라고 부르며 친근하게 대했다. 반대로 저자는 그녀를 하대하기 위해 '김학순 씨'라고 불렀다. 발언자와 저자는 정치적인 입장이 완전히 달랐다. 저자에게 김학순은 희생자도 아니고 피해자도 아니었다. 순수한 운동권이었다. 그는 유튜브로 '김학순'을 검색했다. '김학순'의 주장은 이것이었다. "일본인들 거짓말하지 마! 몸 팔아서 돈 벌었다는 망발하지 마!" 분노에 찬 발언이었다. 화가 났다. 아이 리스펙트 유.

모두 정의를 내세웠다. 김학순 이후의 '위안부' 운동은 거짓을 바로잡겠다는 정의감을 전면에 내세우면서 세계적인 평화 운동으로 성장했다. 증언에 나선 생존자들은 꿋꿋하게 살아온 것 자체가 정의였다. 세미나에서 소개받은 소설의 작가들은 뉴스를 통해 실상을 전해 듣고 충격에 빠져 그 이야기를 미국 독자들에게 꼭 알려야겠다는 취지로 소설을 썼다고 했다. 명예훼손으로 고소를 당한 저자도 정의를 내세웠다. 정의의 방향이 남들과 달랐다. 저자는 생존자들의 증언이 운동권 단체의 압력을 받았기 때문에 더 비극적으로 왜곡되었다고 말했다. 그것을 정신적 미성숙의 결과라고 해석했다. 자신은 성숙했다는 뜻이었다. 아이 리스펙트 유. 당신의 말에 대한 리스펙트가 아니라 인격에 대한 리스펙트.

그는 동년배 작가가 쓴 소설을 손에 들었다. 가만히 쓰다 듬었다. 증언집 콜라주라고 할 수 있는 특별한 방식으로 문장을 채운 소설이었다. 작가는 증언의 무게에 눌려 허구 를 만드는 데에서 불손함을 느낀 것 같았다. 작가는 과거를 변형할 용기가 나지 않아 증언자들의 말을 편집하여 이야기 를 엮은 것이었다. 소설은 인류가 종말을 겪은 다음의 세계 를 다루는 포스트 아포칼립스 서사물처럼, 국가에 등록된 피해 생존자가 모두 죽었을 때를 배경으로 삼고 있었다. 더 이상 증언해줄 사람이 없게 되었을 때 과거를 숨기며 공식 명단에 등록하기를 거부했던 한 생존자가 "나도 피해 자요"라고 알리면서 세상에 나온다는 이야기였다. 민중문 학 속 주인공이 파업에 동참할 용기를 못 내다가 각성한 후 '나도 노동자입니다'라고, 외치며 뛰어나가는 구도와 닮아 있었다. 그는 동년배 작가가 '피해자'라는 말을 정확하 게 쓰고 있다는 사실이 감동적이었다. 그가 엉성하게 '희생' 을 이야기할 때 동년배 작가는 이미 소설의 언어로 '피해'를 이야기했다. 아이 리스펙트 유.

모두 정의에 의해 움직이고 있었다. 소설 『에미 이름은 조센삐였다』의 어머니는 오빠를 대신해서 정신대에 자원했다가 강제적으로 위안소에 끌려갔고, 피해자로 고통당하다가 퇴로에서 조선인 학도병을 구한 후 귀환해서 그와 결혼했다. 결혼한 이후에는 남편으로부터 매춘부라고 멸시를 받았다. 그녀는 멸시를 참는 것으로 정의를 실현했다. 그녀는 아들에게 과거를 이야기했다. 아들은 어머니의 이야기를 듣고 슬픔에 감화되었다. 소설은 영화 『에미 이름은 조센삐였다』와 완전히 달랐다.

노라 옥자 켈러의 소설 『종군위안부』에는 몸을 내어주지 않으려고 저항하다가 죽임을 당하는 소녀 인덕이가 등장했다. 일본군은 꼬챙이를 인덕이의 질 입구에 넣어 몸을 뚫었고 그 끝을 입으로 빼냈다. 소름이 돋았다. 그것을 목격한 더 어린 소녀는 인덕이 언니의 영혼이 자신의 몸에 들어왔다고 생각하고 심한 혼돈에 빠졌다. 소녀는 너무 어려서 위안소에서 심부름을 하는 아이였는데 인덕이 언니가 죽은 뒤 그 자리를 채우는 노예가 되어야 했다. 소녀는 정신착란에 시달렸다. 그렇게 당한 소녀가 있었다. 소설이므로 상상일 수 있었다. 『제국의 ○○○』에서는 그런 소설을 인용하지 않았다. 그런 이야기는 운동권 세력으로부터 너무 많이 들어서 지겹고 피곤하다는 것이었다. 저자는 피해자와 일본 군이 사이좋게 지내는 일본 소설을 이야기했다. 교수는 직접 읽고 확인하고 싶은데 번역본이 없어서 접근할 수 없었다.

교수는 유튜브를 검색했다. 북한의 생존자들이 증언하는 다큐멘터리 영상을 클릭했다. 영상은 충격적이었다. 한 할머니는 학대당한 흔적을 보여주기 위해 저고리와 속옷을 벗었고 치마끈을 풀었다. 할머니의 눈에서는 분노와 적개심이 담긴 눈물이 흘렀다. 할머니들은 위안소 생활이 고문당하는 날의 연속이었다고 말했다. 그들은 손발이 묶여서 끌려갔고, 동료를 고자질하지 않기 위해 모진 고문을 참았고, 죽어가는 동료를 살려보려고 했으나 그렇게 할 수 없을 것 같아서 혼자 도망 나올 수밖에 없었다고 말했다. 일본군은 임신한 사람의 배를 갈라 태아를 꺼냈고, 다리를 부러뜨렸고, 말 안 듣는 사람들을 다른 사람들의 눈앞에서 죽여 가마솥에 넣고 끓이거나 시체를 화장실 바닥에 버렸다. 할머니들은 증언했다. 나는 인육을 먹으라고 할 때 먹지 않았다, 나는 끌려갔다, 나는 성노예를 거부했다. 그들은 정의로웠다. 기억이 있고, 정의가 있었다.

커피를 마시고 정신을 차렸다. 밤을 꼬박 샌 것이다. 내가 왜 창가에 서서 이러고 있는 것인가. 가족 중에 피해자 할머니가 있는 것이 아닌데. 먼 친척 중에 그런 사람이 있는 것이 아닌데. 그는 혜린이의 페이스북에 들어갔다. 페이스북에는 변화가 없었다. 그는 페이스북에다 세미나에 다녀온 소감을 짤막하게 적고 싶었다. 하지만 혜린이의 입장에서 보자면 자기를 따라다니는, 너무나 한심스러운 추행일 것 같아서 쓰기를 참을 수밖에 없었다.

교수는 창가에 서서 정의에 대해 생각했다. 모두가 정의롭다고 자처하는데 나에게 주어진 정의는 무엇인가. 그는 정의로움이 없는 자신이 한심스러웠다.

몸을 돌리고 책상 위를 바라보았다. 찢어진 책이 한 권 놓여 있었다. 책 곁에는 도서관에 새 책을 반납하면서 빼놓은 띠지가 놓여 있었다. 그는 띠지에 적힌 글자들을 바라보았다. "00년 00월 00일, '명예훼손' 혐의 형사재판 1심 무죄 판결!" 무죄이므로 정의롭다는 뜻이었다. 1심에서 무죄를 선고받은 책은 2심이 진행 중이었다. 유죄 판결이 날 수도 있었다.

그는 자신에게 있을 수 있는 정의감에 대해 다시 생각했다. 자신에게도 정의감이 없는 것이 아니었다. 사소한 크기이지만 자신에게는 책을 찢은 것만큼의 정의, 띠지를 보관하고 있는 것만큼의 정의가 있는 것 같았다. 왜 그런지 모르겠는데 책은 그에게 심하게 찢어진 위장을 연상시켰다. 병원의 수술실에서 나온 적출물을 모아 태우는 화장터의 연기가 떠올랐다. 연기는 불꽃을 들이댔을 때 생기는 물질이었다. 그는 정의가 필요했다. 정의는 주어지는 것이 아니라 만들어 가지는 것일 수 있었다.

추천서 한 장

　본부에서 회의를 마치고 학과 사무실로 돌아가는 길이었
다. 학과장이 교수에게 혜린이로부터 연락을 받은 적 있느
냐고 물었다. 그는 없다고 말했다. 두 사람은 함께 걸으면서
얘기를 나눴다. 학과장이 말했다.

　"페이스북에 이상한 글이 올라와서 신경이 쓰입니다."

　"어떤 글입니까? 제가 요즘 페이스북을 안 들여다보는
터라……."

　"그런가요? 제가 캡처해서 보내겠습니다. 지금 보낼 테니
확인해주실 수 있겠어요?"

　"네."

　그는 대답을 한 후 전화기를 꺼냈다. 페이스북을 안 들여

다본다고 말했지만 그것은 사실이 아니었다. 그는 하루에 삼십 분 이상 페이스북으로 친구들의 소식을 읽었다. 학과 장과는 친구 관계가 아니었다. 혜린이와는 친구 관계를 맺었지만 혜린이가 그를 알림 대상에서 삭제했기에 새로운 글을 읽지 못했다. 학과장이 보낸 글은 이러했다.

교수란 뭐하는 존재인가. 도장 받으려고 갔더니 교수실에 없다. 조교도 교수가 어디에 있는지 모른다고 한다. 휴대폰으로 연락을 해볼 수도 있을 텐데 연락을 안 해본다. 나 같은 미물 때문에 사적으로 전화를 걸지는 않겠다는 뜻 같다. 어디에 갔는지 알아서 뭐하겠냐는 뜻 같다. 이놈의 학교는 교수가 수업을 일주일에 여섯 시간인가밖에 안 하는데 교수실에 찾아갈 때마다 없다. 학교에 다닐 때도 만나려면 세 번 네 번 약속을 잡아야 만날 수 있었다. 약속을 잡아놓고 교수는 이렇고 저렇고 핑계를 대서 미루기 일쑤였다. 어제는 직장에서 반차까지 내고 갔는데! 교수실 출입문에 있는 명패에는 버젓이 '재실'이라고 해놓고, 도장 하나 받는 게 뭐 이리 어렵냐. 내가 올 줄 알고 미리 피한 것인가. 집으로 찾아갈 수도 없고. 별의별 생각을 다 했다. 졸업을 해서 등록금을 안 내니까 할 말 없다만. 상을 받았다거나 해서 학과 명예를 높여준 적 없어서 내세울 게 없다만. 교수실 앞에서 죽치고 있다가 내가 비참해져서 돌아왔다. 시팔. 교수들은 근무시간에 어디 처박혀서 무슨 짓을 하는지 궁금하다. 학생들 등록금으로 월급 받으면서! 총장은 뭐하냐. 이런 사람 안 자르고!

그는 빙긋이 웃었다. 그는 여섯 시간을 수업하는 사람이 아니라 열두 시간을 맡은 사람이었다. 혜린이가 말하는 교수는 자신이 아니었다. 혜린이의 근황이 눈에 들어와 반가웠다. 그가 학과장에게 말했다. 말투에 신이 났다.

"누구를 찾아갔을까요? 누구를 찾아갔기에 이렇게 화가 잔뜩 나서 갈겨 쓴 걸까요? 그것도 새벽 3시요."

"박 선생님께 연락이 갔을 거라고 생각했는데 아니라는 게 의외네요. 걱정돼서 물어본 겁니다. 책 문제도 있었고."

"책 문제라니요?"

"제국의, 그 책, 말입니다. 그 학생과 만나서 얘기한 게 문제될 수 있었잖아요."

"네. 그 문제는 이제 끝나가는 것 같습니다."

"끝이요?"

"그런 것 같아요."

교수는 얼굴이 달아올랐다. 학과장에게 말했다.

"선생님은 별일 없으신 거죠?"

"저도 남자라서 잘……. 자신이 없네요. 늘 모니터링하고 있습니다. 소홀해지면 안 되니까."

"……."

"제 생각에는 박 선생님이 대처를 잘한 거라고 봐요. 추가로 문제를 안 만들었으니까 그 선에서 머문 거죠. 그 뒤에는 연락하지 않았다면서요. 잘하셨습니다."

"제가 뭘 한 건 아니고, 그저, 가만히 있었던 겁니다."

"그것도 쉬운 일은 아니잖습니까. 살다보면 가만히 있는 다는 것이 얼마나 어려운가요. 이번 포스팅은 그 문제와는 성격이 좀 다르지만, 페이스북에 올린 게 그나마 다행인 것 같습니다. 익명 게시판에 올렸으면 우리 신상도 엄청 털리고 있을 겁니다. 교수가 수업 아닌 시간에 뭐하는 지…… 박 선생님뿐만 아니라 우리 학과 소속 교수들 전부 다요."

"지금 댓글 반응은 어떤가요?"

"잠잠합니다."

"애들이 생각하기에 교수는 강의실이나 연구실을 지키는 사람인가 봅니다. 혜린이는 익명 게시판에 올릴 성격이 아니에요. 자신의 존재감을 드러내야 직성이 풀리는 성격이 에요. 그런데 왜 그 애가 저한테 왔을 거라고 생각하세요?"

"친했으니까. 도장을 받아야 된다고 썼잖아요. 도장 받으려면 선생님이 편하겠죠."

"아시다시피 껄끄럽잖아요. 방금 하신 말씀이 그런 거였잖아요. 그런데 저한테 도장을 받으러 와요? 무슨 서류에요? 저에게? 말도 안 되죠."

"졸업생이 학교에 와서 도장 받을 일은 회사나 대학원에 낼 추천서 같은 거겠죠."

"그렇다면 더더욱! 저한테 어떻게 그런 걸 받아갑니까."

"그게 그 학생한테는 쉬운 일일 수 있으니까요. 다급하면 어쩔 수 없잖아요."

"설마!"

"교수 오래 해 봐요. 경험치가 쌓이면 그 정도는 예측할 수 있습니다."

"모르겠습니다만, 페이스북 포스팅이 저를 겨냥한 것 같지는 않고⋯⋯. 누구한테 왔었는지 학과장님께서 먼저 연락하실 생각은 없습니까? 수업을 여섯 시간만 한다고 했으니 학과장님께 찾아갔을 수도 있잖아요."

"저도 그럴 가능성을 생각했어요. 조교한테 물어보았더니 저를 찾으러 온 학생은 없었다고 합니다. 그래서 박 선생님께 물었던 거예요."

"저를 찾으러 온 학생이 있었는지 조교에게 혹시 물어보셨나요?"

"아닙니다. 저는 제 얘기만 물었어요."

"궁금하네요. 저도 물어봐야겠네요. 저를 만나러 혜린이가 찾아왔었는지."

"혜린이하고 최근에 아무런 일도 없었던 거 맞죠?"

"없습니다."

그는 단호하게 말을 맺었다. 그리고 연구실 앞에서 학과장과 헤어졌다. 학과장과 헤어지고 나니 혜린이와 S여대 복사실에서 만났던 일을 숨기기 위해 단호하게, 아무런 일도 없었다고 말했던 것이 마음에 걸렸다. 그날 교수는 주차장에서 혜린이의 연락을 기다렸다. 혜린이가 연락도 없이 오지 않아서 화가 났다. 싸가지 없는 X라고 욕했다. 그런 일이 어딘가에 녹화돼 있을 것 같았다.

교수는 입을 떡 벌렸다. 설마 했던 일이었다. 혜린이가 그에게 메시지를 보냈다. 교수는 메시지를 읽었다.

➤ 안녕하신지요? 내일 시간되십니까? 저는 퇴근 후에 시간됩니다. 혜린 올림.

교수는 메시지를 보면서 입술을 비죽 내밀었다. 눈살을 찌푸렸다. 메시지 속의 물음표가 그의 눈을 자극했다. 교수는 만날 시간이 있느냐고 묻기 위해 찍은 기호로 받아들이지 않았다. 물음표만 그렇게 해석한 것이 아니었다. 그는 메시지 끝에 있는 '올림'이라는 말을 액정 속에서 파내고 싶었다. 높여주는 척하면서 비아냥거린다고 해석했다. 이런 싸가지! 아이 리스펙트 유! 그건 어디다 밥 말아 처먹고 이 따위야? 그는 빠르게 메시지를 타이핑했다. 메시지가 오갔다.

＜ 용건이 뭐니?

＞ 얘기 좀 하고 싶어서요.

＜ 무슨?

＞ 교수님, 제가 함부로 무례하게 한 것 같아서요. 지난번 복사실에 오셨을 때도. 사과하신다고 하셨는데 제가 시간을 못 내서요.

교수는 숨을 죽였다. 흥분하면 망가지고 미끄러질 것 같았다. 조심조심 메시지를 입력했다. 이렇게 톤이 바뀌었다.

◄ 잘못은 내가 더 많지. 진즉 하려했는데, 도서관 갔을 때 기다린다고 했던 것도 미안하다. 아직 사과 못 한 것이 미안하다. 미안하다는 말을 하기 위해 일부러 연락을 한다는 것도 2차 가해가 될까 봐. 사과한다. 늦었지만.

► 교수님도 억울하시겠죠. 제가 유별나다고 느끼시겠죠. 하지만 저를 수치스럽게 했던 사실이 사라지는 건 아니에요. 선량한 가해자라 할지라도.

◄ 선량한 가해자라니?

► 잘못한다는 인식 없이 잘못을 저지르는 가해자요.

◄ 내 가해 내용을 정리해줄 수 있니?

► 왜요?

◄ 배워서 앞으로는 그런 가해 안 하려고.

► ???

◄ 나중에 정리되면 알려줘.

► ???????

◄ 선량하다는 말은 내게 과분한 것 같다. 잘못한 것은 잘못한 것이지. 정말 반성 많이 했다.

► 내일 시간되시는 거죠? 교수실로 찾아갈게요.

≺   퇴근 후에는 학교에서 만나는 것 아닌 것 같다. 개방된 곳이 필요해. 정문 앞에서 만나자.

≻   아니에요. 교수실이 좋아요. 저 괜찮아요.

≺   밤에는 아무도 없잖니. 오해받기 싫다.

≻   친구랑 함께 갈 거니까 걱정 마세요.

≺   친구 누구?

≻   있어요.

≺   함께 오겠다고?

≻   혼자 다니면 좀 그러니까, 복도에서 기다리라 하면 돼요.

≺   내가 괴물이니? 치한이니?

≻   서로 조심하기 위해서예요. 저로서는 최선이고요.

≺   용건은?

≻   밤에 교수실에서 얘기하는 것 좋아했잖아요. 예전에는 제가 벌벌 떨면서 들어갔지만 이제는 안 그럴 수 있어요. 저의 문제예요. 교수실에서 봬요.

그는 가슴이 터질 것 같았다.

≺   친구는 누구? 남자친구? 용건은 뭔데?

≻   그냥 얘기 좀 하고 싶어요. 들어주시면 돼요.

≺ 그래, 그럼 기다리마.

≻ 일단 알았어요. 내일 퇴근하면서 문자 드릴게요.

≺ 장소는 연구실 아닌 곳이어도 돼.

≻ 메시지에 응해주셔서 감사합니다. 내일 뵙겠습니다.

혜린이는 대화의 마지막 결정 권한을 자기가 가져갔다. 교수는 "개 같은 년!" 하면서 숨을 씩씩거렸다. 하지만 더 이상 답장할 수 없었다. 할 수 있는 것은 캡처뿐이었다. 자신이 먼저 만나자고 혜린이를 부르지 않았다는 사실을 증거로 남기기 위해 메시지 화면을 캡처해서 저장했다.

교수는 궁지에 몰린 기분을 해결하고 싶었다. 책을 펼쳤다.

이제는 거의 스트레스 해소용 샌드백을 치는 기분이 되었다.

책에서 저자가 말했다. 후루야마 고마오라는 소설가가 있었다. 전쟁체험을 사실적으로 기록하면서 위안부는 "몇 천 번이고 성교를 해야 하는" 상황이었다고 썼다. 교수는 성교라는 말에서 턱 가슴이 걸렸다. 성교는 성을 서로 나눈

다는 뜻이었다. '교'는 나누면서 주고받는다는 뜻이었다.
폭력적이지 않은 관계에서 가능한 행위였다.

그 단어가 교수를 혜린이의 과거 포스팅으로 끌고 갔다.
혜린이의 포스팅을 읽었을 때 그는 아찔했다. '삽입 폐기'라
는 제목이었다. 교수가 페이스북에서 고소를 당할 수 있다
는 사실을 알기 전, 혜린이가 대학교 3학년 때였다. 혜린이가
링크를 건 글에 따르면 삽입은 바깥에서 안으로 개체를
밀어 넣는다는, 방향성이 정해져 있는 말이었다. 성행위와
결부시키자면 삽입은 지독한 언어폭력이었다. 삽입 위주의
성행위만 생각하는 남자들의 성욕은 여자들에게 그 자체로
공포의 대상이었다. 삽입은 쌍방향이 아니었다. 외부에서
찌르고 들어가는, 여자를 수동적인 존재로 만드는, 남자
편에서 사용하는 폭행 미화 개념이었다. '위안부'라는 말에
서 '위안'이라는 말의 주인이 위안부 여성이 아닌 군인
남성이었던 것처럼 '삽입'은 남자의 생식기만을 생각하며
여자를 배제하고 도구화 하는 남자의 언어였다. '종군 위안
부'에서 '종군'이라는 말이 폐기됐던 이유는 그 말이 자발적
으로 군인과 군대를 따라갔다는 것을 전제하기 때문이었다.
위안부는 자발적으로 따라다니지 않았다는 것이 밝혀졌다.
그래서 폐기되었다. '위안'이라는 말도 폐기해야 하지만

'위안부'를 대체할 말은 아직 나타나지 않았다. 시민운동권에서는 '위안'에 반대한다는 의미에서 따옴표를 쳐서 '위안부'라고 표기했다. '정치적 올바름'을 위해 '위안부'는 수정되어야 할 단어였다.

어떤 존재는 찌르고, 어떤 존재는 받아들였다. 아니었다. 받아들이는 것이 아니라 찌름을 당하는 것이었다. 여자가 당하는 것을 거부하면 의무 불이행으로 몰아세우는 것이 가부장제 사회 속 남자의 성 관념이었다. 법률에서도 삽입은 폭행의 수위를 정하는 기준이었다. 삽입이 있었느냐 없었느냐가 중요한 판결의 기준이었다. 손만 잡아도 폭행이고, 말로 공격을 해도 폭행이 되는 시대에는 어울리지 않는, 적폐의 기준이었다. 고통의 크기를 폭행의 크기로 측정했다. 댓글 중에는 성교에서 삽입 대신 흡수라고 쓰자는 제안이 있었다. 삽입과 반대되는 말은 흡수거나 흡입이거나 추출이었다. 그런 단어를 쓰면 여자 중심의 성교를 표현할 수 있을 거라고 했다. 그는 등골이 오싹했다. 무언가에 심하게 빨리는 느낌이었다. 그것은 '정치적 올바름'이 아닌 '미러링'의 방식이었다. 과거의 래디컬 페미니즘 운동에 기원을 두고 있었다.

교수는 생각했다.

삽입을 대체할 단어는 뭘까? 서로 합한다는 뜻인 교합은 야했다. 결합이라고 하자니 동물적으로 느껴졌다. 생각이 이어졌다. 교합이나 결합을 성행위와 결부시켰을 때 야하다거나 동물적이라고 느끼는 것은, 서로 상간하는 것은 동물이나 하는 짓이라는 가치 비하일 텐데, 그것은 여성이 능동적으로 행위하는 것을 부도덕한 것으로 인식하는 데에 기원을 두는 것이 아닌가 하는 생각이 들었다. 삽입보다는 훨씬 쌍방향적인 것이 교합이고 결합이었다. 그렇다면 성교를 교합과 결합으로 부르는 것에 주저해서는 안 될 것 같았다. 삽입보다 결합이 평등한 말이었다. 하지만 뭔가 아닌 것 같았다. 화합이라는 말을 찾았다. 교합이나 결합보다 인간적으로 느껴졌다. 그런데 집단적인 느낌이 들었다. 원하는 뜻이 아니었다.

그는 생각하던 끝에 서로 다정히 끌어안는 것을 뜻하는 포옹을 떠올렸다. 그리고 결합을 연결했다. 포합抱合. 다정한 말인 것 같았다. 사전을 찾아보았다. 사전에서는 포합을 '서로 껴안음, 의학에서는 생체 내에서 약물–독물 따위의 유해 물질이 다른 물질과 결합하는 일. 해독 작용의 하나이다.'라고 풀었다. 그는 '해독 작용'에서 좋은 느낌을 받았다. 독 같은 성욕이 밝고 건강한 에너지로 바뀌어 몸에 퍼지는 느낌이었다. 그는 삽입에 대하여 '포합이라고 하면 어떻게 될까요? 쌍방향적인 다정함이 느껴지지 않나요?'라는 문장을 답글에 쓰려고 했다. 그러나 남자라는 이유 때문에 대화에 끼어들 수 없었다.

몇 시간 뒤, 어떤 페이스북 친구가 혜린이가 링크를 건 포스팅에 '삽입의 반대말은 삭제입니다'라고 댓글을 썼다. 열광적인 반응이 이어졌다. 쐐기를 박은 댓글은 이것이었다. '문서편집기에서 삽입의 반대말은 삭제죠. 싹 잘라버려야 합니다.' 그 댓글에도 '좋아요'가 무지막지하게 달렸다. 그는 성기를 도려내기로 작정한 싸움꾼의 날선 눈빛을 대하는 것 같았다. 문서 편집기에서 삽입의 반대가 삭제인 것은 분명했다. 그는 댓글을 읽다가 포합이라는 말을 생각해 놓고 헤헤거리며 좋아하던 자신의 목이 삭제당하는 느낌이었다. 왠지 무서웠다.

그는 평소에 삽입이라는 말을 셀 수 없이 많이 썼다. 에피소드를 삽입해야 한다, 대화를 삽입해야 한다, 심리서술을 삽입해야 한다……. 창작품 강평을 하면서 반복하는 말이었다. 학생들의 작품은 대부분 비약이 심했다. 대부분이 그렇기 때문에 대부분의 수업시간에 그렇게 말했다. 비약을 해결하려면 중간 과정을 넣어줘야 하는데 그는 생각 없이 삽입이라고 했다. 삽입은 문서편집기의 용어이기도 했다. 행 삽입, 열 삽입, 표 삽입, 이미지 삽입, 개체 삽입.

삽입은 여러 면으로 생각이 번져가게 만들었다. 삽입이라는 행태로 성행위를 구분하고, 삽입 욕망을 성적 욕망의 기준으로 잡는다면 생식기 중심으로 성을 구분하는 가부장제에서 벗어날 수 없었다. 트랜스젠더, 게이, 레즈비언……삽입이 전제되지 않은 성행위도 많았다. 천편일률로 삽입 개념을 성교 개념에 부여하는 것은 학살처럼 잔인한 폭력이었다. 삽입을 해야만 종의 번식에 성공하는 것도 아니었다. 인공수정은 삽입 행위 없이 가능했다. 그는 변태를 생각했다. 삽입을 생각하자 변태의 문제가 해결되었다. 삽입 성교 아닌 것을 변태라고 부르는데, 삽입 위주의 성교 개념을 없애면 변태의 개념도 달라질 수밖에 없었다. 생각이 거기에 이르자 모종의 자유가 찾아왔다.

혹시 내가 포합에 대해 얘기한 적 있을까?

교수는 쿵 하고 가슴이 내려앉는 충격을 느꼈다.

누군가에게 그 단어에 대해 아름답다고 칭송한 것 같은데, 만약 그게 혜린이였다면? 야살스러워서 강의 시간에 공개적으로 말하지는 못하고 개인 공간에서 말을 한 것 같은데…….

아…… 그래서 이렇게 찜찜하고 위축되는 것인가?

'포합이라는 단어 어떻게 생각해?'

그렇게 물은 적 있다면?

개자식.

그런 적 없을 것이다! 그래야 한다!

이제 와서야 너는 뒤늦게 그것이 희롱이라는 것을 깨닫는구나. 동의 없이 짓밟아놓고! 책의 표현에서 불쾌감을 느꼈다고 어딘가에 막 화풀이를 하면서! 정작 너는 네가 혀로 그런다는 것을 이제야 깨닫는구나. 고소당할 수 있다는 말을 듣고 나서야.

교수는 평론가와 나눈 대화를 떠올렸다. 평론가가 말했다.

"그 책의 문제는 동지라는 단어 하나에 전부가 걸려 있는 거라고 할 수 있죠. 이○○이라는 교수가 있었는데, 그 양반도 말 잘못했다가 얻어맞았죠. 괜히 나섰다가 창피를 크게 당한 거죠. 이 교수는 위안부를 군부대 앞 사창가 여성들에 견주었죠. 일본만 탓할 게 아니라 한국인도 반성

해야 하고 미군 위안부에게 큰 일을 하고 있다고 말하는 정부도 반성해야 한다는 거였죠. 당시에는 정부가 그런 이상한 말을 하는 이상한 시대였어요. 언론에서 위안부를 매춘부 취급했다는 대목을 집중적으로 다루어서 그 교수 나중에는 나눔의 집에 가서 사과하고 그랬잖아요. 사과가 안 받아들여져서 여러 가지로 떨궈졌죠. 아까 박 선생이 말한 그 책은 말입니다, 위안부들이 일본군하고 동지적 관계에 있었다나 뭐라나 그렇게 이야기했죠. 일본군에 의한 강제 징집은 없었다, 증거가 없지 않느냐, 위안부와 일본군 은 동지였다, 위안부들은 돈을 벌었다, 소녀상을 치워야 한다, 얘기할 만한 게 없지는 않은데 역사적 사실을 따지고 안 따지고는 중요하지 않게 돼버린 겁니다. 완전히 언어 영토를 유린한 거예요."

그는 평론가의 입에서 나온 언어 영토라는 말에 귀가 번쩍 트였다. 언어 영토? 평론의 용어인 것 같았다. 그는 책을 읽으면서 느꼈던 불쾌감과 박탈감의 정체를 찾을 수 있을 것 같았다. 저자가 '동지'에 붙여서 사용한 '애국', '자긍심' 등의 단어가 떠올랐다. 그가 평론가에게 물었다.

"언어 영토를 유린했다는 것은 누구의 표현입니까?"

"그렇잖아요. 언어에도 주권이 있는 거니까. 풀이 눕는다,

에서, 풀이라는 언어의 주인이 누구겠습니까? 김수영이겠죠. 껍데기는 가라에서 껍데기의 주인은 신동엽이고, 황무지는 엘리엇의 것이고, 바람 부는 날의 압구정동은 유하의 것이고, 시어에 주인이 있는 것처럼 언어마다 주권이 있는 건데, 동지가 뭡니까 동지가!"

평론가의 말을 들으니 그는 피로감이 해결되는 것 같았다. 오랜만에 대화다운 대화를 나누는 것 같았다. 평론가의 설명에 따르면 저자는 '동지'라는 말에 들어 있는 정의감을 비꼰 것이거나 창의적으로 언어의 땅을 개척한 것이었다. 사회적으로 보았을 때 동지라는 언어의 주권은 혁명가, 맑시스트, 운동권, 노동자, 독립운동가, 레지스탕스…… 그들에게 있다는 것이 평론가의 말이었다. 저자는 사용료를 내지 않는 언어의 땅에 들어가 그 영토를 무의식적으로 유린했다. 물론 저자는 동지라고 말한 적 없고, 동지적 관계일 수 있다고 말했을 뿐이라고 하지만, 동지라는 말에 애정을 가지고 튼튼하게 연대했던 사람들로부터 동지라는 언어를 강탈했다는 사실은 변하지 않는다고 했다. 매춘, 애국, 자긍심의 영역도 마찬가지였다.

화해라는 말도 그랬다. 저자는 자신이 화해를 희망하는 진보적인 사람이라고 했다. 진보라는 단어의 주권은 누구에게 있는 것인가. 화해는 누구의 언어인가.

화해는 일본의 언론에서, 위안부 문제에 도의적 책임을 느끼는 일본인들이 사용하는 용어였다. 한국의 운동권 세력은 일본군의 책임을 도의적인 선으로 한정하는 것에 반대하여 화해라는 말에 강력히 반대했다. 서로의 잘못을 서로가 용서하고, 서로가 할 수 있는 만큼 물러서며 관계를 회복하는 것이 화해였다. 운동권 세력은 피해자 할머니들이 무엇을 잘못했느냐고 따졌다. 잘못한 게 없는데 어떻게 화해를 할 수 있겠느냐고 말했다. 화해는 청하는 것도 아니고 베푸는 것도 아니고 서로 함께 도달하는 것이었다. 함께 도달할 목적지가 있는 사람들끼리 하는 행위였다. 만약 동지라고 한다면, 다툼이 생겼을 때 혁명의 이상을 생각하며 갈라진 마음을 다시 합하는 것이 화해였다. 노선이 달라서 생긴 갈등을 푸는 것이 화해였다. 부부 간에, 부모 자식 간에, 싸움을 해결하는 행위가 화해였다. 화해는 동지적 관계에서, 가족 공동체 안에서 가능했다. 그러나 국가 간의 경계에 의해서 공동의 운명일 수 없는 가해자와 피해자가 된 사이에서 화해라는 말을 사용한다면 그것은 그 말을 사용하는 것 자체가 피해자들을 폭행하는 가해 행위였다.

그리고 단순하지 않았다. 저자는 '위안부' 피해자와 일본군 가해자 사이의 화해를 희망하는 것이 아니었다. 저자는 한국과 일본이라는 두 나라 사이의 화해를, '위안부' 피해자와 가해자 군인이 아닌 선량한 한국인과 선량한 일본인 사이의 화해를 희망했다. 서로를 오해하는 선량한 두 나라의 국민들이 화해하기를, 저자는 희망했다. 저자는 한국을 피해자의 나라로 한정짓는 것에 반대했다. 피해자는 국가의 정체성을 대표하는 존재가 아니었다. 한국인을 누가 일본군 '위안부'의 후손이라고 말할 것인가. 일본인 개인이 모두 강간범의 후손이 아니듯 한국은 그런 나라가 아니었다. 저자는 한국과 일본을 공동의 운명 앞에 놓인 두 존재로 생각했다. 함께 지향할 미래가 있는 관계, 아시아적 평화, 세계 평화를 위해 연대할 수 있는 나라로 생각하는 것 같았다. 그래서 위안부 문제란 두 나라 사이의 총체적인 문제를 구성하는 매우 이례적이고 아주 작은 사건에 불과한 일이었다.

일본군과 '위안부'를 동지적 관계로 묶는다는 건 화해를 주문하기 위해 필요했다. '동지'를 거치면 '화해'의 땅에 이를 수 있었다. 하지만 '동지'에서 발이 묶인 것이 그 책의 문제였다. 평론가는 동지라는 말 하나에 책의 문제가 모두 걸려 있는 것이라 했다. 그 말을 철회하면 아무것도 아닌

게 되는 게 책이 안고 있는 문제라고 했다. 저자에게 '위안부' 문제는 형제 사이에 있었던, 눈감아줘야 하는 작은 실수 정도인 것 같았다. 과거의 일이므로 화해하자는 것이었다.

가해자와 피해자를 형제와 자매로 묶어 부르는 방식은 기독교에 원형이 있었다. 기독교적 원죄의 논리에 의하면 세상의 모든 문제는 죄인들끼리 치고받고 싸우는 싸움이었다. 그렇다면 화해를 이야기하는 것이 가능했다. 신의 이름 으로 화해를 명령하거나 권고할 수 있었다. 어차피 너희는 같은 죄를 범한 죄인이 아니냐. 그래서 저자는 적국의 여성 과 '제국의 위안부'를 구별했다. 조선인 출신 '위안부'는 준일본인으로서 우대를 받았다는 것이었다. 기독교에서 보면 국적과 계급이 다른 모든 인류가 원죄를 부여받은, 같은 죄인이듯이 제국주의적으로 보면 일본군과 '위안부' 는 같은 제국의 소속이었다는 것이었다. 그랬기에 둘은 당연히 동지적인 관계를 맺고 있었다는 것이었다. 저자는 신의 위치에서 화해를 명령했다. 그렇게 도식화 할 수 있었 다. 그는 한숨을 푹 내쉬었다. 네가 신이냐!

책을 읽고 있으니 시간이 잘 갔다.

그는 다음 부분으로 넘어갔다. 불편했다. 성 얘기가 아니었으면 좋겠는데 자꾸만 성 얘기였다. 이번에는 다무라 다이지로의 소설 『춘부전』이야기였다. 저자는 피해자들 본인이 희망해서 부대가 이동하는 곳으로 군인을 따라갔고 열 명이 천 명을 상대해야 했다고 썼다. '희망'과 '상대'는 『하얀 논밭』을 분석하면서 저자가 후루야마 고마오의 언어인 '성교'를 그대로 이어받아서 쓴 것과 달리 소설가 다무라 다이지로의 작품을 분석하면서 저자가 고안한 언어였다.

교수는 딴지를 걸 듯이 '희망'과 '상대'라는 말을 바라보았다. 희망이라니? 상대라니? 열 명이 천 명을 상대한다는 것이 어떻게 가능하겠는가. 후루야마 고마오의 소설에서 '성교'가 성교일 수 없듯이 피해자가 당한 짓밟힘 행위는 '상대'일 수가 없었다. 상대한다는 것은 동등한 관계였음을 전제한 단어였다. 저자는 일관되게 위안부와 군인을 동등한 주체로 높이기 위해 '상대'라는 언어를 사용한 것이었으며 피해자의 자발성을 전제했기에 '희망'이라는 긍정적인 단어를 거리낌 없이 사용한 것이었다.

한숨이 나왔다.

『춘부전』에는 일본 병사에게 호감을 느꼈다가 병사와 "함께 죽는" 인물이 등장한다고 했다. 동반 자살인지, 죽은 병사를 따라 죽는 것인지, 함께 있다가 총을 맞아 죽는 것인지에 대해서는 설명이 없었다. 저자는 그것을 연애를 했다는 증거로 삼았다. '춘부전'의 '춘부'는 '매춘부'를 가리키는 일본 한자어였다. 그는 연애라는 말에서 울컥했다. 위안소 생활을 지옥의 삶으로 상상하는 그로서는 도저히 떠올릴 수 없는 단어였다. 사랑이 간절하면 지옥에서도 할 수 있는 것이 연애이지만 지옥은 연애를 막는 곳이지 연애를 만들어주는 곳이 아니었다. 저자는 위안소가 지옥이 아니었음을 말하기 위해 연애를 이야기했다. 위안소는 노래를 부르고 춤을 추었던, 지옥이 아니었다고 생각하는 저자의 언어를 받아들일 수 없었다. 만약 저자가 옳다면 그는 연애라는 말의 주권을 저자에게 빼앗긴 것이었다. 그는 주권을 빼앗기기 싫어서 책을 찢었다.

그는 내친김에 에필로그까지 읽기로 했다. 저자는 페루의 소설가가 쓴 『판탈레온과 특별봉사대』를 이야기했다. 페루의 국경수비대 군인들이 민간인을 강간하는 문제를 심하게 일으키자 군 지휘부가 비밀리에 여성들을 모아서 군부대에 보냈다는 얘기였다. 저자는 사실에 바탕을 두고 허구화했다는 소설가의 서문을 인용하면서 국가가 여성을 모아 군 조직에 '위안부'로 보냈던 것은 전 지구적 경향이었으며 그것은 미군도 저지르는 일이니 일본을 특별히 공격할 까닭이 없다고 말했다. 일본을 나무라지 말자는 뜻이었다.

그는 언어의 영토를 생각했다. 자신의 감정이 어떻게 흘러왔는지 점검했다.

처음 나왔을 때는 시비에 걸리지 않았다가 일본에서 큰 상을 받으면서 인기를 끌게 되자 한국에서 불이 붙었다. 많은 사람들이 읽고 반대 담론에 가담했다. 재판도 시작되었다. '위안부' 운동 지원 단체에서 주선하여 피해자들 명의로 고소장을 제출했다. 재판부에서는 자기들이 나서서 판결을 내리겠다고 결정했다. 그것이 그는 이상했다. 원고가 고소를 했으니 재판을 하고 안 하고는 재판부에서 결정하는 것이고, 재판을 하기로 결정한 뒤에는 유죄인지 무죄인지를 가려야 하는데 저자가 피해자를 매춘부라고 불렀는지 아니었는지를 왜 판사가 판결한다는 것인가. 재판을 하겠다는 것은 결정을 자기네들이 내리겠다는 뜻이었다. 독자가 읽으면 알 수 있는데, 연구자가 밝히면 되는데, 왜 다양한 시각이 필요하다는 저자의 주장이 합당한지 부당한지를 판사가 판결한다는 것인가.

처음에는 막연했다.

책의 문장을 읽으면 열이 받았다. 이러니까 재판에 걸리는 것이 아니냐는 반감이 생겼다. 과거의 재판 기록을 검색했다. 인터넷에는 없는 게 없었다. 재판부에서 판결을 내렸다. 시중에 배포된 책을 수거하라고 명령했고, 유통시키려면 34곳을 삭제해야 한다고 명령했다. 명백한 유죄 판결이었다. 주섬주섬 저자의 주장을 찾아볼 수밖에 없었다. 저자의 입장에서 보자면 어처구니없는 일이었다. 책이 처음 나왔을 때는 진보언론에서 긍정적인 서평으로 책을 다루었다. 일본에서 상을 받고 나니 문제가 일어나기 시작했다. 만약 저자가 일본어 책으로 일본에서 상을 받지 않았다면 별일 없이 묻혔을 것이다.

비밀은 눈에 보이지 않는 언어의 영토에 있었다. 책이 일본에서 각광을 받았던 것은 한국인인 저자가 그 나라의 언어 영토에서 사는 언어를 사용했기 때문이었다. 저자가 의도적으로 그런 것은 아니었을 것이지만, 저자 또한 자신의 언어가 어디에서 살고 있는지 모를 테지만, 그가 보기에는 그랬다. 동지, 애국, 자긍심, 화해뿐만이 아니었다. 저자는 소녀들이 업자나 군속에게 끌려가는 걸 보고, 곁에서 지켜보면서 막지 못했던 목격자들을 방조자라고 나무랐다. 목격자를 방조자로 부르는 것은 저자만의 방식인 것 같았다. 법률상으로 방조는 가해와 같은 하나의 범죄 행위였다. 저자는 '우리' 모두를 범죄자로 만들기 위해 '방조자'라는 말을 고안했다. '방조자'는 '동지'처럼 독창적인 언어였다. 그것은 어느 나라에 사는 언어인가. 저자는 언어 영토를 침범한 행위로 판사의 판결을 받는 것이었다. 죄인지 아닌지 법으로 규정돼 있지 않은 언어 영토의 침범에 대한 행위에 판사는 어떤 판결을 내려야 하는가.

퇴근 이후에 연락을 하고 오겠다고 했던 혜린이에게서는 연락이 없었다.

퇴근 시간이 지나고 밤이 왔다.

시간이 늦어질수록 불안감이 몸집을 키웠다. 연락을 해볼 수도, 안 해볼 수도 없었다. 페이스북에서는 교수한테서 도장을 받아야 한다고 했다. 혹시 각서 같은 것을 말한 것은 아닐까? 그는 며칠 전의 만남을 생각했다. S여대 도서관에 자료를 보러갔다가 복사실에서 우연히 혜린이를 만났다. 얼떨결에 악수를 청했고 혜린이는 서랍에서 장갑을 꺼내 끼었다. 사과를 하고 싶어서 혜린이에게 주차장에서 기다리겠다고 했고, 실제로 혜린이가 퇴근하고 나오기를 기다렸으며, 기다려도 오지 않았기에 연락을 하고 싶었지만 참았다.

혜린이는 그가 기다렸다는 사실을 가지고 피해를 보았다고 말할 수 있을 것이다. 기다리겠다는 말이 협박으로 들렸다고 말할 수 있을 것이다. 그렇다면 각서를 요구할 수 있었다. 그리고 어쩌면 세미나에 왔을 수도 있었다. 늦게 도착했는데 주차장에 주차된 차를 보고 싫증나고 짜증나서 발길을 돌렸을 수 있었다. 스토킹 당하는 기분을 느꼈을 수 있었다. 가능한 시나리오였다. 그는 퇴근을 미루며 혜린이를 기다렸다.

혜린이가 8시쯤 교수실 문을 두드렸다.

교수가 말했다.

"들어오세요."

혜린이가 문을 열고 들어왔다. 교수는 짜증스러운 눈으로 혜린이를 맞았다. 혜린이가 말했다.

"죄송해요. 사장이 느닷없이 밥 먹자고 끌고 가서, 술을 다섯 잔 마셔야 보내준다고."

그가 말했다.

"얼굴 색깔 보니 술을 마신 것 같지는 않은데?"

"안 마셨어요."

"한 잔도?"

"교수님 같으면 마시고 싶겠어요? 밥은 안 먹을 수가 없어서 먹었어요. 배가 고프잖아요."

"내게 늦는다고 연락할 수 없을 정도로 배가 고팠구나?"

그가 말하자 혜린이는 황당하다는 듯이 웃음을 흘리면서 말했다.

"꼭 그렇게 꼬아서 말을 해야 해요? 교수님은 언제든 뭐든 먹을 수 있잖아요. 저는 안 그래요. 사장이 밥값 내니까 자존심 내리고 먹는 거예요. 교수님, 배고프셨어요?"

그는 화가 가라앉는 것이 느껴졌다. 무시당하는 기분이어서 우울하고 불안했던 순간들이 날려가면서 마음이 가벼워졌다. 혜린이는 회의용 탁자 위에 가방을 올렸다.

혜린이가 말했다.

"그런데 교수님!"

"응."

"죄송해요. 우리 어떻게 하면 서로 마음이 편해질까요?"

"미안하지만 우리 대화 녹음 좀 할게. 이런 상황이 참 불편하다."

"……."

"너도 녹음해도 된다."

"녹음을 왜 하세요?"

"배우려고."

"무엇을요?"

"내가 무슨 잘못을 하는지. 나중에 들어보려고."

"이상하네요. 녹음은 제가 해야 될 것 같은데."

"해도 된다고 했잖아."

"……."

"잘해주는 것도 허락을 받고 잘해줘야 한다는 것을 그때는 몰랐어."

"지금은 어떻게 알게 되신 거예요?"

"성평등센터 위원한테서 교육을 받았지."

"다행이네요. 알게 돼서."

"네가 올린 포스팅도 읽었다. 나한테는 보이지 않던 포스팅."

"어떤 것이요?"

"고소할 수 있다는 얘기."

"오늘 좀 여러 가지로 신기하네요."

"뭐가?"

"예전에 심심할 때 시간 때우려고 저 불러서 이 얘기 저 얘기 하던 때랑 달라요."

"그때는 몰랐으니까."

"뭘요?"

"고소당할 수 있다는 것."

"……."

"……."

"조금 더 달라지면 좋겠네요."

"내가 지금 또 무슨 잘못을 하고 있니?"

"교수님 입장 중심이잖아요. 고소당할 수 있다는 것을 알게 된 게 아니라 상대의 입장과 고통이 어떤 것인지 생각하게 되었다라고 하면 동등하잖아요. 그것을 알게 됐다고 말하면 더 나은 모습이지 않을까요?"

교수는 갑자기 지긋지긋해졌다. 너를 위해 달라졌는데 더 달라지라고? 좀 심한 거 아니야? 싸가지야! 마음이 그랬다. 그러나 제자의 말에 토를 달 수 없었다. 제자는 맞는 말만 하고 있었다.

자신은 진심이었다. 고소를 당할 수 있다는 사실 때문에 달라지기로 했다. 혜린이의 말에 따르면 그것은 가면을 쓰는 행위였다. 상대의 입장과 고통이라는 것, 혜린이가 지금 어떤 입장인지, 뭐가 고통스러운지 생각조차 하지 않았기 때문이었다. 그런 생각은 상상 속에서 조차 일어나지 않았다.

교수는 할 수 있는 것이 지위를 이용하는 것밖에 없었다. 화제를 바꾸어 이렇게 말했다.

"이 시각에 굳이 연구실로 온 건 이유가 있을 것 같은데……."

혜린이가 말했다.

"만약 교수를 그만두면 어떨 것 같아요?"

"내가 그렇게 큰 잘못을 했니?"

"궁금해요."

"반성 많이 했다."

"생각해봤는데, 남자들은 어떤가 하고요. 교수 그만두게 되면 어떠실 것 같아요?"

"나도 생각 안 해본 것 아니다. 생각해본 적 있어."

"궁금하네요."

"바깥에 친구 있니?"

"네. 로비에요."

"왜 그러는 거니? 나에게?"

"……."

"새벽에 페북에 쓴 것도 나니?"

"지웠어요. 너무 격한 것 같아서."

"그 내용은 사실과 맞지도 않아. 나한테 왜 그래?"

"자꾸 엮이잖아요. 저도 모르겠어요. 하필이면 제 직장에까지! 교수님한테는 우연이지만 저한테는……. 제가 이러지 않으면 심심풀이로 복사집 들러서 농담 툭 툭 던지실 수도 있잖아요. 교수님 다녀가신 후부터 자꾸 교수님이 오실까 봐 유리문을 보게 된단 말예요. 학교 다닐 때 교수님 보시라고 쓴 모자가 아닌데 모자 잘 어울린다고 말해서 제 감정을 내동댕이치시고……. 복사집 사장님도 그때 그 교수님과 무슨 사이였던 것 아니냐고 웃을 수 없는 농담을 던져요. 교수님이 왔다간 뒤로요."

"그 새끼가 왜 그래?"

"대학교 4년 동안 저는 그렇게 지냈어요. 고등학교는 선생님들이 바뀌지만 대학교는 안 그러잖아요. 딱 정해져 있잖아요. 종점까지 앉아서 가는 먼저 탄 승객이잖아요."

"미안하다."

교수는 혜린이의 눈을 바라보았다. 아이 리스펙트 유. 너라는 인격을 존중한다. 눈빛이 마주쳤다. 혜린이가 눈길을 돌렸다. 교수가 말했다.

"나도 생각해봤어. 대학에서 성희롱 사건으로 징계받고 파면당하는 교수들이 늘어나고 있으니까. 그 사람들이 왜 끝까지 잘못을 인정 안 하려고 하는지 생각해봤어. 명예도 있고, 월급도 있겠지. 연금 문제도 있을 것이고."

"그렇겠죠."

"난 작가잖아. 스스로 교수를 그만두고 작가로 살면 어떨까 생각해. 소설가는 자유롭잖아."

혜린이가 그를 뜨아하게 쳐다보았다.

"정말 그렇게 생각하세요?"

"스스로 그만두는 게 그나마 사회를 위하는 길, 피해자를 위하는 길이 아닐까 생각한 거지. 만약 희롱죄를 저지른 거라면."

"그런 다음에는 소설가로 자유롭게 사시는 거고요?"

"가능하다면."

"교수님!"

"응?"

"제발! 성희롱 소설가 교수가 교수 자리를 스스로 그만두면 일이 끝나나요? 마치 누군가를 위해 큰 일 해주시는 것처럼 말씀하시는 게 사과인가요? 반성인가요? 반성 많이 했다고 하시더니 그런 식으로 반성을 많이 하셨다는 거였어요?"

"왜 그러니?"

"반성한 게 많았는지 적었는지를 판단하는 건 교수님 몫이 아니에요. 반성을 했는지 안 했는지 누가 알 수 있겠어요? 교수님은 성희롱 교수를 그만두면 성희롱 소설가가 되는 거예요. 그걸 왜 모를까요? 왜 그런 프레임이 있다는 사실 자체를 상상도 하지 못할까요? 여자들은 그렇게 당해왔어요. 하나가 걸리면 전부 다 멍에가 되는 거예요. 모든 면에서. 소설을 잘 쓰면 될 거라고 생각하세요? 교수를 그만두면 다 해결될 거라는 생각! 교수님은 성희롱 아들이고 성희롱 전직 교수이고 성희롱 버스 승객이고 성희롱 식당 손님이고 성희롱 옆집 사람이고 성희롱 소설가가 될 거예요. 그게 스테인Stain, 얼룩이라는 거예요. 제가 화해를 얘기한다면 그건 비굴한 거래가 되는 거예요. '위안부' 문제에서 일본 정부가 준 돈을 받아서 세운 '화해와 치유 재단'은 그 이름 자체가 피해자의 심장을 유린하는 폭력적인 기관이에요. 교수님이 그 프레임을 아실 수 있을까요? 모르신다면 얼마든지 그쪽 편에 서실 수 있다는 얘기가 돼요."

이런 싸가지! 교수는 머릿속에서 뻥! 터지는 소리를 느꼈다. 그랬을 뿐이었다. 가정했을 뿐이었다. 만에 하나 궁지에 몰려 교수를 그만두게 된다면 소설에서는 자유로울 수 있을 거라고 기대했다. 그런데 상상하지도 못했던 계곡이 그곳에 있었다. 혜린이 말대로 성희롱 아들이고, 성희롱 전직 교수이고, 성희롱 버스 승객이고, 성희롱 소설가였다. 발끝을 움직일 때마다 성희롱이라는 낙인이 따라다니는 소설가였다. 그걸 모르고 자유로운 작가 운운한 것이었다.

그는 화가 치밀었다. 혜린이로부터 '화해'의 제스처가 오기를 내심 기다렸던 희망이 산산이 부서졌다. 도대체 모르는 게 왜 이렇게 많은지 갑자기 눈물이 나려 했다. 내가 너에게 포합에 대해 얘기했니? 그랬던 것도 아닌데 왜 나를 치한 취급하는 거냐! 내게 왜 이러니! 왜 나를 '위안부' 가해자 편에 세우려고 하는 거냐? 내가 너를 유린했니? 내가 파렴치한이니?

혜린이가 말했다.

"졸업하면 끝나는 줄 알았어요."

"뭐가?"

"왜 다 엮이는 건지 답답해요."

"말해줄래?"

"……."

"……."

"많이 망설였어요. 그래도 저를 위해서 선택했어요."

"……."

"……."

"어떤 …… 선택?"

"죄송해요. 이거 좀……."

혜린이가 가방에서 서류를 꺼냈다.

교수가 말했다.

"뭔데? 뭘 가지고 온 거야?"

혜린이가 서류를 내밀었다. 교수는 서류를 받았다. 제목을 읽었다.

'대학원 석사과정 진학추천서'.

한 장짜리 서류였다. 교수는 또 허방에 빠진 느낌이었다. 허무하고 한심했다. 협박용 각서를 상상했던 자신이 누추해 보였다. '위안부' 가해자 편으로 몰린다고 스스로를 최대치의 폭력을 가진 짐승으로 만든 것에 대해 억울해 하던 마음이 허물어졌다. 교수가 말했다.

"우리 대학원이 아니고 다른 학교 대학원을 가려고 하는구나? 우리 대학원에서는 추천서 안 받는데."

"어쩌다보니 그렇게 됐어요."

"여대구나."

"네."

"일부러 여대를 선택한 거니? 아니면 그쪽 교수진?"

"남자들 없는 데서 공부하고 싶어요. 엮이는 것, 눈빛 감시하는 것, 힘들어요."

"생각 좀 해보자."

"……."

"……."

"교수님께 와서 이렇게 말하는 저도 비굴하죠."

"스스로 그렇게 말할 건 없어."

"저는 친하게 지낸 교수님이 없어요. 한 분 계신 여자 교수님은 연구년 가서 없고, 죄다 다 남자 교수뿐이에요. 일 끝나고 퇴근 뒤에나 학교에 오는 게 가능한데 밤까지 기다려 달라고 말할 수 있는 교수님이 아무도 없어요. 대학원에서 필기시험 없이 면접만 본대요. 그러면 추천서 점수가 중요하잖아요. 더구나 엑스트라가 아니라 필수 제출 서류예요."

혜린이는 주먹을 꽉 쥐었다.

교수는 혜린이의 나날을 상상했다. 화장실에서 쉬다가, 아니면 복사 손님을 기다리던 중에 유리창을 보면서 복사실을 빠져나갈 방법을 찾았을 것이다. 논문 자료를 대량으로 복사하는 대학원생을 보았을 것이고, 자신도 대학원에 가면 어떨까 생각하다가 입학원서를 내보기로 했을 것이다. 그런데 입학지원서 필수 제출 서류에 추천서가 있다는 것을 보고 절망했을 것이다. 교수가 말했다.

"내 추천서로는 힘을 못 쓸 수도 있어."

"찍어주기 싫어서 그래요?"

"안 떨어지는 방법을 찾으면 좋을 것 같아서."

"떨어지는 것 안 무서워요. 등록금이 한 학기에 육백만 원도 더 넘어요. 저는 복사기 돌리고 있잖아요. 한 달에 백만 원밖에 못 버는데. 아빠한테 대학원 얘기 꺼냈다가 죽도록 욕만 얻어먹었어요. 남자친구랑도 헤어지고, 길을 찾아야 하는데 교수님 만나니까 현실감 제대로 회복되네요. 교수님은 도장을 가진 권력자이시고. 저를 희롱했던 것

잊어주겠다고 말씀드려야 찍어주실 거예요? 학교 다닐 때 교수님은 심심할 때마다 저를 부르셨잖아요. 원고를 읽어봐 달라고 하고, 하고 싶은 말 다하시고! 제가 그때마다 좋아서 헤헤거린 줄 아세요? 다 공개해요? 안 할 테니까 찍어줘요, 라고, 말하길 기대하시는 거예요? 그게 거래잖아요, 비굴한. 그건 제가 아니에요. 저는 저급해지고 싶지 않아요. 과거는 안 지워져요."

"그건 과하다."

"교수님이 판단하시기에는 과한 거겠죠."

교수는 건조하게 말했다.

"우리 대화 녹음되고 있다는 것 알지?"

"제 목소리도 녹음되고 있어요."

"그건 그렇지."

교수는 말을 마친 다음 혜린이의 얼굴을 바라보았다. 졸업을 했으므로 이제는 교수와 제자의 관계가 아니라고 생각한 적 있었다. 권력 관계로 묶일 일이 없을 줄 알았다. 그런데 추천서가 자신을 권력자로 만들었다. 도장을 찍어주는 것도 권력 행위였고, 도장을 찍어주지 않는 것도 권력 행위였다. 찍어주기 싫은 마음을 먹었으면서 자신에게는 권력이 없다고 말한다면 그것은 행동의 자유가 아니라 책임 방기였다. 그가 교수인 한 혜린이와의 관계가 권력 관계인지 비권력 관계인지는 오직 혜린이의 상황과 판단에 매달려 있었다. 화해의 속뜻은 혜린이의 말대로 비굴이 맞는 것 같았다. 비굴을 자처하거나 비굴을 강요당하거나.

비굴해지지도 않고, 비굴을 강요당하지도 않을 방법은 무엇일까.

교수는 컴퓨터 앞으로 갔다. 인터넷에 접속했다. 혜린이가 가고자 하는 대학원의 신입생 모집 요강을 검색했다. 추천서가 혜린이 말대로 반드시 제출해야 하는 서류인지 확인하고 싶었다. 점차 요구하는 기관이 줄어드는 상황에서 대학원 입학생을 모집하면서 추천서라니? 불편하고 낯설었다. 시대의 변화에 아직 행정력이 미치지 못한 게 아닌가 생각했다. 그는 모집 요강을 읽었다. 학과별로 추천서에 대한 언급이 다르다는 것을 확인하면서 안도했다. 모든 학과가 추천서를 요구하는 것이 아니었다. 문학을 포함한 기초 인문학 전공학과에서는 추천서를 요구했고 공과계열, 이과계열 등 다수의 전공 학과가 추천서를 요구하지 않았다. 인문학 쪽에서 여성학과는 필수 제출 서류 항목에 추천서가 있지 않았다. 그는 혜린이를 바라보았다. 그가 말했다.

"여성학과에서는 추천서 안 보는 것 같구나."

"왜 그런 말을 하시는 거예요?"

"여성학을 잠깐 생각했어. 네 성향도 그렇고."

"맨스플레인."

"그게 뭐니?"

"맨 익스플레인, 남자는 여자한테 설명을 하려고 한다, 시도 때도 없이 알지도 못하면서 여자한테는 가르치려고 든다, 용어를 모르시는군요. 정말 공부 짧으시네요."

교수는 출입문으로 걸었다. 복도에 누가 있지 않은지 살폈다. 혜린이와 함께 온 친구가 누구인지 보고 싶었다. 싸가지들! 교수에게 이제 공부 짧다는 말도 서슴없이 한다. 책을 읽으면 내가 너희보다 더 못 읽을 줄 알고? 따라잡는 데에 3개월이면 충분해! 반격이 필요했다. 그에게는 반격용으로 사용하기 좋은 지위라는 것이 있었다. 교수는 끄음, 목청을 가다듬은 후 말했다.

"추천서. 나도 예전에 지도교수 추천서 받으려고 안 해도 되는 노력 많이 했어. 추천서 가지고 사람 잡지 말자고 교수되면서 다짐했어. 짜증나는 일이지. 사람 옭아매는 거. 그게 네가 증오하는 가부장제 잔존 아니겠니? 요즘은 교수

임용에서도 추천서 내라고 하는 학교는 많이 줄어들었어. 대학원 석사과정 입학생한테 추천서를 내라고 한다는 것 좀 어색하다. 너 지금 억울할 것 같다. 추천서 때문에 억울해 죽을 지경 아니니? 추천서 그게 뭐라고! 너도 스스로 비굴하다고 말했잖아. 왜 그런 말을 하게 만들어야 하니? 폭력 아니니? 여성학과 모집 요강을 읽어봤어. 거기에서는 추천서 안 받아."

"……."

"생각해보면 좋을 것 같지 않니?"

"전공을 바꿀 만큼 시간이 많지 않아요."

"왜?"

"내일이 마감이에요."

"바쁘고 급하구나."

"혹시 써주기 싫다는 말을 그렇게 돌려서 하시는 건가요?"

"이러지 말자."

교수는 말을 마치고 탁자 위를 바라보았다. 문제의 책이 눈에 들어왔다. 그는 책을 속으로 너라고 불렀다. 너 때문에 참 많은 일이 벌어지는구나. 네가 아니었다면 문학을 전공하겠다는 제자에게 방향을 틀라고 제안할 일이 없었을

텐데. 추천서와 가부장제를 부정적으로 연결할 일이 없었을
텐데. 그가 말했다.

"그리고, 진학추천서, 이렇게 딱딱하게 써가지고는 안
돼. 진심을 담아야 돼. 공문서를 베껴온 것 같잖아. 상기자는
학업 성취도가 높고 매사에 진취적이며…… 이런 걸로는
식상해서 안 돼. 네가 가져온 문서에 도장만 찍어서 될
일이 아니야. 네 장점이 뭔지 적어서 초고 만들어오면 내가
가필해서 써줄 용의가 있다. 추천서는 네 이름으로 나가는
게 아니라 내 이름으로 나가는 거야. 네가 내 입장이 돼서
너를 자랑하는 것처럼 써봐. 추천서는 그런 거야."

교수는 혜린이의 얼굴을 바라보았다.

혜린이는 고개를 돌렸다.

혜린이가 한참 만에 입을 열었다.

"뭔가 확 밀린 기분이네요. 왜 이렇게 된 거지? 급해서
그랬어요. 국문학과만 봤어요. 모든 학과가 다 추천서를
원한다고 생각했는데. 꼭 필요한 게 아닌데 다른 곳도 아닌
문학한다는 데가 추천서를 원하다니."

"문학이 어떤 면에서 가장 가부장적인 것 같아."

"내일 오전에 다시 올게요. 내일이 마감이라 어쩔 수

없어요."

"그래. 그리고 따로 할 말이 있어."

교수는 야마시타 영애가 쓴 『내셔널리즘의 틈새에서 ― 위안부 문제를 보는 또 하나의 시각』을 들었다. 그 책을 들고 말했다.

"책이 너무 감정을 자극해서 다른 책들을 봤어. 이 책을 읽었는데, 가라유키상이나, 매춘이나, 정대협의 문제나, 여러 가지를 이야기하고 있는데 건강함이 느껴지더라. 정의롭고, 단정하고, 자기 삶에 대한 성찰도 깊고, 건설적인 생각을 하게 만들어서 고마움을 느꼈다. 재판에 걸린 그 책보다 6년 더 먼저 나왔는데, 이 책 보니까 그 책이 새롭게 얘기하는 내용은 거의 없는 거야. 그 저자는 이미 전에 나온 내용을 새로운 언어로 말한 셈이야. 언어의 영토가 달라. 이 책에는 위안부 중에는 돈을 벌었던 사람도 있었고, 매춘임을 인식했던 사람도 있었다는 말도 있어. 그걸 긍정적으로 말하지는 않아. 위안부 일을 그만두고 싶은데 강제로 감금당한 채 노예적으로 폭행을 당하는 상황에 이르면, 견디지 못해 자살하고, 도망치다가 살해당한 피해자가 있었다고 얘기하지. 그게 정상 아닐까? 이 책에는 정대협에 대한 비판도 들어 있어. 하지만 결이 아주 달라. 애정을 가지고 비판해."

"처음부터 그 책을 읽었으면 저한테 강간 이야기 같은 거 기분 나쁘게 안 하셨겠네요. 매춘적 강간, 강간적 매춘, 이런 거요."

"미안하다. 그건."

"교수님도 그 책 때문에 피해를 보신 거네요."

"피해라니……. 그건 아니다. 페미니즘에 대해서도 생각하게 됐고."

"페미니즘 얘기는 하지 마세요."

"왜?"

"액세서리가 아니에요."

"……."

"수업시간에 불평등에 대해 토론시켜 놓고 기계적으로 중립적인 위치에 있으려 하는 것 보기 힘들었어요. 교수님이 취하는 태도는 남자가 생리통에 대해 말하는 것과 안 달라요. 피상적이고, 척하는 것만 있는 거예요. 아무리 공부를 많이 한다고 해도."

교수가 말했다.

"남자가 생리통에 대해 말하지 말아야 한다면, 말할 수 없다면, 남자는 생리통약도 만들 수 없고, 만들지 말아야 한다는 거냐? 남자는 아이를 낳을 수 없으니 산부인과 의사도 되지 말아야 하는 거야?"

혜린이가 말했다.

"대화가 조금만 길어지면 교수님은 베이스가 드러나요. 이상한 걸 못 느끼시죠. 그렇게 말하는 논리를 가진 것이 교수님의 포지션이에요."

"나한테 무슨 문제가 있다는 거냐?"

"생리통, 출산을 얘기하시면서 약을 만들어주는 사람, 아이를 낳을 수 있게 해주는 사람, 그런 사람만 생각하잖아요. 그게 남자라고 박힌 거죠. 우월한 존재라고 박힌 거죠. 여성주체가 느끼는 고통이라는 걸 모르잖아요! 그 논리 가지고는 어림도 없어요. 유치하지 않으세요? 제가 말씀드리고 싶은 건 이거예요. 남성도 페미니즘을 잘 말할 수 있지만 교수님은 아니라는 거예요. 생리통을 이야기했더니 곧장 약을 말하잖아요. 저는 아픔을 이야기하는데! 어떻게 뜯어고쳐 드려야 좋을지 모르겠네요, 정말. 제 말에 동의하고 인정한다면 먼저 고통을 생각하셔야 해요."

혜린이는 바지에 묻은 먼지를 손으로 털었다.

교수는 식은땀을 쭉 흘렸다.

"그러면 어떻게 해야 하니?"

"알려드려요?"

"그래."

"척하지 마세요! 머리로만 사색하지 마시고, 노력하세요."

"……."

"노력 안 하면 영원히 그 상태예요."

혜린이가 나간 후 교수는 문을 열고 복도를 바라보았다. 복도는 어둑어둑했다. 그는 혜린이가 다시 들어오지 못하도록 문을 걸어 잠갔다. 그리고 녹음기의 버튼을 눌러 녹음을 중지했다.

열 받는다, 정말. 그런데 할 말이 없다.

교수는 창을 통해 바깥을 내려다보았다.

혜린이가 친구와 다정히 정문이 있는 방향으로 걷는 게 보였다. 그 친구가 누구인지에 대한 궁금증보다 두 사람이 걸으니 안전해 보인다는 생각이 더 크게 들었다. 혼자서는 안전할 수 없는 것이 그들이었다. 왠지 미안하다는 메시지를 보내야 할 것 같았다.

교수는 척하지 않는 삶을 생각했다. 어떻게 해야 할까.

어쩌다가 생리통을 이야기하는데 아픔을 생각하지 않고 약을 생각하게 되었을까. 메시지가 도착했다.

> ➤ 교수님, 저도 모르게 말을 막 한 것 같아요. 방식은 좀 러프하지만 제 본마음은 그것과 다르지 않아요. 공부 많이 하셨으면 좋겠어요.

교수는 메시지를 바라보았다. 밑도 끝도 없었다. 다정함이 느껴지는 이유를 알기 힘들었다. 공부를 하겠다고 약속을 하면 이제 고소 같은 단어는 절대로 쓰지 않겠다는 말처럼 들렸다.

이튿날 오전 페이스북에서 알림 메시지가 날아왔다. 혜린이가 새로운 포스팅을 올렸다는 내용이었다. 그는 메시지가 날아온 것이 신기했다. 혜린이의 소식을 알리는 자동 메시지가 날아왔다는 것은 혜린이가 그를 페이스북에서 차단했다가 다시 친구로 전환시켰다는 뜻이었다. 그는 변화를 반기며 혜린이의 페이스북을 열었다. 포스팅은 본인이 쓴 것이 아니었다. 누군가가 쓴 글에 링크를 걸었다. 그는 포스팅을 읽었다.

대학원 입학이 이래도 되는 것이냐. 시험을 보거나 인터뷰를 하면 되지 왜 추천서를 내라고 하냐. 지도교수 추천서 같은 것을 요구하다니. 적폐다. 공부하고 싶다는 학생한테 추천서를 내라고 하다니! 빻고 있네! 요즘은 입사시험 원서에 사진도 안 넣는 것이 대세이다. 그런데 대학원 석사과정에 입학하는 원서에 추천서라니 망측하다. 드러내놓고 차별하겠다는 것 아니냐. 대학교 다닐 때 교수의 말을 얼마나 잘 들었는지를 점검하겠다는 뜻 아니냐. 말도 안 되는 가부장제의 찌꺼기이다. 우리 학과만 그런 게 아니다. 문사철 단과대학 전체가 그 모양이다. 유서 깊은 문, 사, 철. 유서가 깊어 반페미도 깊은 것이냐. 공부에 갈증이 나서 가려 했다. 학부 때 못 했던 것, 대학원 가서 들이받아 보려고 했다. 그런데 뭐 이러냐. 어느 가문에서 자랐고, 어느 사문에서 배웠는지를 밝히는 것이 추천서이다. 붕당 패거리 정치의 찌꺼기이다. 나는 어쩌라고! 주변에 추천서 때문에 쫄아서 원서 못 내는 친구는 없다. 나만 잘못 살았다. 페미니즘 전공자를 배출하는 학과가 옆에 있는 문사철에서 그런 반페미를 입학 조건에 내걸어 놓다니! 페미니즘 전공학과에서는 추천서 따위 안 받는다. 페미니즘 전공학과 교수들이 나서야 한다. 학교 발전을 위해 당장 폐지하라고 거품 물어야 한다.

댓글이 달렸다. 혜린이의 포스팅에 대한 댓글이 아니라 링크된 글에 달린 댓글이었다. 혜린이는 댓글을 보며 무슨 기분을 느꼈을까. 그는 혜린이의 입장이 되어 댓글을 읽었다.

○○○: 대학원을 여성학으로 가는 건 어떤가요? 그 학교 외에 여성학과 생긴 곳 많습니다.

○○○: 대학원은 위계사회입니다. 들어가려면 감내해야 합니다.

○○○: 어느 대학원인지 짐작이 갑니다. 분위기 상, 제가 잘 알고 있는 곳일 듯하네요. 만약 그렇다면……. 석사는 추천서 내는 학과가 많지 않지만 박사는 달라요. 모든 학과가 필수적으로 추천서를 내야합니다. 석사는 아무나 받지만 박사는 안 그렇겠다는 뜻이죠. 석사 때 물 흐리면 박사는 꿈꾸지 말아야 하죠. '모든 학과 필수'니까 여성학과도 마찬가지일 거예요. 제도적인 문제입니다. 입학전형에서 추천서를 얼마나 중요하게 따지는지는 교수마다 다르죠. 반성하자는 차원에서 말씀드립니다. 영국이나 미국에 유학가려 해도 추천서 엄청들 요구합니다. 검색해보세요. 카펫 깔아 놓은 응접실 안에 흙투성이 장화 신은 인간은 들일 수 없다는

거죠. 현관에서 거르는 겁니다.

○○○: 추천서. 학점 낮은 애들 커버해주려고 만들어 놓은 거 아닌가? 말 잘 듣는 애들 뽑으려고. 원래 그런 것.

○○○: 국문과라고 한다면, 현대문학, 고전문학, 국어학, 한문학, 이런 하위 전공이 있죠. 아마 현대문학이 제일 플렉서블할걸요? 케이스 바이 케이스라 원래 있던 제도를 없애려면 상당히 노력해야겠죠. 현대문학 교수만 노력한다고 해결될 문제가 아닐 것 같아요.

혜린이는 링크를 걸어 놓고 반응을 보이지 않았다. 교수는 망연히 어떤 날을 떠올렸다. 페이스북에서 링크를 걸었다가 책을 읽게 되었고, 혜린이의 이 링크된 포스팅을 읽는 것이었다. 한 번의 링크, 한 번의 '좋아요'로 저자와 친구가 되었고 매일 포스팅을 관찰했다. 책에 의해 명예훼손을 당했다고 고소한 '위안부' 피해자들의 소송은 재판이 진행 중이었다. 혜린이가 어떤 글에 링크를 걸었다는 사실이 그로 하여금 자신이 걸었던 링크를 떠올리게 만들었다.

교수는 포스팅을 다시 읽었다. 칼에 맞는 기분이었다. 어쩌면 이렇게 당찰 수 있을까. 허세와 진지함이 동시에 느껴졌다. 허세 위에 허세가 올라가 있는 것 같고, 허세를 강한 진지함으로 포장하고 있는 것 같았다. 에너지가 흘러 넘친다는 것은 부정할 수 없었다. 그들이 혜린이와 다른 점은 '우리'라는 점이었다. 포스팅을 쓴 사람도, 댓글을 단 사람도 '우리'였다. 혜린이는 포스팅을 쓴 사람의 '우리 학과'에서 이방인이었다. '우리'는 혜린이의 언어 영토가 아니었다.

엄지로 포스팅을 문질렀다. 화면이 위아래로 움직였다. 손가락을 바꾸었다. 검지로 포스팅을 콕콕 찍었다. 텍스트를 복사하겠느냐고 묻는 팝업창이 열렸다. 취소를 눌렀다. 혜린이가 링크를 걸었다는 것이 교수에게는 일종의 미래를 예감하게 만들었다.

혜린이는 추천서에 도장을 찍어달라고 교수를 찾아가지 않았다.

여성학과에 원서를 넣었다는 연락도 넣지 않았다.

할머니 완전 잘됐어요

타닥타닥 키보드를 두드렸다. 문장이 만들어졌다. '소녀가 있었다.' 교수는 문장을 바라보았다. 다음 문장을 쓰지 않고 가만히 바라보았다. 새벽이었다. 소설을 쓰고 싶었다. '소녀가 있었다.'라고 적어 놓은 다음 생각을 진전시키기로 했다. 교수의 눈앞에 '소녀가 있었다.'가 있었다.

왜 교수는 '소녀'가 '있다'가 아니고 '있었다'라고 썼을까. 교수는 스스로 생각했다. 잠시 동안의 고민 끝에 이런 결론을 얻었다. 이 문장을 쓴 사람은 지금의 소녀가 아니라 과거의 소녀를 쓰고 싶은 것이구나. 어떤 소녀? 교수의 눈앞으로 혜린이, 저자, 수요집회 때 보았던 일본군 '위안부' 피해자 대표가 스쳐갔다. 모두 '소녀'를 거쳤다. 고등학교는 걸스 하이스쿨Girl's highschool이라 하고 대학교는 위민스 유니버시티Women's university라 한다. 이 사람은 아마도 우먼이 되기 전의 걸에 대해 쓰고 싶은 모양이다. 지금은 우먼이 된 과거의 걸에 대해. 알지도 못하면서!

교수는 혜린이가 어떤 모습이었는지, 저자가 어떤 모습이었는지 알 수 없었다. 혜린이와 대화를 자주했지만 어떤 시절을 겪었는지 물은 적 없었다. 저자 역시 마찬가지였다. 인터넷에 신상에 관한 정보가 더러 있었다. 그러나 소녀 시절은 없었다. 소녀 시절이 대중에게 공개된 존재는 '위안부' 피해자였다. 그들은 속아서 끌려갔다고 증언했다. 국제 재판에서는 그들을 '성적 노예'였다고 해석했다. 일본의 부정론자들은 '매춘부'였을 뿐이라고 말했다. 세상 물정에 어두운 소녀라는 것을 생략했다. 자의적으로 몸을 팔았다고 강조했다. 무엇이 맞는가? 역사가들은 증거를 찾아 헤매었다. 피해자의 증언에 신빙성을 더하는 위안소 현장, 당시 일본군이 가지고 있던 피임구, 위안소 운영 규칙, 사진, 동영상, 미군의 기록물 등이 세상에 나왔다. 당시 '위안부'의 나이도 공개되었다. 모두 미성년자였던 것은 아니었다. 일본군이 위안소 운영과 관련된 기록을 모두 완전히 폐기했기 때문에 더 이상의 증거가 안 나온다는 사실이 발견되었다.

저자는 모두가 소녀 시절에 끌려가서 성적 노예로 살았다는 세간의 상식에 반대했다. 그들이 모두 미성년 소녀였던 것은 아니며, 그들 모두가 '일본군'에게 끌려갔던 것은 아니었으며, 정대협이라는 운동 단체가 '위안부' 피해자들의 시위와 투쟁을 잘못 이끌어서 일본인으로 하여금 혐한 감정을 가지도록 부추긴다고 말했다. 그러나 어린 소녀가 분명히 있었다. 열 몇 살에 끌려간 소녀가 있었다. 소녀는 악의 존재에 대해 몰랐다. 그 점을 저자 또한 부인하지 않았다.

'소녀가 있었다.'

가장 슬픈 문장인 것 같았다. 혜린이, 저자, 피해자, 세 사람은 세대가 다른 여성들이었다. 어른이 아니라는 것, 같은 땅에서 태어났다는 것, 여성이라는 것이 같았다. 왜 저자는 '소녀가 있었다'에 집중하지 않는 것일까. 왜 '모두가 소녀인 것은 아니었다'에 집중하려는 것일까.

교수는 문장을 가만히 바라보았다. 다시, 개별로 존재하던 혜린이, 저자, 피해자가 여성이라는 동일 주체로 한데 묶였다. 모두 인생이 힘들었다. 교수의 마음에서 저자가 가장 먼 곳에 있었다. 교수는 생각했다. 저자가 혹시 여성이기 때문에 쉽게 재판에 걸린 것이 아닐까? 남성 검사, 남성

변호사, 남성 판사, 남성 경호원, 남성 서기가 있는 남성의 법정에서 저자는 유일하게 여성이었다. '위안부' 관련 문제로 여성으로서는 처음으로 필화 사건을 겪는 사람일 수 있었다. 중세시대에 마녀들은 여성이기 때문에 사냥감이 되었다고, 페미니즘 책에서 읽었다.

'소녀가 있었다.'

교수는 저자의 소녀 시절이 궁금했다. 그것을 허구로 짓는다면 명백히 명예훼손일 것이다. 소설은 허구이므로 어떻게 쓰든 자유겠지만. 그러나 아니었다. 방향이 옳지 못하다면 폭력이었다. 교수는 1등을 하지 못하면 잠을 못 자는 소녀를 상상해보았다. 원색 잠옷을 입어야 잠에 빠져드는 소녀도 상상해보았다. 소설을 쓴다는 것은 출판을 해서 시장에 나간다는 것이었다. 혜린이의 감수성에 비추어 문장을 의심한다면, 저자로부터 고소를 당할 혐의가 너무 많을 내용이었다. 책과 아주 먼 거리의 소녀를 등장시켜야 창작으로 안전한 방법이었다.

'소녀'에게 부여하려고 했던 1등 콤플렉스는 교수 본인에게 있었다. 그는 실제로 소설에서도 죽으라고 1등이 되기 위해 내달리는 작가에 가까웠다. '소녀가 있었다.'라고 쓴 문장에서 그는 욕망을 읽었다. 일본군 '위안부' 담론에서

1등인 소설을 쓰려고 발버둥치는 자기 자신의 모습이 보였다. 그 문제투성이 책의 저자가 다른 시각의 필요성을 제기하며 책을 쓴 것은 그 방면에서 1등이 되어보고자 했던 욕망이 실현된 결과인 것 같았다. 그 결과 유죄 판결을 받았다.

저자가 1등을 하지 못해서 안달이 난 것처럼 보인 것은 자신이 그런 성격이었기 때문이었다. 원색 잠옷을 입어야 하는 강박 또한 소년 시절에 자기가 가졌던 강박이었다. 가족이 아닌 누구도 그 사실을 알지 못했다. 저자를 강박증 환자로 묘사하는 것은 부당했다. 페미니즘 책에서 읽었다. 그것은 강간범 남성을 옹호하고, 강간 범죄를 하나의 특별 사건으로 분리해서 피해자를 사회에서 배제하는 방식이라고, 사회에 만연한 일인데 정신병자의 미친 짓으로 축소시킨다고. 그래서 걸핏하면 누구나 그런 범죄를 저지른다고, 통계를 낸다면 몇 초에 한 번씩 그런 범죄가 일어난다고.

혜린이와 저자와 피해자 중 그의 입장에서 감정이입이 가장 쉬운 사람은 저자였다. 거꾸로 말해 그의 의식 속에서 저자는 여성이 아니라 남성이라 할 수 있었다. 그렇기에 자신의 성장과정을 이입하려고 한 것이었다. 그는 저자를 여성에서 분리하여 남성으로 인식하려고 하는 자신의 모습을 보았다. 왜일까?

저자 역시 여성이었다. 소녀 시절을 거쳐 누군가는 일본 군 '위안부'가 되었다. 누군가는 저자가 되었다. 누군가는 혜린이가 되었다. 교수는 '소녀가 있었다.'에서 공통분모를 찾으려 하는 자신을 발견했다. '위안부' 피해자, 혜린이, '사건 도서'의 저자가 함께 가진 소녀 시절이란 무엇일까?

'소녀 시절에 대응하는 나의 시절은 어떤 것일까?'

갑자기 남성인 자신의 소년 시절을 대응시킨 뒤 교수는 머릿속이 백지가 되는 것을 느꼈다. 그는 한 번도 순수하게 남의 고통에 동감한 적이 없었다. 아픈 사람을 떠나는 장면 이 중첩되었다. 멀찍이 떨어져서 바라만 보았다. 세 소녀에 게 공통되는 시절에 대응하는 교수의 소년 시절은 이 땅에 있지 않았다.

소녀에 대한 정보를 모으기 위해 교수는 재판을 방청했다. 이런 에피소드가 있었다.

재판이 시작된 지 십여 분 쯤 흘렀을까. 판사가 갑자기 검사에게 심문을 중지하라고 명령했다. 교수는 눈을 들었 다. 판사가 법정경위에게 손가락으로 방청석을 지시하는 모습이 눈에 들어왔다. 위압적이었다. 교수는 자기 자신을 의식했다. 법정경위가 교수 쪽으로 오더니 교수를 지나쳐 뒤편으로 걸어갔다. 교수는 판사를 바라보았다. 판사는 사람을 가리킨 손을 풀지 않았다.

법정경위가 방청석에 앉은 사람을 일으켜 세웠다. 전화기를 압수했다. 남자는 땀을 뻘뻘 흘렸다. 하얀 티셔츠를 입었으며, 나이는 사십 대 후반으로 보였다. 법정경위가 남자를 판사 앞으로 데려갔다.

판사는 높은 자리에서 내려다보았다. 남자는 마치 조선시대가 배경인 사극에서 머슴 역할을 연기하는 사람처럼 판사를 상전으로 대하며 두 손을 모으고 허리를 조아렸다. 법정경위가 전화기인 듯한 물건을 판사에게 전했다. 판사가 위엄 있게 묻고 남자가 공손하게 대답했다. 이런 대화가 오갔다.

"법정에서 녹음하는 것은 허락되지 않습니다. 무엇 때문에 법정에 오셨죠?"

"관심이 있어서요."

"하시는 일이 무엇입니까?"

"사업하고 있습니다."

"왜 녹음하셨습니까?"

"실수로 했습니다. 죄송합니다."

"정말 몰랐습니까?"

"예! 몰랐습니다. 죄송합니다."

"다시 들어오게 되면 감시 처분을 해야 합니다. 퇴정하시고, 이후로는 법정 가까이에 있지도 마세요. 다른 방청객 분들에게도 알려드리겠습니다. 법정에서 녹음하는 것은 위법입니다. 혹시 녹음하고 계신 분 있으면 하시면 안 됩니다. 허가를 얻어서 하셔야죠. 즉결심판으로 30일 실형을 선고할 수도 있지만 몰랐다고 하니 봐드리겠습니다. ○○○ 씨! 저를 보세요."

언제 이름까지 파악했을까. 판사가 남자를 꾸짖었다. 남자는 분별력을 잃고 당황했다. 다시 대화가 오갔다.

"법정 근처에 계시지 마시고 아예 밖으로 나가시기 바랍니다. 아시겠습니까?"

"예. 알겠습니다."

"일단 퇴정을 명합니다. 데리고 나가세요."

법정경위가 남자를 끌고 나갔다.

재판이 다시 진행되었다.

교수는 소설을 생각했다. 남자는 왜 '위안부' 명예훼손 재판에 관심이 있었을까? 어떤 관심을 가지고 있을까? 왜 녹음을 하려 했을까? 작가라면 남자의 뒤를 캐어 질문에 답할 수 있는 이야기를 만든 후 그것을 세상에 공개해야 하는 것 아닐까? 작가라면! 그는 자신의 직업을 생각했다. 작가이면서 교수였다. 지난 날 혜린이와 나눈 대화가 떠올랐다. "왜 위안부 문제에 관심이 있으세요?" "알고 있어야 하니까." "왜요?" "작가니까." "교수님이 작가이신 거 알아요. 그런데 왜요?" "왜가 어디 있니? 우리 역사인데?" "왜 위안부 문제에 관심을 두시는지 갑자기 궁금하네요. 밤중에 메시지를 보내시고. 세상에는 관심을 가질 수 있는 여러 영역이 있는데." 그런 대화였다. 그때는 재판정에 앉아 있게 되리라는 것을 상상도 하지 못했다.

재판이 진행되었다.

변호인은 같은 말을 반복하는 데에서 오는 피로감을 견딜 수 없다는 듯한 표정으로 무미건조하게 말했다.

"피고인 저자는 책을 쉽게 썼고, 저자가 위안부 생존자들의 명예를 훼손하지 않았음은 한 번만 읽어보면 누구나 알 수 있는 내용입니다."

교수는 변호인의 말을 들으며 '쉽게', '한 번만 읽어보면 누구나'라는 표현에 의구심을 품었다. 변호인은 몇 퍼센트 자신의 말에 신뢰도를 가지고 있는 것일까. 그가 읽기에 책은 쉽지 않았고, 한 번만 읽는다면 누구나 오해를 할 수 있는 책이었다.

검사가 말할 차례였다.

검사는 일본어판과 한국어판의 내용이 다르다는 점을 피고인석에 앉은 저자에게 말했다.『누구를 위한 '화해'인가』라는 책에서 저자가 조목조목 지적해 놓은 부분을 발췌해서 읽는다는 느낌이 들었다. 재판이 변호사와 검사 중 누가 더 '사건 도서'를 열심히 읽었는지 따지는 독서 경시대회 같았다. '사건 도서'의 저자는 피고인석에 앉아서 검사의 말을 들었다.

이런 말이 교수의 귀를 낚아챘다. 검사가 말했다.

"제가 일본어를 잘 몰라서 말입니다."

교수는 순간 웃음이 나왔다. 수업의 어느 순간처럼 코믹했다. 검사가 심문을 하면서 어떻게 이런 말을 할 수 있을까? 이렇게 흘러간다면 재판은 검사의 완패로 끝날 것이 분명했다. 1심에서 판사가 무죄라고 결정하자 그 결정에 반발해서 검사가 판을 뒤집으려고 항소한 2심 재판이었다. 그랬는데 '일본어를 잘 몰라서 제 말이 틀릴 수도 있겠지만', 하는 식의 발언을 하다니 황당하지 않다고 어떻게 말할 수 있겠는

가. 일본어를 전공한 저자가 검사를 내려다보았다. 분위기가 저자의 승리 쪽으로 기울었다.

저자는 어디선가 이렇게 말했다.

"이 재판은 정대협이 자신들의 운동에 방해가 되는 내용을 제가 비방할 목적으로 책에 썼다고 하여 저를 괘씸죄로 몰아 보복하기 위해 위안부 생존자분들을 앞세워 소송을 건 비열한 재판입니다. 정대협은 할머님들을 이용해서 자신들의 정치적 이익을 챙기고 있습니다. 이 재판도 그 일환입니다. 할머님들 중에는 정대협이 자기들을 종용하여 지원금을 따내는 '앵벌이'를 시킨다고 토로하는 분도 계십니다. 이 재판은 기소된 것 자체가 국제적으로 한국을 망신시키는 재판입니다."

교수는 재판정을 떠올리다가 모니터를 바라보았다. '소녀가 있었다.' 딱 한 문장이었다. 그는 키보드를 두드렸다. 이렇게 입력했다. '아…… 나는 왜! 이 소녀!를 쓰려고 하는 것인가!!!' 모니터를 바라보았다. '소녀가 있었다. 아…… 나는 왜! 이 소녀!를 쓰려고 하는 것인가!!!' 입에서 한숨이 흘러나왔다.

2심 판결 공판 당일이 되었다. 교수는 잠에서 깨었다. 집이 조용했다. 창이 환했다. 늦잠을 잤다는 사실이 신기했다. 시계를 보았다. 평소의 동작으로는 공판 시작 시각에 도저히 맞출 수 없었다. 모자를 눌러 썼다. 슬리퍼를 꿰차고 지하철역으로 뛰었다.

10월 말이면 쌀쌀한 가을이었다. 기온이 낮았다. 교수의 등에서는 한여름처럼 땀이 줄줄 흘렀다. 지난밤에 교수는 계획이 있었다. 새벽에 일어나 깨끗하게 단장을 한 후 여유 있게 도착해서 피고인이 입장하는 모습, 방청석에 사람들이 앉으며 짓는 표정, 판사가 개회를 알리며 짓는 표정을 보면서 재판의 마지막을 관망하는 자신을 상상했다. 그런데 늦잠이었다.

법정 출구 앞에 각종 언론사의 카메라가 넘쳐났다. 삼각대가 서로 다리를 엮은 것처럼 빼곡하게 모여 있었다. 공중파 방송국과 여러 뉴스 채널의 카메라였다. 줄잡아 50대가 넘어 보였다. 카메라맨들은 자기 카메라가 넘어지지 않는지 살피면서 시간을 보냈다. 그곳은 재판을 받은 피고인이 건물에서 빠져나오는 공간이었다. 피고인이 나오는 모습이 감지되면 카메라맨들은 미리 포커스를 맞춰둔 카메라를 자동 촬영 모드로 실행시킬 것이고, 보조 카메라로 피고인의 표정을 담을 것이다.

교수는 건물 안으로 들어갔다. 검색대를 통과한 후 손목시계로 시각을 확인했다. 시작 시각에서 5분이 지났다. 교수는 엘리베이터를 기다리는 시간이 아까워 계단으로 돌아섰다. 4층까지 뛰어 올라갔다.

법정 호실 앞에 섰다. 문을 열었다. 문이 꿈쩍도 하지 않았다. 안에서 잠긴 것 같았다. 교수는 허망했다. 정시에 문을 걸어 잠그고 선고를 하는 동안 밀폐하는 것 같았다. 그는 문에 기대었다. 균형이 무너졌다. 몸이 기울면서 문이 미세하게 움직였다. 교수에게 희망이 생겼다. 그는 어깨로 문을 밀었다. 몸에 힘을 실었다. 문이 열렸다. 크게는 아니고, 몸이 들어갈 만큼 열렸다. 교수는 몸을 넣고 천천히 들어갔다.

문은 승객이 많아서 닫히지 않는 지하철 같았다. 교수는 법정에 들어서자마자 남과 몸이 부딪쳤다. 키 큰 앞사람에 가려서 판사의 단을 볼 수 없었다. 교수는 목소리가 들려오는 쪽으로 몸을 돌렸다. 앞사람 어깨에 교수의 모자챙이 걸려서 돌아갔다. 교수는 모자를 바로잡고 눌러 썼다. 판사의 목소리는 잘 들리지 않았다. 마이크 시설이 좋지 않았다. 귀를 기울였다. 판사가 판결문을 읽었다. 교수는 진도가

꽤 나간 것 같다고 느꼈다. 피고인석을 살폈다. 피고인
또한 앞사람에게 가려 보이지 않았다.

그 와중에 혜린이가 들어왔다. 교수가 서 있는 곳으로
만원 지하철에 몸을 구기듯 혜린이가 몸을 넣었다. 교수는
누군가 뒤에서 문으로 밀고 들어오기에 짜증이 일었다.
돌아보니 혜린이였다. 혜린이가 교수에게 눈으로 인사했다.
교수 또한 눈으로 답례를 했다. 두 사람은 말로 인사를
주고받을 상황이 아니었다. 교수가 혜린이에게 옆으로 오라
는 뜻으로 공간을 만들었다. 혜린이가 한숨을 쉬었다. 혜린
이는 주변 사람들보다 머리 하나 정도가 작았다. 법정이
더 조용해졌다. 사람들이 모두 판사의 목소리를 듣기 위해
고개를 약간씩 숙였다. 판결을 듣기 위해 귀를 좀 더 가까운
곳으로 보내다보니 고개가 숙여진 것이었다. 혜린이가 말했
다.

"아, 씨, 너무 좁네."

교수는 심장이 쿵! 내려앉는 느낌이었다. '왜 나한테 몸
붙여요!' 그런 뜻으로 자신에게 말한다고 느꼈다.

교수는 피하고 싶었다. '사건 도서'에 나오는 표현을 빌자
면 '강제적이고 구조적인' 원인으로 접촉이 생겼다. 저자는
책에서도 그 표현을 썼고 재판 중에도 자신을 변호하기

위해 그 표현을 자주 인용했다. '위안부' 모집에 일본군이
직접 개입했다는 증거가 없지만, 일본군에게 모집의 책임이
있었던 것은 그것이 식민지 지배체제 하에서 일어난 강제적
이고 구조적인 모순의 결과였기 때문이라고, 저자는, 말했
다. 일본군이 강제적으로 여성을 유괴했다는 공식적 기록이
없기 때문에 일본군이 직접적으로 여성을 모집했다는 의견
은 사실과 다르다고 말함으로써 일본군의 책임이란 없다는
식으로 말하지 않았느냐는 비판에 맞서는 답변이었다. 저자
는 책에서도 물론 구조적, 강제적 모순에 대해 서술해 놓았
다. 그런데도 사람들은 저자가 일본군에게 책임이 없다고
말했던 것으로 받아들이고 그 점을 공격했다. 저자는 강제
적이고 구조적인 폭력이었다고 말한 것은 물리적으로 강압
했다고 말하는 것과 다르지 않다고 말했다. 자신도 일본의
책임을 묻고 있다는 것이었다. 상황이 비유적으로 비슷했
다. '위안부' 모집을 강제했던 배경에는 제국주의의 식민지
지배체제와 전쟁 상황이 놓여 있었고, 교수와 혜린이가
접촉을 강제당한 배경에는 좁은 법정 혹은 지나친 방청객의
열기가 놓여 있었다. 열기에 의해 교수와 제자의 몸이 부딪
쳤다.

교수는 혜린이와 몸이 더 부딪치는 것을 막기 위해 몸을

틀었다. 혜린이도 교수와 몸이 부딪치지 않도록 안간힘을
썼다. 그런데 뜻밖으로 상황을 모면하기가 쉽지 않았다.
두 사람이 들어온 뒤 더 많은 사람이 더 밀고 법정으로
들어왔다. 교수의 오른쪽에는 일본인 기자가, 왼쪽에는 혜
린이가, 앞에는 두피에 땀이 맺히는 것이 보이는 머리숱
적은 사람이……. 교수는 땀이 나서 재킷을 벗고 싶었다.
그럴 수 없었다. 재킷을 벗으려면 몸을 틀어야 했다. 움직일
공간이 없었다. 교수는 혜린이와 어깨를 맞대고 정면을
어색하게 바라보았다. 교수에게 계속 벽 쪽으로 밀린 일본
인 기자는 한숨을 쉬면서 천정을 올려다보았다. 교수는
다른 사람에게 밀려 일본인 기자를 밀었다. 겨우 혜린이와
벌어지는 틈을 만들었다. 그러자 빈틈으로 다른 사람이
들어왔다. 혜린이와 떨어지게 되자 마음이 편해졌다.

　교수는 판결문에 집중했다.

　판사는 책을 "사건 도서"라고 명명하며 많은 문장을 낭독
했다. 무죄인지 유죄인지를 먼저 밝히지 않은 채 '사건
도서'에서 저자가 사실을 적시한 부분과 의견을 제출한
부분을 또박또박 설명했다. 교수는 주위를 둘러보았다. 방
청객 중에는 피고인을 응원하는 사람도 있을 것이고, 피고
인의 파멸을 기대하는 사람도 있을 것이다. 법정에서는

판사 이외에 누구도 발언을 하지 못하도록 돼 있었다. 판사의 입에서 '무죄'인지 '유죄'인지가 나와야 재판이 끝났다. 판사는 무죄, 유죄를 결정짓지 않고 '사실 적시가 아님' 혹은 '사실 적시라 볼 수 있음'이라는 식으로 귀를 쫑긋 세워야 의미를 알 수 있도록 애매하게 말했다.

교수는 판사의 문장을 해석했다. "선량한 의도"에 대해서 언급할 때에 판사는 무죄라고 말할 것 같았다. 무죄라는 말을 사용한 것은 아니었다. 선량하다는 말이 무죄를 떠올리게 만들었다.

교수의 귀에 "집단 강간소", "강간 수용소", "성노예", "피해자"라는 말이 들려왔다. 이어서 "유엔의 조사 자료"라는 말이 들려왔다. "피해자의 증언 자료"라는 말이 들려왔다. "성적 착취"라는 말이 들려왔다. 교수는 유죄 판결이 내려질 것이라고, 일종의 예감에 확신을 가졌다. 당사자를 "피해자"라고 부르고, 위안소를 집단 강간소, 혹은 강간 수용소라고 명명하는 것이 판사의 언어 영토였다. 피고인의 언어 영토와 지역이 달랐다. 교수는 판사의 언어에 귀를 기울였다. 혹시 "희생자"라는 단어를 사용하는 경우는 없을까. 판사의 목소리는 작았다. '희생'이라거나 '희생자'라는 말을 한 차례도 사용하지 않았다.

판사는 책의 저자가 사실을 적시한 부분과 의견을 제출한 부분을 분리해서 설명했다. 사실을 적시했다고 한다면 무죄가 되는 것인가? 그것은 아니었다. 사실을 적시했다고 하더라도 유죄가 될 수 있었다. 사실을 적시했는데, 그것이 허위 사실이라면, 허위 사실을 서술하였기 때문에 위법이었다.

판사가 보기에 '사건 도서'에서 저자가 '위안부' 피해자를 위안부로 만든 과정에 대해 서술한 부분은 사실 기록이고, 일본군이 직접 끌어갔다는 증거가 없으므로 일본군에게는 책임이 없다고 서술한 부분은 사실 기록이지만 허위 사실 기록이었다. 그리고 판사는 저자의 '마음'에 대해 판결을 내렸다. 저자는 오랜 기간 위안부 문제를 연구한 사람으로서 사회적으로 상식화 되어 있는 여러 면들을 이미 알고 있으면서도 고의적으로 위안부들이 당했던 고통스런 체험에 대해서는 누락해서 서술한 후 다른 시선의 필요성을 강조하겠다는 과욕에 의해 위안부 중 '위안'의 일이라는 것이 매춘임을 인식한 채 자발적으로 지원해서 간 사람이 있었음을 과장하여 전체 위안부가 그랬던 것으로 오해하게 만든 책임을 져야 한다고, 판사는, 말했다. 알면서 모르는 척하면 그것은 위법이었다. 아직 유죄를 확정한다는 말은 나오지 않았다.

판사는 피해자 할머니에 대해 얘기했다. 피해자들은 공식적으로 국가에 등록하여 자신이 '위안부'였음을 공개적으로 밝혔고 나눔의 집에서 함께 살고 있었다. '사건 도서'의 저자가 책에서 매춘을 했다고 오해의 여지를 남긴 그 '위안부'가 실제로 고소의 주체가 된 나눔의 집의 '위안부' 피해자인지 아닌지를 가리는 문제는 법리 해석에서 중요했다.

1심에서 판사는 저자가 책에서 말한 '위안부'란 20만명 전체 혹은 8만 명, 혹은 6만 명 전체를 가리키는 단어이므로 저자가 원고를 직접 비방할 목적으로 쓴 것이 아니니 죄가 성립하지 않는다고 했다. 지금은 2심이었다.

판사가 판결문을 읽었다. '사건 도서'에서 저자가 사용한 '위안부'라는 단어는 전쟁을 거친 일본인, 조선인, 필리핀인, 대만인 출신의 위안부, 그리고 죽은 위안부, 산 위안부, 공식적으로 등록한 위안부, 등록하지 않고 정체를 밝히지 않은 채 살아가는 위안부 등 모든 위안부 전체를 가리킬 목적으로 사용되었을 수 있겠지만 국가에 등록된 위안부 생존자 본인이 그 책을 읽으면 책에 나오는 위안부는 자신을 가리킨다고 느낄 수 있고, 책을 읽는 일반인은 '위안부'라는 명칭은 나눔의 집에 있는 생존자들을 포함하는 것으로 생각하는 것이 당연하므로 나눔의 집에 사는 그들이 명예를 훼손당했다고 느낀다면 죄가 성립한다고 했다. 그렇다면 저자는 유죄였다. 판사는 무죄인지 유죄인지 최종적으로 말하지 않고 다음 사안으로 넘어갔다.

이번에는 표현의 자유, 학문의 자유 부분이었다. 판사가 판결문을 읽었다. 표현의 자유가 있으므로 무죄이다, 라고, 판단이 내려질 것 같았다. 무죄 쪽으로 분위기가 형성되었다. 방청객이 술렁거렸다. 1심의 판사와 2심의 판사가 같은 입장이었다. 재판부가 공권력을 이용해 저작자가 누릴 수 있는 자유를 침해한다면 판결은 그 자체가 헌법에 위배되는 판결이었다.

교수는 빼곡하게 들어차 있는 방청객 중에서 '사건 도서'를 정독한 사람은 몇 명 정도일까 하고 생각했다. 저자와 페이스북으로 친구가 맺어진 것이 연초였던가 봄이었던가 가물가물했다. 많은 일이 일어났다. 무죄 판결 기사를 보고 '좋아요'를 누른 것이 시작이었다. 무죄 판결을 알리는 게시 글에 '좋아요'를 눌렀고 저자의 '최후변론'에 링크를 걸었다. 그리고 책을 읽었고, 이렇게 되었다. 혜린이로부터 고소를 당할 뻔한 위기를 맞았다.

교수는 한 사람의 저술가로서, 책을 출판해서 독자를

만나는 소설가로서, 독자의 상황을 떠올렸다. 일본의 언론이 주관하는 큰 상을 받으면서 크게 히트했다. 히트하지 않았더라면 별일 없이 묻힐 책이었다. 한국에서는 책이 처음 나왔을 때 시비에 걸리지 않았다. 우호적으로 서평을 내준 언론이 있었다. 일본에서 인기를 끌게 되자 한국의 언론과 운동권은 책을 찢어버리려고 덤벼들었다. 일본군 '위안부'는 매춘으로 돈을 번 사람이었을 뿐이라고 야유하는 부정론자들이 책에 호감을 표현했다. 책은 일본어를 사용하는 일본 독자 앞에서 한국의 대표선수로 활짝 웃는 상황이 되었다. 박수를 받았다. 정대협이 중재해서 '위안부' 피해자 단체가 저자를 고소했다. 재판부는 문제가 발생할 수 있는 부분을 삭제할 것을 명령했다. 저자는 삭제본을 출판했다. 피해자 단체는 다시 명예훼손으로 저자를 고소했다. 저자는 친일 매국노로 지탄을 받았다. 책을 읽지 않은 대다수의 보통 사람들이 저자를 저격하려 들었다. 저자는 납득할 수 없다며 억울함을 토로했다. 자신은 화해를 하자는 취지에서 책을 출판했는데 그것이 오히려 불화를 부추긴다고 비판했다. 소녀상을 세워서 일본 정부를 압박하는 것이 일본인의 혐한 감정을 부추기듯이 자신의 책에 대한 비판 또한 한국에 우호적인 일본 지식인들로 하여금 반한감정을 가지도록 유도한다고 말했다. 반한감정에서 끝나는 것이 아니었다. 저자는 일본의 일반인 중에서 '위안부' 문제 때문에 '혐한'하는 사람이 늘어간다고 말했다. 한국을 혐오하는 일본인이 늘면 장차 한국은 다시 식민 지배를 받을 수 있고 강대국 일본에 짓밟혀 망할 것이라고 말하는 듯했다. 교수는 협박을 느꼈다. '혐오'라는 말이 무서웠다. 군복을 입은 고참이 전투화를 신고 조인트를 까는 것 같았다. 이십 대에 원치 않는 군대로 끌려가 자살을 생각했을 정도로 치를 떨었던 군대 체험이 되살아나다니! 정말 이해할 수 없는 공포였다.

이 나라에서 태어나지 않았다면 군대에 가지 않았을 것이다.

교수는 어느 날 야마시타 영애의 책을 읽었다. '위안부' 문제를 다른 차원에서 바라보아야 할 필요성을 알게 되었다. 야마시타 영애는 일본에서 태어나 북한, 남한, 일본 사이에서 어떤 국적을 선택해야 하는지 헤매느라 소녀 시절을 암울하게 보냈다. 최종 국적은 일본으로 정해졌지만 자신은 순수 일본인이 될 수 없다고 했다. 암울함을 극복하기 위해 한국으로 유학을 왔다. 유학을 와서 '위안부' 문제에 눈을 떴다. 일본으로 돌아가서 책을 펴냈다.

야마시타 영애는 자신이 일본 태생이었기에 한국의 정대협에 대해 비판하는 것이 조심스러웠는데 '사건 도서'의 저자는 자신과 다르게 한국인으로서 당당하게 정대협을 신랄하게 비판할 수 있었다고 했다. 대단히 용기 있는 한국인인 것 같다고 했다. 자신은 한국인에게 일본 상황을 이야기하면 일본 정부를 대변한다는 의혹을 받을 것 같아 조심스러워서 말을 할 수가 없다고 했다. 저자는 달랐다. 저자는 일본생활을 오래 한 덕에 일본을 잘 알고 있어서 일본 상황을 전달할 목적으로 일본의 입장을 허심탄회하게 자기식으로 말할 수 있었다고 했다.

그런데 화해의 구도란 쉬운 것이 아니었다. 저자가 말하는 화해는 자기식의 화해이지 실제의 한국과 일본이 이루어 낼 수 있는 화해가 아니라 했다. 시민의 연대를 제안하면서 국가의 경계를 허무는 길을 이야기하는데 자신은 그런 말을 하면서 국가의 경계 가운데에, 안전지대처럼 보이는 그곳에 자리를 잡고서 국가 간의 경계를 더 확실하게 구획 짓는다고 하였다. 저자가 있겠다고 하는 '사이'란 경계를 가진 두 주체가 경계선을 확실히 그어야 존재하는 공간이었다. 사이에 있고자 하는 사람이 두 주체에게 화해를 권고하는 것은 제3자로서 살기 불편하다는 심기를 고상하게 포장하는 행위였다. 내 마음이 불편하니 당신들은 화해를 하시고 내 눈앞에서 더 이상 싸우는 모습을 보이지 마시오, 하는 요구였다. 사이에 있으려고 하는 사람은 일본인도 아니고 한국인도 아니었다.

판사가 주문을 읽겠다고 말했다. 장내의 분위기가 고조되었다가 착 가라앉았다. 교수 역시 혜린이와 한 공간에 있다는 사실을 잊을 정도로 긴장했다. 판사가 문장을 읽었다.

"원심판결을 파기한다. 피고인을 벌금 일천만 원에 처한다. 피고인이 위 벌금을 납입하지 아니하는 경우 일십만 원을 일일로 환산한 기간 피고인을 노역장에 유치한다."

주문을 읽는 판사의 목소리는 작아서 들리지 않았다. 교수는 '일천만 원'에 집중해서 들었다. 어떤 방청객은 '일십만 원'에 집중해서 들었다. 판사는 재판부의 판결이 표현의 자유를 침해할 우려가 있기에 1천만 원 형을 선고한다고 말했다. 책에 들어 있는 내용을 따진다면 더 큰 벌을 내려야 하지만, 이라는, 암묵적인 전제를 품고 있었다. 교수는 벌금 1천만 원 형을 징역으로 환산하면 어느 정도가 되는지 알 수 없었다. 검사는 징역 3년을 구형했다. 판사는 판결에 이의가 있어서 상고를 희망할 경우 1주일 이내에 신청해야 함을 알렸다. 방청객들이 술렁거렸다. '일십만 원'에 집중해서 들은 방청객이 동료에게 말했다.

"벌금이 십만 원이 뭐야? 장난해?"

허탈해 하는 목소리가 교수를 웃음 짓게 만들었다. 교수는 미소를 띤 채 혜린이를 바라보았다. 혜린이가 그에게 말했다.

"교수님, 십만 원이에요?"

교수가 말했다.

"아니. 천만 원. 벌금 정해진 기간 안에 안 내면 과태료가 매일 하루에 십만 원씩 붙는대."

교수의 말을 듣고 혜린이가 고개를 끄덕였다. 나중에 판결문 사본을 읽으면서 교수는 머쓱했다. '과태료'를 떠올렸던 것이 민망했고 그것을 혜린이한테 마치 전문가인 척하면서 알려준 것이 창피했다. 법률의 언어 영토에 살지 않았기에 생긴 오해였다. '과태료'라니! 십만 원은 과태료가 아니었다. 벌금형을 받은 피고인이 돈이 없으면 교도소의 노역장에 감금되어 일당 십만 원어치의 일을 해서 천만 원을 채워야 한다는 뜻이었다. '이런 무식한 놈!' 교수의 몸속에서는 자기 풍자적인 목소리가 울려 나왔다.

판사는 상고 절차에 대해 안내한 후 서류를 챙겨 들고 뒷문으로 나갔다.

방청객이 법정에서 빠져나갔다. 교수는 분위기를 살폈다. 피고인은 어깨를 축 늘어뜨렸다. 변호인은 씁쓸한 표정으로 서류를 정리했다. 법정경위가 장내를 정리했다. 서기가 피고인석과 검사석을 차례로 다니며 서류를 점검했다. 검사는 손으로 자기의 얼굴을 쓰다듬었다. 승리가 당연하다는 표정이었다.

교수는 판사의 말을 떠올렸다. 피고인은 전문가로서 잘 알고 있었으면서 아는 것을 생략하고 의도적으로 예외적인 것을 과장하여 독자를 오해하도록 만들었다. 그것은 표현의 자유가 아니라 실질적 폭력이었다. 권력자가 행사하는 표현의 자유는 언어폭력이었다. 저자는 전문가로서 많은 정보를 소유하고 있었으므로 권력자였다. 이제 와서 전문가가 아니라고 발을 뺄 수는 없었다. 교수는 문학 이론을 떠올렸다. 예외적인 것을 과장하는 것이 모두 범죄가 되는 것은 아니었다. 오히려 예외적이고 특수한 것을 과장하고 강조해야만 진실에 이를 수 있는 글쓰기 영역이 있었다. 소설이 그것이었다. 소수의 험난한 고통을 강조해서 다수의 행복을 이야기하고, 소수의 행복을 과장해서 다수가 불행해진 원인을 소수의 행복에서 찾으려고 하는 것이 소설이었다. 소설에서 모두에게 잘 알려진 사실을 쓴다면 그것은 권태였다. 불성실이었다. 만약 '사건 도서'가 소설이었다면 재판에 이르지 않았을 것이다. 소설이 아니어서 문제가 되었다. 그렇다면 소설은 소설만의 영토가 있다는 뜻이었다.

소녀를 쓰는 소설만의 영토는 어디에 있을까. 저자의 소녀 시대를 소설로 쓰는 것은 어떤 의미가 있을까.

교수는 저자를 바라보았다. '사건 도서'에 대해 소설을 쓴 것이라고 항변할 수 있을까? 전문가로서 잘 알고 있었으면서 아는 것을 의도적으로 생략한 후 예외적인 것을 과장하여 독자를 오해에 빠뜨렸다는 판사의 판결에 대해 내가만약 저자라면 어떤 자세를 취할 수 있을까? 전문가가 아니라 할 수 있을까? 아는 것을 생략한 적 없다고 말할 수 있을까? 예외적인 것을 과장한 적 없다고 말할 수 있을까? 독자를 오해하도록 만들었다는 판사의 말을 인정할 수 있을까?

저자는 독자를 오해하도록 만들었다는 판결에 대하여 철저하게 반대할 것이다. 독자로 하여금 오해하도록 만들기 위해 책을 쓴 것이 아니라 세상이 오해하고 있는 바를 바로잡기 위해 썼다고 항변할 것이다. 새로운 이해가 필요하다고 주장할 것이다. 그래야 맞다.

각자에게 각자의 정의가 있다. 모든 당사자들이 자유롭게 발언할 수 있도록, 정대협이 요구하는 피해 상황만 늘어놓을 것이 아니라 '위안부'는 매춘할 자유를 누렸다고, 연애하는 자유를 누렸다고, 일본군으로부터 안락한 대접을 받았다고 증언할 수 있는 자유를 생존자들에게 부여하기 위해 책을 썼다고 할 것이다. 효과를 높이기 위해 예외적인 것을 조금 과장했고, 논리를 단순화하기 위해 아는 것을 일부러 생략했고, 전문가로서 자료적 근거를 갖춰 이야기했다고 할 것이다. 판사는 이렇게 해석했다. 피해 상황에 대해서는 모른 척했다. 잘 알면서 모르는 척했다. 일본 우익은 알려고 노력하지 않거나 알려진 것을 왜곡되었다고 역공격을 하는데 저자는 잘 알면서 침묵했다. 그 모르는 척함이 죄라고 판사가 말했다.

저자가 피고인석에서 내려와 법정에서 나갔다.

교수는 저자의 뒤를 밟았다.

빌딩 입구에 있던 카메라에서 플래시가 쏟아졌다. 저자에게 빛이 집중되었다.

저자가 플래시를 지나쳤다.

기자들이 회견을 요청했다. 저자는 기자들과 마주섰다. 야외에서 스탠딩 회견이 시작되었다. 기자가 말했다.

"심회를 말씀해주실 수 있나요?"

저자가 말했다.

"말씀드리겠습니다. 저는 책을 전쟁터에서 죽어간 희생자들을 위해 썼습니다. 그리고 과거에도 그랬고 앞으로도 그럴, 자신의 존재를 드러내지 못한 채 익명의 위안부로 살아가는 할머님들의 고통스런 사연을 존중해야 한다는 취지에서 책을 썼습니다. 그것이 위안부 문제를 해결하는 방법이라고 생각합니다. 가장 공정해야 할 재판부가 운동권에서 주입하는 선입견을 가지고 판결을 내렸습니다. 1심이 무죄였는데 그것을 특별한 근거 없이 2심에서 유죄로 바꾼 판결은 국제적으로 창피스러운 일입니다. 소감을 마치겠습니다."

기자가 말했다.

"상고하실 계획입니까?"

저자가 말했다.

"당연히 합니다. 당연히 상고합니다."

저자의 목소리는 또랑또랑했다.

교수는 그 자리에서 문득 자신에게도 질문할 권리가 있다고 착각했다. '소녀가 있었다.'라고 적어 놓고 모니터를 바라보던 새벽이 뇌리를 스쳐갔다. 좋은 기회가 왔다. 그런데 뭐라고 물을까? '열다섯 살에 뭐했어요?' 질문을 던질 수 있을까? 교수는 저자를 바라보았다. 질문에 현실감이 없었다. 소녀 시절에 무엇을 했는지 왜 묻는단 말인가! '저를 스토킹하시는 겁니까?' 라고 꾸지람을 들을 수 있었다.

기자가 추가로 질문했다. 질문의 내용이 무엇인지 교수는 놓쳤다. 저자가 이렇게 대답했다.

"재판부가 20년이나 지난 연구 자료를 바탕으로 최근의 자료를 근거로 한 제 연구를 부인했습니다. 저에게 진심으로 말씀해주신 익명의 위안부 할머니가 계십니다."

저자는 만만하지 않았다.

교수는 기자가 대신 질문해주기를 바랐다. '익명의 위안부 할머님이라고 말씀하셨는데 그 분을 공개해주실 수 있습니까?' 그가 원하는 질문이었다. 기자 중에는 그런 질문으로 궁금증을 해결해주는 사람이 없었다. 익명의 제보자에 대해 묻지 않았다. 저자가 익명이라고 조건을 걸었기 때문일 것이다. 익명이라고 말했는데 밝혀달라고 하다니, 그게 말이 되겠는가. 저자는 당연히 난센스라고 말할 것이다.

저자와 기자들 사이에 여러 문답이 오갔다. 교수는 할 것이 없었다. 할 것이 없어서 전화기로 저자의 모습을 촬영했다. 왠지 비디오로 담아두고 싶었다. 녹화 버튼을 눌렀다. 전화기 화면을 통해 저자의 얼굴을 바라보았다. 육안으로 보아야 더 가깝고 크게 보이는데 작은 전화기 화면으로 보는 것이 마음 편했다. 기자와 저자의 목소리가 함께 녹음되었다. 교수는 저장이 잘 되고 있는지 점검하면서 저자의 얼굴을 바라보았다. 대법원으로 올라가게 되면 또 1년여의 시간이 걸릴 것이다. 대법원의 판사는 '사건 도서'의 문장을 읽어야 할 것이고 1심의 판사 의견과 2심의 판사 의견을 심의할 것이다.

이제 끝냈으면 좋겠다는 생각을 하고 있었다. 어떤 목소리가 교수의 귀를 파고 지나갔다. 타다다닥 바삐 뛰어가던 구두 소리에 카랑카랑한 목소리가 이어졌다.

"할머니. 완전 잘됐어요."

교수는 고개를 돌렸다. 혜린이 또래로 보였다. 여자가 전화기에 대고 다시 소리쳤다.

"할머니, 완전 잘됐어요! 잘됐다니까요!"

목소리가 기자회견에 끼어들었다. 기자의 질문에 대답을 하던 저자가 말을 끊었다. 여자의 목소리가 파고들었다.

"원심 깨고 천만 원 때렸어요. 우리가 이겼어요!"

저자의 눈빛이 흔들렸다. 여자는 저자가 기자회견을 하고 있다는 것을 모른 채 할머니와 통화를 하면서 지나갔다. 너무나 기쁜 나머지 주변을 둘러볼 경황이 없었다. 진정으로 기뻐하는 목소리였다. 할머니, 우리가 이겼어요. 나눔의 집에 사는 원고에게 건 전화였을까? '우리'는 누구일까? 하늘을 찌를 듯이 높고 날카롭게 올라가는 목소리가 혜린이를 연상하게 만들었다. 아차! 혜린이는? 어디로 갔을까? 교수는 주위를 둘러보았다. 혜린이는 보이지 않았다.

교수는 혜린이의 페이스북에 접속했다. 새로운 포스팅이 있었다. 혜린이는 재판 결과를 올렸다. 재판 날짜와 시각, 담당 판사, 형량 등을 적었다. 교수는 메마름을 느꼈다. 최소한으로 결과를 적은 포스팅이 최소한으로만 자신에게 감정을 표현하고, 나머지는 모두 지랄맞다고 느낀 심회를 함축한다고 느꼈다. 혜린이의 입장이 상상되었다.

왜 여기서까지 너를 마주쳐야 하는 것이냐!

좁은 법정 때문에 어쩔 수 없이 몸이 부딪쳤던 것이 환멸스러웠을 것이다. 교수와 우연히 마주친 것은, 그것도 법정에서 어깨가 맞닿은 채 판결문을 들어야 한다는 것은 아주 기분 더러운 일이었을 것이다. 재수 없게 만나기 싫은 교수가 스토킹을 해서 먼저 법정에 와 있었다고 느낄 수 있었다. 그렇게 생각하자 얼굴이 화끈거렸다. 빌어먹을 악연이었다.

혹시 재판 결과에 대한 불만이 아닐까?

교수는 불현듯 혜린이의 입장이 궁금했다. 혜린이는 교수를 벌레로 보아서 싫었던 것인데 교수는 유죄를 내린 판사의 판결이 벌레처럼 싫었던 것일 수도 있을 거라 생각했다.

교수는 도저히 참을 수 없었다. 혜린이가 만약 판사의 판결이 싫어서 최소한으로 건조하게 결과만 적어올린 것이라면 교수는 자신과 진영이 다른 반대파를 경계하는 마음으로 혜린이를 대해야 할 것이라고 느꼈다. 그래서 책에 대해 부정적으로 얘기했던 것을 혜린이가 처음부터 경멸한 것일 것이라고 생각했다. 정치적인 견해가 달라서 꼬치꼬치 성희롱을 문제 삼은 것일 수 있었다.

아이 리스펙트 유. 먼저 물어볼 것. 교수는 어딘가에서 배운 매뉴얼을 따랐다.

> ◁ 혹시 메시지 가능합니까? 물어볼 게 있습니다. 답장 기다려도 될까요?

혜린이가 답했다.

> ▷ 무슨 일이신가요? 존댓말 감사합니다.

두 사람 사이에 메시지가 오갔다.

> ◁ 재판 결과가 의견과 다른 것인지요?
> ▷ 교수님은요? 먼저 말씀해주실 수 있나요?
> ◁ 난 처음부터 그쪽 편이 아니었어요.
> ▷ 그런데 왜 저를 의심해요?
> ◁ 페이스북 포스팅이 너무 건조해서. 문체에서 그럴 수도 있다는 느낌을 받았습니다.

➤ 너무 싫어서 그랬습니다.

◄ 뭐가요?

➤ 모르시겠어요?

◄ 재판 결과가 싫었다는 말씀입니까?

➤ 어떤 사람과 계속 부딪치는 게 힘들었습니다. 원하지 않는 장소에서요.

◄ 저를 말씀하시는 것 같습니다. 저도 좋지는 않았습니다. 만나게 될 줄 어떻게 알았겠습니까.

➤ 교수님은 좋지 않은 걸로 끝나지만 저는 힘들었다고 말씀드리고 있습니다. 제 말을 잘 들어주셨으면 합니다. 경청해주세요. 싫으면서 무거웠습니다. 그래서 결과 듣고 바로 빠져나왔습니다.

◄ 제가 어떻게 했으면 좋겠습니까?

➤ 쉽게 말하지 말았으면 합니다. 어떻게 했으면 좋겠습니까라니요?

◄ 그게 왜 문제가 됩니까?

➤ 저한테 미루시잖습니까. 어떻게 하면 좋겠느냐고 물었으니 제가 답을 드려야 한다고 생각하십니까? 그렇다면 제가 뭘 어떻게 해드려야 하는 겁니까? 제게 원하는 걸 물으시면 어쩌라는 것인지요? 저만의 문제입니까? 교수님이 어떻게 하실지에 대해서는 답을 스스로 찾으시는 게 어떻겠습니까? 이해하는 척하면서 실제로는

아무것도 할 의지가 없고, 그렇게 하지 않는 게 제일 지능적인 무시입니다. 교수님은 저에게 어떻게 해주실 겁니까, 그렇다면?

◁ 미안하다. 계속 미끄러지네. 그만할게.

교수는 자발적으로 메시지를 중지했다. 이런 싸가지! 어느 편에서 재판을 보았는지는 하나도 중요한 게 아닌 게 되었다. 교수도, 혜린이도, 그쪽 편이 아니었다. 교수는 '계속 미끄러지네'라고 쓴 반말 메시지를 가만히 바라보았다. 혜린이가 메시지를 보냈다.

▷ 제발, 척 좀 하지 마세요!

영화를 두 번 봄

2심 판결 이후 사건은 대법원으로 올라갔다. 대법원은 상고 기소를 받아들였다. 결과는 내놓지 않았다.

재판에는 무승부가 없었다. 기소된 이후에는 조정 절차에 의해 쌍방이 합의에 이르거나, 누군가가 지고 누군가가 이기는 것이 재판이었다. '위안부' 명예훼손 재판은 합의가 이미 무산되었다. 1심은 무죄를, 2심은 유죄를 선고했다. 대법원은 1심과 2심 중 어느 재판이 옳았는지 판결하는 곳이었다.

대법원에 간 후 1년 10개월이 지났다. 재판이 너무 어려워서 판결을 못 내리는 것인지, 판결을 끝내 놓고 판결문을 쓸 판사를 고르는 중인지, '위안부' 담론에 대한 사회적 분위기가 어떻게 흘러가는지 눈치를 보는지, 대법원이 왜 늑장을 부리는지 대법관이 아닌 사람은 내막을 알 수 없었다.

교수는 '소녀가 있었다.' 이후에 한 줄도 쓰지 못했다. 많은 밤 문장을 썼다가 지웠다.

교수는 페미니즘 서적을 읽었다. 이상한 일이었다. 그는 페미니즘을 대할 때마다 성욕이라는 말에 걸려서 옴쭉달싹 못하는 자신을 발견했다. 자신이 못마땅해 죽을 지경이었다. 성욕이 있는 한 그는 페미니즘 책에서 말하는 강간범이었다. 강간이라는 말이 너무 무서웠다. 혜린이가 그런 공포를 느꼈다고 말할 것 같았다. 페미니스트는 강간공포증에 걸린 사람들인 것 같았다. 설마 그럴 수 있겠는가!

그는 개론서부터 찬찬히 새로 읽었다.

그는 구원을 얻었다. 기독교 페미니즘 책이었다. 문체가 온건했다. 책의 저자가 말했다. 여성학은 여성을 연구하는 것이 아니라 여성의 경험을 연구하는 학문이다. 그는 머리가 시원해지는 느낌이었다. 피해자에 대해 이야기하는 것은 피해 경험에 대해 이야기하는 것이고 가해자에 대해 이야기하는 것은 가해 경험에 대해 이야기하는 것이다. 페미니즘은 여성의 경험에서 출발하는 운동이라고 한다면, 여성이라고 칭했을 때 한정되는 '몸'에서 탈피할 수 있을 것 같았다. 그는 '경험'을 생각한 후 '성욕'에서 헤어났고 '경험'이라는 말을 씀으로써 '심장'을 가진 인간의 문화 전반에 도달할 수 있었다. 감동적인 문장이었다. 심장을 가진 인간은 남과 여로 나뉘었다. '경험'을 거쳐 남과 여를 나누는 '몸'으로 다시 돌아가니 이제 그의 머릿속에서는 '성욕'에 대한 강박이 사라져 있었다. 몸이 없는 페미니즘이란 있을 수 없었다. 페미니즘은 여성의 피해 경험을 바로 보는 데에서 시작되었다. 몸으로 돌아오자 남성과 여성으로 양성대립이던 성의 주체에 LGBT가 추가되었다. 레즈비언lesbian, 게이gay, 양성애자bisexual, 트랜스젠더transgender.

그는 혜린이의 입장이 되어 피해 경험을 떠올렸다. 군대에서 이유 없이 맞았던 것 외에는 딱히 떠오르지 않았다. 사귀자는 고백을 받고 공포감에 떨었던 적도 없고, 도둑 카메라에 찍힐까봐 시달린 적도 없고, 노동하듯이 화장을 힘들게 한 적도 없고, 사원모집 요강에서 업무부서를 보는 것보다 남자를 몇 명 뽑는지를 우선적으로 점검한 적도 없고, 여자 교수님으로부터 배운 적이 없으니 여자 교수님이 약속을 취소할까봐 전전긍긍한 적도 없고, 남자친구를 만나려고 옷을 잘 차려입었는데 낯선 남자로부터 잘 어울린다는 말을 듣고 소름이 돋아 죽여 버리고 싶은 마음이든 적도 없고, 성적으로 대상화 되어 수치스러운 적도 없고…… 그의 경험에는 '없는 것'만 있었다. 수없이 많은 '가해 경험'으로 이루어진 것이 자신의 삶이었다. 남자로 태어나 사는 삶 자체가 그것이었다. 남자여서 아팠던 경험은 군대에 갔던 것 딱 하나뿐이었다.

이쯤하면 된 것일까? 교수는 페미니즘을 공부하는 남성에 대한 글을 찾아 읽었다.

교수는 '오빠가 허락한 페미니즘'이라는 표현을 만났다.
교수는 '탈 한남충의 자기위안'이라는 표현을 만났다.
교수는 '여초 카페의 관음증 환자'라는 표현을 만났다.
아!
모두 자신을 가리키는 표현이었다.
씨발, 어쩌라는 거야!
뇌를 꺼내어 흐르는 물에 씻어버리고 싶었다.
이러다가 미치는 게 아닌가 싶었다.

교수는 혜린이를 만나고 싶었다. 자신의 상황을 점검받고 싶었다. 자기의 페미니즘은 몇 점인지 채점을 부탁하고 싶었다.

혜린이를 떠올리자 동기가 생겼다. 교수는 '위안부' 관련 서적에서 '동지'라는 단어, '연애'라는 단어, '애국'이라는 단어를 보았을 때 느낀 충격과 비교했다. 마음을 긁는 표현에 대하여 감정적으로 대응해서 해결될 문제가 아니었다. 교수는 자숙했다. 그 표현을 초월해야 고통을 공유할 수 있다는 인식이 생겼다.

교수는 '위안부' 영화를 보았다. 나비가 빈번히 자유의 오브제로 등장했다. '위안부' 운동 대학생 지원 단체의 이름이 '평화나비'였다. 노랗게 물든 은행나무에 바람이 불듯이 나비가 날아다녔다. 정말로 위안이 필요한 당사자들이 일본군 '위안부'였다. '위안'은 그들의 언어가 아니었다. 교수는 제목으로 '위안이 필요한 시간'이라고 적어보았다. 지웠다. 위안이라는 단어가 희생이라는 단어처럼, 잘못 사용된 것 같았다. 교수는 '모두에게 필요한 위안'이라고 적어보았다. 지웠다. '위안'은 그의 언어 영토가 아니었다. 마음의 언어가 아니라 학대당하는 몸의 언어였다. 살아 있으나 사용할 수 없는 금기어가 되었다. '위안부' 피해자 역시 마찬가지일 것 같았다. 자신의 경험을 떠올리지 않으면서 위안이라는 단어를 어떻게 쓸 수 있겠는가. 내가 사용하지 못하는 남의 이름이었다.

페미니스트에게는 모든 언어가 그 지경이라는 생각이 들자 가슴이 먹먹했다.

교수는 생각했다. 몰랐을 때는 내 언어인 줄 알았는데 알고 나니 매일 쓰는 언어가 처음 보는 외국어처럼 철자부터 이해되지 않는다면 이 세계가 얼마나 답답할까. 내가 사용한 모든 언어가 내가 사용해서는 안 되는 언어로 변해 버린다면 나는 어떻게 소통할 수 있을까.

공기와 같은 나의 언어가 어느 날 갑자기 색깔을 입고 몸을 죄어온다면, 감시의 시선으로 이루어진 벽이 공기처럼 다가온다면, 시뻘건 연기가 되어 호흡기를 파고든다면, 집으로 도망가 문을 걸어 잠가도 타인이 숨을 쉬는 그 공기가 색깔을 품고 문틈으로 들어오는 것 같아 테이프로 밀폐해야만 공기의 침입을 막고 털썩 주저앉을 수 있다면, 밀폐된

곳에서 숨을 쉴 때마다 조금씩 줄어드는 공기의 양을 의식하면서, 잠들면 죽을 거라고 예감하면서 깨어 있으려고 안간힘을 쓰지만 힘이 떨어져 잠든다면, 그 뒤에는 어떻게 다시 깨어날 수 있을까. 눈을 뜨자마자 몸을 끌고 기어가 문을 열었는데 검고 오염된 콜타르처럼 끈적거리며 공기가 들어와 몸에 달라붙는다면! 어떻게 병들지 않고 살 수 있을까.

교수에게는 '위안'이 하나의 빼앗긴 단어였다. 그런데 페미니스트들에게는 모든 언어가 '위안'인 격이었다. 역사 전체가 빼앗긴 언어의 세계였다. 모든 경험이 억압당한 경험이었다.

교수는 모니터를 보며 이렇게 썼다.

'2등이 1등이 되기 위해서 필요한 것은 1등을 2등으로 끌어내리는 데에 있지 않다. 1등을 죽이는 것도 방법이 아니다. 영원한 1등이 되려면 순위를 없애야 한다. 그것이 모두가 1등으로 사는 지름길이다.'

그는 고개를 흔들었다. 블록을 지정한 다음 삭제 버튼을 눌렀다. 참으로 헛된 '말씀'이었다. 어디에서나 경쟁을 해야 하는 현실에서는 실현 불가능했다. 강의를 하고 성적을 평가하기 위해 순위를 매기는 자신의 지위에서 그렇게 내뱉는다면 그것은 가지고 싶은 걸 가진 자가 부리는 만용에 불과했다.

그는 또 이렇게 썼다가 지웠다.

'여성이 1등이 되기 위해서 필요한 것은 남성을 2등으로 끌어내리는 데에 있지 않다. 우월한 기득권을 가진 세상의 모든 남성을 죽이는 것은 불가능하다. 영원한 1등이 되려면 젠더의 경계를 없애야 한다. 경계가 사라지면 순위가 허물어진다. 그랬을 때에 남녀 차별이 없어질 뿐 아니라 세상에 존재하는 1천 개의 젠더가 평등해진다.'

그는 고개를 끄덕였다. 말은 그럴싸하지만 그것은 여성에게 남성을 죽이지 말라고 경고하는 협박에 불과했다. 남성 우월주의 가부장제의 혜택을 특권으로 부여받아 살고 있는 자신이 할 말은 아니었다.

그는 또 이렇게 썼다.

'한국이 1등이 되기 위해서 필요한 것은 일본을 2등으로 끌어내리는 데에 있지 않다. 영원한 1등이 되려면 일본과 한국 사이의 경계를 허물어야 한다. 하나의 국가가 되어야 한다.'

그는 문장을 바라보았다. 어딘지 익숙한 시각이 느껴졌다. 일본인이 말했다면 과거의 대동아 공영권! 침략 전쟁을 정당화하는 제국주의자의 시각이었다. 등에서 땀이 쭉 흘렀다. 나라를 통째로 팔아먹은 것 같아 소름이 돋았다. '사건 도서'의 저자가 책에서 '위안부'와 '일본군'을 동지적 관계로 묶어서 말하려 했던 시각과 어떻게 다른 것인가. 동의할 수 없었다. 주먹을 꽉 쥐었다. 그는 자신이 그런 문장을 상상했던 순간 자체를 환멸했다. 그런 경험을 했다는 것이 얼룩이 되는 것 같았다. 그는 누가 볼세라 삭제 버튼을 무지막지하게 빠른 속도로 두드렸다.

교수는 저자의 페이스북에 들어갔다. 재판 일정이 궁금할 때마다 그랬다. 가장 개인적이고, 가장 확실한 방식이었다. 대법원에서 반응을 보여주지 않는다는 포스팅이 마지막이었다. 저자 또한 대법원의 처분을 기다리고 있었다. 저자는 다른 내용으로 포스팅을 올렸다.

온 나라가 시끄러웠다. 페이스북 또한 대법원의 판결과 관련하여 많은 글들이 오갔다. 대법원은 최근 일제 강제징용 피해자들이 낸 손해배상 청구소송에서 일본 기업에게 배상금을 지불해야 할 법적 책임이 있다고 판결했다. 그는 대법원의 판결이라서, '위안부' 피해자 명예훼손 소송과 연관 지으면서 역사를 살폈다.

대법원에서 판결이 나기까지 재판은 13년이 걸렸다. 한국인이 일본 땅에 가서 일본 재판부에 소송을 제기했고, 일본 땅에서 진 재판을 한국으로 가져와 한국인이 일본 기업에게 패소를 안겼다. 강제징용 피해자들이 일본 땅 오사카에서 소송을 제기했을 때를 시작으로 삼는다면 결정이 나는 데에 21년이 걸렸다.

일제 강제징용 피해자가 과거에 받지 못한 임금을 배상해 달라고 제기한 소송이었다.

오사카의 재판부는 1심에서 원고 패소 판정을 내렸다. 2심에서 항소를 기각했다. 3심에서 상고를 기각했다. 재판할 가치가 없다는 것이었다.

피해자들은 갈 곳이 없었다. 서울로 장소를 옮겼다. 서울에서 같은 내용으로 고소했다. 서울의 재판부는 1심에서 오사카의 재판부를 존중했다. 원고에게 패소 판결을 내렸다. 2심 재판부 역시 마찬가지였다. 항소를 기각했다. 그런데 3심 재판부인 대법원에서 판을 뒤집었다. 피해자의 청구가 타당하므로 항소 기각을 폐기하고 항소를 받아들여 재판을 진행하라고 명령했다. 2심 재판부는 대법원의 명령에 따랐다. 두 번째 재판을 열었다. 결과를 바꾸었다. 다시 재판한다는 것은 대법원의 의지를 구체화한다는 뜻이었다.

2심 재판부는 일본 기업이 강제 징용 피해자에게 1억 원씩 배상해야 한다고 판결했다.

피고인 일본 기업은 받아들이지 않았다. 대법원에 상고했다. 두 번째 대법원 행이었다.

대법원은 다시 결정을 내렸다. 일본 기업의 상고는 받아들이지만, 결과를 바꿀 수는 없다고 했다. 5년이 걸렸다. 2심의 재판 결과가 옳으니 다시 재판할 필요가 없다고 판결했다. 2018년 10월이었다. 교수가 관심을 가지고 보는 '위안부' 명예훼손 관련 '사건 도서'의 재판이 2심에서 유죄 선고로 나온 지 1년이 지난 때였다. 저자가 억울하다며 상고했다. 상고가 받아들여졌고, 이제 심판이 남았다. 일제 강제징용 피해자에게 승소를 안긴 대법원이 '위안부'의 명예훼손에 대해 판결해야 했다.

자신이 저자라면 참 착잡할 것 같았다.

교수는 집을 옮겨야 했다. 전세 계약 기간이 만료되었다. 집 주인의 사정으로 기간을 연장할 수 없었다. 교수는 연구실까지 걸어 다닐 수 있는 거리에 있는 곳을 수소문했다. 전세금에 맞추어 찾다보니 S여대 근처가 되었다. 『에미 이름은 조센삐였다』를 대출하고, 복사실에서 혜린이를 만난 그 S여대였다. 교수는 부동산 사무실에서 계약서를 썼다. 계약금을 새로운 집 주인에게 송금했다.

혜린이와 부딪치는 일이 있으면 곤란하다는 생각이 들었다. 혜린이가 S여대의 복사실에서 그대로 일을 하는지 그만두었는지 교수는 알지 못했다. 여성학을 공부하기로 했을까? 입학허가를 받아서 대학원에 들어갔을까? 교수는 계약서를 넣은 가방이 무겁다고 느꼈다.

교수는 혜린이의 페이스북에 접속했다. 재판정에서 만나 함께 본 2심 재판 결과를 알리는 포스팅을 읽은 후 처음이었다. 1년 10개월 만에 혜린이의 '타임라인'을 검색했다. 타임라인은 조용했다. 그는 메신저를 열고 싶은 충동에 빠졌다. '대학원에 갔니? 어디에서 뭐 하니?' 묻고 싶었다. 졸업한 지 2년이 넘은 제자였다. 안부를 물을 타당한 이유가 없었다.

용건이 없으면서 메시지를 보낸다면 그것은 성희롱이었다. '오빠가 허락한 페미니즘', '탈한남충의 자기위안', '여초 카페에서 두리번거리는 관음증 자지' 등의 표현에 마음이 긁힌 경험을 떠올렸다. 지워지지 않았다. 혜린이에게도 지워지지 않는 피해 경험이 있었다. '포합'에 대해 얘기한 적은 없을 거라고 확신하지만 모든 언어가 그렇게 마음을 할퀴었을 것이라 생각해야 했다.

저자의 페이스북에 접속했다.

대법원 판결 이후에 벌어지는 일본과 한국 사이의 경제 전쟁에 대한 글이 많았다. 저자의 타임라인을 살피면 한국과 일본의 경제 전쟁 과정이 저절로 정리되었다. 일본은 한국의 대법원이 자기 나라의 기업에게 손해 배상을 이행하라고 판결을 내린 것에 분개했다. '일본'이 아니라 '일본 정부'였다. 일본 정부는 한국을 믿고 무역할 수 있는 국가의 리스트에서 삭제했다. 일본인이 한국과 거래를 하려면 정부의 까다로운 심의를 거쳐야 했다. 결과적으로 자국민에게 한국과 거래를 끊도록 유도한다는 것이었다. 한국인은 일본 제품 불매 운동을 벌였다. 일본 관광 반대 운동을 벌였다. 소위 말하는 '화이트 리스트'에서 일본이 한국을 제외했고, 한국도 같은 결정을 내렸다. 일본을 믿고 수출할 수 있는 국가의 리스트에서 삭제했다. '한국'이 아니라 '한국 정부'의 결정이었다.

저자의 포스팅을 읽는 동안 충동이 잦아들었다. 혜린이에게 메시지를 보낸다면 내용과 상관없이 보낸 행위 자체가 폭력이었다. 저자의 상황이 그를 긴장하게 만들었다. 저자는 끊임없이 과거의 책 '사건 도서'를 소환하는 언론의 기사에 시달렸다. 복잡해진 한일관계 때문에 언론으로부터 의도치 않게 소환 당했다. 저자는 아무리 다른 말을 한다 해도 결국은 그 책의 저자였다. 저자는 그 책의 영토에 갇힌 사람이 되었다. 책을 잘못 썼다고 말한 적 없기에 영원히 그 영토에 발을 딛고 있는 것이었다.

'나 같으면 반성하고 말겠다.'라고 생각한 적 있었다.

왜 못 하는 것일까?

모두를 잃기 때문이었다.

얼룩이기 때문이었다.

교수는 자기가 교수를 그만두면 성희롱 소설가가 된다는 혜린이의 가르침을 되새겼다. 여전히 혜린이가 과거를 가져 와서 자신을 고소할 수 있다는 가능성을 상기해야 타인을 존중할 수 있었다.

페이스북 포스팅을 통해 『주전장』이라는 영화를 알게 되었다. '위안부' 관련 영화라 했다. '주전장'이라는 제목은 장급 여관 이름인가 싶었다. 아니면 중국집 이름! 한자를 살폈다. 주된 전쟁터라는 뜻의 '主戰場'이었다. 주전자? 기억 력을 보완하기 위해 그렇게 외워두기로 했다.

뜻밖의 일이 두 차례 일어났다.

이사를 하는 날이었다. 짐을 포장하러 들어온 인부 팀에 혜린이가 있었다. 어? 그는 몸이 얼어붙었다. 전혀 상상할 수 없는 일이었다. 혜린이가 맞나? 눈과 기억력을 의심했다. 닮은 사람일 수 있었다.

혜린이를 바라보았다. 아디다스 운동화를 신었다. 모자를 썼다. 2심 판결 공판장에서 봤던 모습이었다. 교수는 고개를 돌렸다. 혜린이가 부엌으로 들어갔다. 교수는 업체 팀장에게 버릴 물건과 가져갈 물건을 구별해서 가르쳐주었다. 부엌에서는 혜린이가 가재도구를 포장했다. 혜린이는 마스크로 얼굴을 가렸다.

왜 그렇게 불편한지 알 수 없었다. 혜린이의 눈에 거슬리는 것이 없기를 바랐다. 교수는 서재로 들어갔다. 이삿짐센터 직원이 책을 박스에 넣고 있었다. 그는 서가 앞으로 걸었다. 페미니즘 관련 책이 모여 있었다. 제목만 보아도 페미니즘을 긍정하고 젠더 평등을 지향하는 책들이었다. 혹시라도 혜린이의 눈에 띌까봐, 마음이 불편했다. 위선으로 보이기 싫었다.

자꾸만 혜린이를 바라보게 되는 것 같았다. 교수는 바깥으로 나왔다.

1층 현관 앞에서 이삿짐센터 팀장에게 물었다.

"부엌 살림살이 포장하시는 분은 함께 일한 지 오래됐나요?"

팀장이 말했다.

"장혜린 씨요?"

교수가 말했다.

"네."

팀장이 말했다.

"일 잘해요. 젊은 사람이라 손이 빠르고. 그런데 왜요?"

교수는 망설였다. 졸업생과 교수의 관계임을 밝히지 않을 방법을 모색했다. 이렇게 말했다.

"이런 일할 사람처럼 안 보여서 말입니다."

팀장이 말했다.

"아휴, 직업에 귀천이 어디 있습니까, 사장님! 궁하면 하는 거죠. 여자라서 남자하고 일당이 똑같지는 않지만 이만한 일당 없어요."

"그 장혜린 씨는 오래됐나요?"

"아는 분입니까?"

"아닙니다."

"특이한 사람이에요."

"왜요?"

"유학 간다고 돈을 모은대요. 요즘 젊은 사람들은 궂은 일 안하려고 하는데, 조선족이 많이 하거든요 이런 일은. 그런데 유학갈 자금 마련한다고 그러더라고요. 어차피 유학 가서 알바하면 이주 노동자 신세라고 하면서."

"아. 그렇군요. 정말 좀 특이하네요. 뭘 공부한대요?"

"그건 비밀이래요."

"언제 간다고 했나요?"

"곧 간다고 했는데 벌써 거의 일 년 채워 가는 것 같은데요?"

"계획이 변경된 걸까요?"

"글쎄요. 그건 아닌 것 같던데요?"

교수는 우연치고는 지나치게 기가 막힌 우연이라고 생각했다. 하필이면 많고 많은 이삿짐센터 중에서 그 센터를 선택할 것은 무엇이었으며 그 팀에 혜린이가 들어 있을 것은 무엇이었는가. 혜린이는 왜 하필 포장 이사 센터의 주방 일을 아르바이트로 선택했는가.

새 집으로 가서 교수는 놀랐다. 혜린이가 사라졌다. 이삿짐 업체의 다른 직원은 모두 오전에 포장을 한 사람들이었는데 혜린이만 다른 사람으로 바뀌었다. 그는 부엌을 바라보았다. 다른 사람이 와서 부엌 짐을 풀었다. 다행이었다. 혜린이였다면 부엌에 들어갈 때마다 혜린이를 생각하지 않을 수 없을 것이었다. 그것도 얼룩이었다. 그런데 혜린이의 입장을 생각하니 속이 상했다. 혜린이는 열패감에 무너진 것이었다. 불쾌한 우연에 의해 일당의 절반을 포기당해야 하는 것이었다. 자기를 성희롱한 남성의 집에 인부로 고용되어 짐을 정리하고 싶은 여성은 세상에 없을 것이다. 인정하기 싫지만! 악연이었다. 그는 화가 났다. 팀장에게 물었다.

"부엌일은 사람이 왜 바뀌었나요?"

"짐 푸는 지역이 자기가 일하기 불편하다고 해서 편한 멤버하고 바꿨습니다. 일은 지금 직원도 끝내주게 하니까 염려 마십시오."

팀장이 말했다.

교수는 혜린이에게 감동했다. 화가 나서 일당의 절반을 포기한 것이라 생각했는데 그것이 아니었다. 만약 자리를 바꿔줄 팀원이 없었다면 수모를 무릅쓰고 성희롱 교수의 부엌을 정리해야 했을 것이다. 그 상황을 비껴갈 수 있었다니 다행이었다. 세상을 박차고 나간 것이 아니라 세상을 고치기로 마음을 단단히 먹은 것이다. 교수는 스스로 더 변해야 한다고 생각했다.

교수는 본부 건물에서 아홉 시부터 한 시간 회의를 했다. 연구실로 돌아갔다.

영화『주전장』을 인터넷으로 검색했다. 학교에서 가까운 독립영화 상영관에서 하루에 한 차례 상영했다. 시각은 오후 한 시였다. 개봉한 지 한 달 가까웠다. 누적 관객은 3만 1천 명이었다. 일본군 '위안부' 영화치고 관객이 참 적었다. 전국에서 3만 1천 명이 보았다는 것이다.『귀향』은 358만 명이 보았다.『아이 캔 스피크』는 328만 명이 보았다. 『어폴로지』는 9천 명이 보았다.『허스토리』는 33만 명이 보았다.『나의 마음은 지지 않았다』는 3천 명이 보았다. 드라마에 관객이 많이 들었고 다큐멘터리는 그렇지 않았다. 다큐멘터리 영화『어폴로지』에는 위안부 생존자들에게 '창녀'라고 부르며 내쫓는 일본인들이 나왔다.『주전장』은 다큐멘터리 중에서 관객 1등이었다. 어떤 내용일까? 그는 걸어서 영화관으로 갔다.

네 명이 영화를 보았다. 남자 둘 여자 둘이었다. 여자는 친구였고 남자는 따로따로였다. 그는 네 명 중의 한 사람으로서 혼자 『주전장』을 보러 온 다른 한 명의 남자에게 말을 걸고 싶었다. '무엇 때문에 이 영화를 보시는 겁니까?' 혹은 '위안부 문제에 왜 관심이 있습니까?' 남자는 멀찍이 떨어져 있었다. 100여 석 되는 상영관이었다. 그는 자기가 남자에게 묻고 싶은 질문을 남자가 자기에게 던진다면 어떻게 대답할 것인지 생각했다. 막연했다. 답이 나오지 않았다. 교수는 혜린이에 빙의해보았다. 대답이 나왔다. '의무감 때문입니다.' 『주전장』을 보러 온 사람이라면 의무감에 대해 함께 애기할 수 있을 것이다. '위안부'의 역사적 사실에 대해서 주장할 수 있는 말은 거의 없지만 '위안'이라는 말을 찾아와야 하는 이유에 대해서는 할 말이 많았다. 빼앗긴 것은 찾아오는 것이 당연했다.

영화는 텍사스에 사는 유튜버를 소개하면서 시작되었다. 내레이션은 영어였고 자막은 한글이었다. 미국의 어떤 도시에서 공원에 소녀상을 세웠다. 유튜버는 '쓰레기'일 뿐이라고 말했다. '위안부' 운동 세력을 야유하고 조롱했다. 그는 화면을 가만히 바라보았다.

모두 견고했다. 자신의 영토가 분명했다. 이 영화에서

변하는 사람은 딱 한 사람이었다. 일본의 극우 단체에서 활동한 히사에 케네디라는 이름의 여성이었다. "난징 대학살을 중국이 꾸며낸 허위라고 믿었는데 거짓이 아니고 사실이었다는 증거를 보게 된 거예요. 믿지 않을 수 없는 증거였어요." 히사에 케네디는 울먹였다. 히사에 케네디는 극우 활동을 접었다. 부정론자 단체가 미국 기자에게 뒷돈을 주어 '위안부' 이야기는 거짓이라고 기사를 쓰도록 종용했는데 자신이 돈을 직접 건넸다고 증언했다. 그는 생각했다. 변화와 각성은 아름다운 것이구나.

일본인 '위안부' 지원자 단체 회원은 법률을 이야기했다. 법률의 영역에서 볼 때, 힘으로 끌고 간 것만 강제라고 하는 것이 아니라 속여서 유인한 것도 강제에 해당한다고 했다. 멱살을 잡은 것만이 강제가 아니라 속임수 역시 강제라는 것이었다. 발목에 족쇄를 차서 마음대로 걸을 수 없을 때에만 노예라 하는 것이 아니라 하기 싫은 일을 강요받고 거부할 자유를 박탈당한 것도 노예라 한다고 했다. 반대론 자들이 강력한 증거로 내세우는 미국 문서, '매춘부'라고 기록돼 있는 그 문서에서 '매춘부prostitute'라는 단어는 그것을 기록한 한 군인의 개인 언어였을 뿐이라고 했다. '위안부'가 매춘부였다는 증거가 될 수 없었다.

재판정에서 본 저자의 모습이 등장했다. 유죄 판결을 받은 2심 직후의 모습인지 검사로부터 3년형을 구형 받은 당시의 모습인지 헷갈렸다. 저자가 말했다. '위안부' 중에는 가족을 위해 희생한 사람이 있었다. 자발적으로 갔다는 뜻이었다. 스쳐가듯, 아주 잠깐이었다. 다른 말은 편집되었다. 왜 자기 책에 대해 전체를 읽지 않고 언론에 나오는 내용만 가지고 자기를 공격하느냐고 억울해 하는 저자의 포스팅이 떠올랐다.

영화는 다른 이슈로 전환되었다. 감독은 일본의 현 정부가 역사 교과서에서 '위안부' 문제를 삭제하는 과정을 추적했다. 선민의식을 가진 일본 민족주의자 특권 계층이 핵심 세력이었다. 그들은 교과서에 실려서 자신들이 같은 국민들로부터 범법자로 인지되는 것을 부정하기 위해 '위안부' 문제를 삭제했다. 1965년의 한일협정, 2015년 한일 위안부 합의는 중국을 견제하기 위해 미국이 강요한 협정이며 합의였다. 소녀상을 미국에 설치하는 데에 중국이 일본을 폄하하기 위해 뒷돈을 댔다는 설이 나왔다. 황당한 주장이었다. 미국에게는 적이 중국이었다.

어느덧 끝이었다. 엔딩 크레딧이 올라갔다. 비트 강한 드럼 음악이 고막을 울렸다. 심장을 뛰게 만들었다. 스크린에서는 그가 읽은 인터넷 웹페이지가 영화 제작의 참고 자료 목록으로 올라갔다. 배경음악이 더 커졌다. 그는 왠지 서둘러야 한다고 느꼈다. 음악이 느낌을 부추겼다. 왜 그랬을까? 서둘러 무엇을 하라는 것인가? 비유하자면 주전자에 물을 끓이는데 뚜껑이 점점 더 시끄럽게 들썩거리는 것 같았다. 뛰어가서 불을 끄거나 뚜껑을 열어야 하는 상황이었다. '주전장'이라는 제목 때문에 '주전자'를 연상했다. 그는 심장을 진정시키느라 한숨을 내쉬었다. 드럼 소리는 계속 높아졌다.

굉장히 오랜만에 페이스북에 글을 올렸다.

영화 『주전장』을 보느라 거의 다섯 시간을 혼자 있다. '주전장'은 주전자에 이응을 더한 제목인가? 한자와 영문 제목을 보니 느낌이 구체적이다. 主戰場. 주된 전쟁터라는 뜻이다. 한국인은 설명을 들어야 이해가 될 만큼, 그만큼 한국은 한국, 미국은 미국, 일본은 일본이다. 주전장은 사람 이름인 것처럼 들리기도 할 것이다. 워낙 주인공 이름 딴 영화 제목이 많으니까 말이다. 그런데 제목을 듣고 그것을 한자나 영어로 곧장 연상할 수 있다면 그 사람은 외국어와 외국 문화에 굉장히 친숙하다는 것이 반증되는 셈이다.

주전장은 솔직히 한국어로서는 낯설다. 영화를 보면 감독이 정한 한자어를 그대로 음차한 것임을 알 수 있다. 영어 제목이 'Shuse njo: Main Battleground of Comfort Women Issue'인 것을 보면 '주전장' 한자어는 일본어일 가능성이 크다. '쥬센조'를 영어 알파벳으로 'Shusenjo'라고 써 놓았으니까 말이다. 한국 발음 주전장이 아니다.

다운로드가 가능하다면 피시로 보고 싶었다. 독립영화 상영관에서 런닝 중이기에 시간을 맞추려 했는데 일정이 맞지 않아 상영 전 1시간 10분 정도를 홀로 보냈다. 영화 끝나고 돌아가려 했는데 배가 고파서 식당에 들어왔다. 고향 이름 달린 식당이다. 그래서 앞뒤 합해서 거의 다섯 시간이다.

느낌은 이렇다.

위안부 담론에서 자주 보이는 특징인 것 같다. 영화 『주전장』이 위안부 영화라고 알고 보았는데 우선은 일본군 '위안부' 피해자가 테마가 아니라는 느낌이다. 소설 『척하는 삶』에 견준다면 비중이 훨씬 더 크다. 하지만 '위안부' 피해자는 하나의 '소재'로 다가온다는 것이 내 느낌이다. 주전장은 제목이 말하는바, 메인 배틀필드이다. That is so called America, USA. 미국에 대한 이야기라는 게 내 판단이다.

미국과 일본의 이야기이다. 그래서 한국의 명예훼손 재판에 걸린 책도 '위안부' 운동 단체도 언저리인 것이다. 내게 들리는 목소리는 이것이었다. 저, 아베를 보아라! A급 전범의 외손자인 아베가 외할 아버지를 이어받아 전범이 되려고 하는데 그것을 지원하는 일본의 세력을 보아라. 그렇게 만든 미국의 정부, 오바마 정부를 보아라. 미국은 자국의 이익을 위해 그런 짓을 하는 나라이다. 그런 미국의 놀음에 너희들 놀아날 거냐.

내게는 그렇게 보였다. 그래서 '위안부' 이야기는 미국과 일본 우익의 현재를 잘 표현하는 데에 사용되었다. '위안부' 피해자 이야기가 아니다. '위안부' 제도 이야기이다.

다운로드가 된다면 다시 볼 텐데 불가능하므로 내일 다시 영화관 을 찾아서 한 번 더 볼 생각이다. '지나치게 짜깁기됐다'는 평을 읽은 적 있다. 짜깁기의 본질은 '의도'에 있다. 한 번 더 본다면 거기에 조금 더 가까이 접근할 수 있을 것이다.

그는 포스팅을 올린 후 문제적인 발언이 있지 않은지 읽고 또 읽었다. 읽기 권한을 '친구'로 한정했다. 소설 『척하 는 삶』을 쓴 한국계 미국인은 '위안부'를 도왔던 착한 일본

군인을 그렸다. 한국에 젖줄을 대고 있으므로 일본에 대한 용서로 읽힐 수 있을 것이다. 영화 『주전장』을 만든 일본계 미국인은 '위안부' 문제를 포르노에 대한 관심으로 치부하는 일본의 특권 민족주의자를 악의 근원으로 보이도록 편집했다. 과대망상을 가진 정신병자로 보이게 만들었다. 그런 인물을 영향력 있는 인사로 대우하는 일본 정부를 전쟁광으로 보이게 만들었다. 그래서 한국인에게는 균형 잡힌 시각을 보여주었다는 평가를 받았다. 감독은 일본 우익으로부터 테러를 당할 위험을 감수했다.

그런데 왜 마음이 불편한 것일까. 왜 한 번 더 봐야 알 것 같은 느낌이 드는 것일까. 그는 포스팅을 반복해서 읽었다. '내일 다시 영화관을 찾아서 한 번 더 볼 생각이다.' 이 문장은 왜 쓴 것일까. 척하기 위해서? 진정성을 과장하기 위해서? 그는 지우려고 했다. 그런데 지우고 나면 다시 보지 않을 것 같았다. 이해하고 싶은데 이해되지 않는 부분이 있다면 다시 보아야 정상이었다. 그는 다시 한 번 더 보고 생각하기로 자기 자신과 약속하는 의미로 문장을 남겼다.

인터넷으로 『주전장』 리뷰를 검색했다. 대체로 평가가 좋았다. 다시 볼 필요를 못 느낄 정도로 세세하게 내용을 정리한 리뷰도 있었다. 자신이 등장하는 영화를 저자는 어떻게 보았을까. 그는 페이스북에 접속했다. 포스팅이 있었다. 저자 역시도 한 번 보는 것으로는 평가를 내릴 수 없는 것인지 주위에서 의견이 엇갈린다고 말한 후 나중에 언급하겠다고 소감을 밝혔다. 놀라운 내용이 있었다. 『주전장』이 일본에서 상영될 때 자신의 책이 베스트셀러 목록에 올랐다고 했다. 삭제판일까, 원판일까? 한국 법정에서는 문제가 될 수 있는 부분을 삭제해서 유통하라는 판결을 내렸는데 그 판결이 일본에서 유통되는 일본어판에도 영향을 미쳤을까? 전공자가 아니어서 알 수 없는 게 참 많았다.

이튿날이 되었다.

영화관 상영 시각을 검색했다. 『주전장』은 하루에 한 차례 상영했다. 이번에는 저녁이었다. 그는 극장으로 갔다.

전날은 네 명이었고, 그날은 두 명이었다. 두 명 중 한 명은 그였고 한 명은 혜린이였다. '아! 너랑 나랑은 왜 이러니!' 그는 미칠 것 같았다. 스크린을 앞에 두고 중앙에 앉았는데 혜린이가 뒤로 올라가서 그를 내려다보는 자리에 앉았다. 그는 혜린이로부터 관찰을 당하고 있다는 사실에 가슴이 터질 것 같았다. 불이 꺼지고 영화가 돌아갔다. 영화에 집중할 수 없었다.

영화가 끝났다. 출구로 나갔다. 밤이었다.

그는 터덜터덜 걸었다. 집으로 가야 하는데 가고 싶지
않았다. 무작정 걸었다.

전화기가 울렸다. 혜린이가 메시지를 보냈다. 그는 걸음
을 멈추었다. 메시지를 열었다. 이렇게 적혀 있었다.

➤ 저 때문에 불편하셨나요?

그는 대답을 망설였다. 무슨 말로 응대해야 하는지 머리
를 굴렸다. 그가 답장을 보냈다.

◄ 미안하다, 내가 거기 있어서.

혜린이가 메시지를 보냈다.

➤ 그동안 좀 변하신 게 있으시군요.

그가 메시지를 보냈다.

◁ 뭐가?

혜린이가 대답했다.

▷ 말하는 방식이요.

그가 메시지를 보냈다.

◁ 존댓말 생략할게. 그게 더 가식적인 것 같다. 너 때문에
배운 게 많아. 존재한다는 것 자체가 누군가에게는 폭력이 된다는
사실을 깨달았다. 너에게 내가 그런 존재여서 미안하다.

혜린이가 메시지를 보냈다.

▷ 쫄지 않으셔도 됩니다.

그는 주변을 둘러보았다. 혜린이가 어딘가에서 감시하고
있는 것 같았다. 혜린이의 얼굴을 찾았다. 거리에는 늦여름

바람이 불었다. 혜린이는 보이지 않았다.

혜린이가 다시 메시지를 보냈다. 그가 응대했다. 이런 메시지가 오갔다.

➤ 거기서 만난 게 우연은 아니에요.

◄ 이해한다.

➤ 뭘요?

◄ 독립영화는 상영을 자주 안 하니까. 상영관이 많지 않고. 관심이 같으면 겹칠 수 있을 것 같아.

➤ 우연이 아니라고요.

◄ 우연이 아니면 뭐니?

➤ 눈치 못 채셨군요. 페북 포스팅 알림이 와서 교수님이 쓰신 글 읽었어요. 어제.

◄ 그랬구나. 그런데?

➤ 확인하고 싶었어요.

◄ 뭘?

➤ 제 과거의 흔적요. 그리고, '내일 한 번 더 보겠다'는 말이요.

◄ 그걸 왜?

➤ 말만 번지르르하게 하는 인간들이 많으니까요. 말을 해

놓고 안 지키는 인간들이 너무 많으니까요. 이삿짐 때문에 교수님 집에 가서 얼굴 본 뒤 자극 받았어요. 교수님은 더 좋은 집으로 이사하신 거겠죠. 집에서 만나게 될 줄이야! 그 중에서도 부엌일은 너무 심한 스테레오타입 아니에요? 이론과 현실이 너무 닮아 있어요.

◀ 그건 정말 너무 심하게 우연이었어. 어떻게 그런 일이 있을 수 있니?

▶ 그렇죠. 무슨 그런 우연이 있담! 아는 사람 집에 간 건 처음이에요.

◀ 언제 시작한 일이니?

▶ 제가 그 일 한다는 것 아무도 몰라요. 다른 사람에게 말하지 말아주세요.

◀ 왜?

▶ 모르겠어요. 요즘은 혼자 다녀도 덜 무서워요. 교수님 같은 분이 제 인생에 악영향 미칠지 모른다는 불안감도 완전히 씻었고.

◀ 영화는 어땠니?

▶ 오브제죠.

◀ 응?

▶ 다들 자기 하고 싶은 말 하려고 '위안부' 피해자를 끌고 들어가잖아요. 거기에 피해자의 마음이 얼마나 있을지 회의적이에

요.

≺ 미국을 끼우니까 새롭더라. 너희들 그 문제로 싸우지 말고 '화해'해라. 그런 식. 일본도 마지못해 '척'했겠지. 미국이 더 세니까. 거기에 피해자의 마음이 어떻게 들어갈 수 있겠니. 1965년도 첫 협정 때부터 그랬다니 엉망이야.

≻ 가르치려고 들지 마세요. 저도 영화 봤어요. 같은 극장에서 같은 시간에 봤잖아요. 아시잖아요.

≺ 미안하다.

≻ 성을 사물화해서 그렇게 됐다는 시각은 어디에 있을지…….

≺ 너무 남성 중심적이라는 뜻이니?

≻ 남성 중심이 아니라 남성의 횡포죠. 학살에 가깝죠. 그 영화에서도 여성만 울잖아요. 극우 단체에서 일하다가 사실을 알고 일했던 단체의 비리를 폭로한 인물.

≺ 그렇구나. 나는 변화하는 것에 감동했는데. 남성 여성으로 나눠 볼 생각은 못 했어. 두 번 보고도 그렇게 생각 못 했어.

≻ 다음에는 두 번 볼 일 있으면 여성의 입장에서 한 번 보세요.

≺ 좋은 제안인 것 같다.

≻ 오늘 영화관에 안 왔으면 페이스북 테러했을 거예요.

≺ 어떻게?

≻ 있어 보이려고 폼 잡는 말을 해 놓고 안 지키는 인간들

질색이에요. 교수님은 지키셨으니 다행이에요. 앞으로 오늘처럼 하셨으면 좋겠어요.

◁ 무슨 뜻이니?

▷ 하신 말씀을 실천하시면 변화가 생길 거예요.

◁ 한 번 더 보겠다는 말이 그렇게 들렸구나? 그게 그렇게 중요한 실천이니?

두 사람 사이의 메시지 교환이 잠시 멈추었다.
혜린이가 교수에게 메시지를 보냈다.

▷ 다음에 저를 괴롭히면 교수님을 고소할 작정이라고 적은 포스팅 기억하고 계시나요?

◁ 그렇다.

▷ 제가 늘 감시하고 있다는 걸 잊지 마세요.

◁ 오늘 나를 못 만날 수도 있었을 텐데.

▷ 독립영화라 이 시간대밖에 없잖아요. 멀티플렉스에서 안 하니까 이런 건 좋네요.

◁ 왜 나를 감시하는 거니?

▷ 그렇게 느끼셨어요?

◁ 그렇게 받아들이라고 한 말이잖아.

➤ 그게 저한테는 실천이에요.

◄ ??

➤ 저 유학 떠나요.

◄ 전공은?

➤ 페미니즘. 당연하죠.

◄ 추천서는?

➤ 요구하는 데도 있고 없는 데도 있어요. 반드시 교수가 써야 하는 것 아니에요. 같이 공부하는 친구들끼리 써줄 수도 있죠. 추천서도 꼭 나쁜 점만 있는 건 아닌 것 같아요.

◄ 어떻게?

➤ 신뢰를 확인하는 방법으로요.

◄ 너도 좀 달라졌구나. 뭐든 제도를 악용하는 게 나쁜 것 같다.

➤ 그렇겠죠.

◄ 유학은 미국으로?

➤ 욕 좀 해도 되나요?

◄ 그래.

➤ 시팔, 졸라 비싸요. 비자를 받으려면 은행계좌 잔고 증명을 해야 해요. 입학 허가도 받아야 하고. 보험도 가입해야 하고.

◄ 한일관계 때문에 달러 환율이 올라서 골치 아프겠다.

➢ 계속 오르고 있어요. 지랄이에요 정말. 하필 이럴 때.

◁ 왜 그 비싼 미국으로 가려고 해?

➢ 대문자 페미니즘^{Feminism}이 뭔지, 소문자 페미니즘^{feminism}이 뭔지, 인종차별이 뭔지, 경험으로 배우고 싶은 게 있어서요.

◁ 이유가 있구나.

➢ 제대로 공부하려고요.

◁ 그래. 몸조심해라. 페미니즘 공부하니까 정말로 다양하더라. 층위도 너무너무 많고.

➢ 다르지만 연결돼 있어요.

◁ 그러니?

➢ 다르고, 다양하다는 것을 강조하면 밀려요. 그러니까 연대하지 말라는 뜻이거든요. 목걸이 줄을 끊는 거예요. 다양하다고 말하다보면 책임이 사라지는 것 같지 않나요? 남성의 지위가 덜 위협받는 것처럼 느껴지지 않나요?

◁ 다양성을 인정하는 것은 인권운동의 주요 흐름인데……. 네 얘기 들으니 양가적이다.

➢ 아직도 남성들은 여성들에게 의견을 '모아 오라'고 주문하죠. 무슨 권리로 그러는지! 그래서 공부해야 해요. '위안부'도 그래요. 피해자를 다양하게 정의하면 개별적인 존재로 떨어뜨릴 수 있죠. 여성운동을 반대하는 마초들이 쓰는 방식에 대입해본 적 있어요.

피해자들의 인격은 다 달랐죠. 피해 상황, 정도, 나이 등등. 그런데 이어져 있다는 것을 흩뜨리려고 보면 그런 차이만 보이는 거겠죠. 거기에 일일이 응대하면서 끌려 다니면 힘을 잃어요. 비인격으로 사물화 된 성이라는 근본적인 연결 끈을 생각해야 해요. 일본 정부만 책임을 질 문제가 아니죠. 남성이 다 차지하고 있는 한국 정부, 여성이면서 남성인 줄 알고 움직이는 여성들. '위안부' 운동이 여성운동일 수밖에 없는 이유가 거기에 있어요. '제국의 …… 그 책'도 남자들이 읽고 남자들이 앞장서서 비판하고 남자들이 응원하고 남자들이 얘기하잖아요. 페미니즘적으로 보자는 말도 있는데 피상적인 페미니즘이 들어 있어서 그래요. 남자가 척하는, 가부장제 얘기밖에 못 하는 도구적인 페미니즘 같은. 남자는 있고 여자는 없어요. 구색만 있어요. 그러니까 남자들이 편들기도 쉽고 비판하기도 쉽죠. 그 책은 그런 텍스트로 포지션이 정해지죠. 시간 되시면 여성들이 보인 반응만 모아서 한번 살펴보세요. 남성들하고 달라요.

◁ 나 같은 사람은 가만히 있는 게 최선이니?

▷ 가만히 있으면 범죄죠.

◁ ??

▷ 지위가 있잖아요.

◁ 지위 때문에 힘들어.

➤ 그렇다면 그만두세요.

◄ ??

➤ 방법이 있을 거예요.

◄ ??

➤ 교수님한테는 발화 권력이 있으니까, 달라도 다 연결돼 있다는 걸 계속 말씀해주셔야 해요. 남성들의 폭력도 마찬가지예요. 피해도 연결돼 있고, 폭력도 연결돼 있어요.

◄ 나도 도움이 됐으면 좋겠다.

➤ 가해 경험이 있으니까 반성을 최대로 하시면 좋겠어요. '위안부' 운동의 첫째 요구사항도 '인정'이잖아요. 폭력의 끈이 저 멀리 닿아 있어요. 전쟁 범죄까지.

◄ 할 말이 없다. 그렇게 말하니.

➤ 그래도 말해야죠. 과거는 지워지지 않아요.

◄ 그래.

➤ 유학 간다니까 안심이세요?

◄ 무슨 말이니?

➤ 도망가는 것 아닙니다. 더 강해져서 올 거예요. 방심하지 마세요.

교수는 메시지를 읽고 고개를 들었다. 목이 뻐근했다.

가을이 오고 있었다. '소녀가 있었다.'가 떠올랐다. 한 발짝
도 진전시키지 못한 소설이었다. 왜 이 문장이 마음속에서
만들어졌을까? 소녀와 친구가 되는 소년을 상상했다. 교수
는 고개를 크게 흔들었다. 소녀 옆에 다른 소녀를 세워보았
다. 그 편이 마음에 들었다. 소녀와 소년이 아닌 소녀와
소녀……. 교수는 전화기를 다시 들여다보았다. 혜린이와
나눈 메시지 기록을 처음부터 읽었다. 혜린이의 마음을
살피기 위해 읽고 또 읽었다. 과거는 지워지지 않는다고
남긴 말이 갈수록 가혹했다. 거기에 답이 있을 것 같았다.

교수는 마음속에 있던 욕망을 꺼내기로 했다. 메시지를
보냈다.

◁ 너를 알려면 이삿짐을 포장해봐야 되겠지?

▷ 무슨 소리예요?

◁ 쓰고 싶은 소설이 있어서.

▷ 말씀해보세요.

◁ 유학을 떠나면 못 할 것 같아서, 떠나기 전에 허락받고
싶다.

▷ 무슨 허락이요?

◁ 내 소설에 네가 들어갈 수도 있을 것 같아서.

➢ 허, 질린다, 진짜.

교수가 답할 차례였다.
교수는 답하지 않았다.
교수는 다음 메시지를 기다렸다.
그는 대화를 잇기 힘들었다.
혜린이가 메시지를 보냈다.
대화가 다시 이어졌다.

➢ 영화관 같은 날이 영원히 반복되면 어떻게 될 것 같아요?
◄ 무슨 뜻이니?
➢ 저를 보니까 불편하고 무서웠죠?
◄ 사실, 그렇다.
➢ 저는 모든 날이 그랬어요. 지금은 아니지만. 교수님이 유령도
아닌데 가는 곳마다 있는 거예요.
◄ 싫을 때만 있는 것이 아니었잖아.
➢ 또 제 마음을 넘겨짚고 확정하시는군요. 너무 심하게 버릇이
되었어요.
◄ 왜 그러니? 내가 무슨 잘못을 하고 있는 거니?
➢ 저를 사물화 하시잖아요. 사물화 해서 교수님 마음을 마음대

로 씌우시잖아요. 싫을 때만 있는 것 아니었다고요? 그게 제 마음인가요? 제가 교수님을 봤을 때 싫을 때만 있었다고 말하면 어쩌실 거예요? 싫을 때만 있었던 건 아니었지 않느냐고 하시는 말씀! 좋았던 적도 있었지 않았냐고 말하고 싶은 거 아니에요? 본심은 그거 아닌가요? 교수님이 있어서 내가 좋았다는 말을 듣고 싶은 거 아닌가요?

◄ 그런 거 아니야.

► '제국의…… 그 책'하고 비슷한 것일 수 있어요.

◄ 그 책하고 비교하는 것은 심하다고 생각한다.

► 닿아 있다고 했잖아요. 교수님의 태도를 확대하면 그렇게 돼요.

◄ …….

► 저를 오라 가라 하셨을 때, 그때는 싫은 척할 수 없었어요. 괜찮은지, 안 괜찮은지만 신경 썼어요. 그래서 캘린더에 기록했어요. 찢어버리고 지워버리고 싶었지만 나를 위해 가지고 있었어요. 지우지 않을 거예요.

◄ 미안하다.

► 빠르게 사과하는 것을 배우셨군요. 안 그러면 제가 어떻게 할 것 같아서 겁나시는 거예요?

◄ 노력하고 싶었어.

➤ 그런데, 뭐가요? 뭐가 미안한가요?

◄ 몰랐던 것.

➤ 네. 어떤 사람은 몰랐던 것 때문에 형사 처벌을 받죠. 저는 불편하고 불안해서 공부했어요. 화가 났어요. 화를 낼 수만 없어서 더 공부하는 쪽으로 길을 찾았어요. 교수님 때문이죠. 그래서 교수님은 어떤 의미에서 저에게 얼룩이고, 트리거이고, 변화시키고 싶은 대상이에요.

◄ 앞으로 잘 변해야 하는 게 내 역할이구나.

➤ 잘 변해야 하는 저의 계기와 교수님의 계기는 어쩌면 같은 것일 수 있어요.

◄ …….

➤ 모르고 당하면 억울하죠. 모르지 않기 위해 공부하는 거죠.

◄ 노력할게.

➤ 앞으로 더 잘 변하겠다고 약속해주세요. 그것이 저에게 행운을 빌어주는 방식이기도 해요.

◄ 그래. 더 잘 변할게.

➤ 약속하실 수 있죠?

◄ 당연하지.

➤ 교수님.

◄ 응?

➢ 혀와 풀이 다른 점이 뭔 줄 아세요?

◄ ……..

➢ 혀는 새순이 아니어서 자르면 다시 자라지 않아요.

◄ 무슨 뜻인지 알겠다.

➢ 다행이네요. 메시지가 아니라 교수님 말로 약속을 받은 거라 생각할 게요. 그리고, 소설은 쓰지 마세요. 지금 머릿속에 있는.

잠시 후 마지막 메시지가 도착했다.

➢ '제국의…… 그 책'이 어떻게 되는지 잘 보셨잖아요.

혜린이가 쐐기를 박았다. 교수는 멍하니 하늘을 올려다보았다. 얼룩이고, 트리거이고, 변화시키고 싶은, 유죄. 무엇을 잘못하였는가. 교수는 자기가 그 책처럼 대법원에 갈 정도로 잘못을 크게 한 것이냐고 되묻고 싶었다. 그러나 물을 수 없었다. 우선은 말을 잘못해서 혀를 잘리지 말아야 한다는 생각이 들었다.

마지막 인사를 뭐라고 입력할지 막막했다. 고맙다, 라고 입력했다가 지웠다. 함께 행복해지자, 라고 입력하다가 땀

을 흘렸다. 의도와 다르게 희롱으로 느껴질 수 있을 것
같았다.

아무 말도 입력하지 못한 채 시간을 보냈다. 혀의 안부가
궁금했다. 그는 입 속에서 혀가 잘 움직이는지 이리저리
놀려보았다. 혀가 잘 움직이는 것이 느껴졌다. 그는 전화기
로 머리카락을 미는 동작을 취했다. 삭발을 하고 싶었다.
다시 태어나고 싶었다. 씨발. 입에서 욕이 나왔다. 그래.
날기 위해 버리자. 다르게 쓰자. 다르게 살자. 나는 너에게
얼룩이고, 트리거이고, 변화시키고 싶은, 유죄. 그렇게 큰
의미여서 고맙다. 그래, 의미를 만들어보자. 그는 마지막
인사를 생략했다. 대신 이렇게 외쳤다.

"그래! 알았어!"

교수는 지나가는 사람이 보든 말든 웃으면서 고함을
질렀다.

"그래! 알았어!"

그의 혀는 잘 움직였다. 혜린이는 떠났다가 돌아올 것이
고 그는 계속해서 더 잘 변화할 것이다.

어느 날 문득 그는 메시지를 보냈다.

◄ 그런데 내가 잘 변하고 있는지 확인하려면 어떻게 해야 하니?

혜린이는 정말로 떠났는지 답이 없었다. 그는 혜린이가 돌아올 날을 기다리기로 했다.

"그래! 알았어!"

| 작가의 말 |

소설은 끝나고 삶은 새로 시작된다.

소설을 쓰는 동안 내가 쓰는 것이 소설이라는 사실이
자꾸 잊혔다. 그래서 '이것은 소설이야'라고 되뇌었다.
교정지를 검토하면서도 내가 읽고 있는 것이 소설이라는
사실이 잊히려 했다. 그래서 또 '이것은 소설이야'라고 다시
되뇌었다.

소설의 인물처럼 나는 남성이고, 교수이고, 소설가이다.
삶의 변화에 기여하고 일상의 나를 보호하기 위해 허구를
장착했다. 우리 시대에 어떤 것이 현실이고 어떤 것이 허구

인가. 버지니아 울프의 표현을 빌려 표현하고 싶다. 허구와 현실은 빰이 닿을 만큼 가깝다. 잠깐 방심하면 나라고 오해할 여지가 많다. 그러나 나는 이렇지 않다. 이것은 여전히 소설이다.

출판사와 약속한 기한이 있기에 아슬아슬한 마음을 이대로 떠나보낸다. 그렇지 않았다면 지금도 원고를 고치고 있을 것이고 인물이 변하는 모습을 기록하고 있을 것이다. 변화가 사람을 설레게 한다.

상담해주셨던 모든 분들께 감사드린다. 학자, 비평가, 출판사 검토위원, 정신과 의사, 작가, 기자, 페이스북 친구, 진짜 친구, 정말 고마우신 분들이다. 지난 작품 『바디페인팅』 때는 나를 드러내는 것이 남을 다치게 할까봐 걱정하며 혼자 몰래 썼는데 이번에는 나를 확장하고 꺼내고 싶어서 읽고, 보고, 듣고, 묻고, 찾아다녔다. 고민을 솔직하게 드러냈다. 모두 진심으로 응해주셨다. 살아 있다는 것이 느껴졌다. 큰 의견 차이 앞에서 당황했고, 작은 의견 차이 앞에서는 충격과 전율을 느꼈다.

어느 자리에서 농담으로 말했다. 이 책을 내기 전의 나와이 책을 낸 후의 나는 다를 것이다. 친구들이 웃었다. 웃음 짓는 얼굴을 대하자 마음이 편했다. 내가 나에게 건네는 농담이었다. 나는 아직 나 자신에 대해서만 농담을 만들 수 있다. 이 소설이 다루는 세계에서는? 농담이라니, 어림없다. 더 깊은 삶을 살아야 유머를 만들 수 있을 것이다. 잘 됐으면 좋겠다.

제목은 2019년 11월 1일자 <여성신문>의 기사 '영화 속 여성은 놀라거나 무서워한다'를 패러디했다. 놀라거나 무서워하는 데에서 그친다면 곤란하다. 적극성이 필요하다.

지금은 2020년 1월. 숫자가 마음에 든다. 달라지기 딱 좋은 시기인 것 같다.